绝密行动

李传思 著

谨以此文献给那些为了我们国家的
安全默默作出贡献的人们

自　序

间谍与反间谍，并不像刑事犯罪与反刑事犯罪那样充满暴力血腥、刀光剑影，而是普遍有一张温情脉脉的面纱，在这张面纱后面，有红酒也有毒药，有美女也有陷阱，有真情也有谎言，有较量也有友谊。双方比的是智慧，拼的是谋略，就像一场游戏，在一定的规则里，看谁更聪明，更高明，更棋高一着，更技胜一筹。我现在就是要叙述这样一个间谍与反间谍的故事。虽然事情过去了多年，案情我也烂熟于心，但要叙述好，对我来说仍是一件很沉重的活儿。因为，这类的题材很敏感，我不可能把故事叙述得非常清晰与具体，甚至有些话只能点到为止。不过，我还是充满信心，毕竟由我来叙述有个优势，那就是因为我不仅是这个故事的旁观者，更是亲历者。我想以故事为主线，以人为纬，以情为经，来确定我叙述的基调。因为我至今都忘不了很多朋友，忘不了很多优秀的同事，忘不了为了国家奉献出生命的公民，更忘不了我爱过的人，当然还有我们的对手。

故事发生在我的家乡，也是我工作的地方南湖市。时间的起始是20世纪90年代末期。素材来源一部分是我的亲历，一部分是我的同事提供，还有一部分是讯问笔录。

我还是觉得用第一人称叙述比较好，这样更显得亲切自然和客观真实。

是为序。

1

我是1989年那场著名“风波”以后毕业的大学生。那一年，大学本科毕业的学生基本上去了企业、公司或者基层乡镇工作，进市级以上党政机关特别是政法部门的不说凤毛麟角，也是寥若晨星。我就是其中的一个，而且我还是去的市公安局。于是，我从毕业的那一天起，就开始了一种与我的其他同学不一样的人生。

我在南湖大学读的是汉语言文学专业，对未来的憧憬也并不是很高远，只期能干个编辑、记者之类的活计就足够了。因为在当时的中文系里，记者这个行当是最令人向往的。记者是“无冕之王”，“见官大三级”，要多威风有多威风，要多自由有多自由，而且只要认真勤奋，还可以成名成家。但我却绝未想到，毕业会分配去南湖市公安局当警察。浪漫与务实，儒雅与粗犷，严肃与活泼，英雄与凡人等等，都能在我身上找到一丝半缕的痕迹。是故同学们戏称我是刘再复先生“性格组合论”的生动范本。特别是好写些所谓文学的文字，于是同学们又管我叫“诗人警察”或“警察诗人”。

事后我才知道，当时公安局缺一个写公文的人，就找了市委组织部积极汇报，总算争取了一个指标。而我在学校里就发表过文章,字也写得不错,家里三代是农民,政审没问题。就这样,我被他们招去了。

报到那天,有几十个和我一样的大学生在局政治部会议室坐着,等着政治部第二次分配,叫到谁,分到哪个部门,哪个人就进去填个表,就由哪个部门的领导领走。里面大部分是公安专科学校或人民警察学校毕业的,他们有专业的优势,几乎全部去了刑侦、治安、户口、政保、反间谍等部门。这些部门是公安局的门面与支撑,也是我们这些毕业生最向往的地方。

眼看他们一个一个地被上面的热门单位领走了,余下的人也不多了,我心里就着了急,心想再这样等下去,可能只有食堂来领我了。我就拿着报到通知单独自闯了进去。我报了我的名字,问:"老同志,我在哪个部门呀?"那是一个白头发的老头,戴着老花眼镜,一听我的名字,记性还蛮好,说:"你别急,在后头呢。"但见我已经进来,就说,"你呀,是学中文的?"我点点头。"你去局办公室吧,那里需要一个写材料的。"

这时,一个三十二三岁的汉子就过来接我。他说他姓车,汽车的车,叫车强,是局办公室主任。他握着我的手说,欢迎欢迎,我们正缺笔杆子,全办公室的人都在等着你呢。

办公室当天就开了欢迎会,就那么七八个人,晚上还请我在局里附近一家小店吃了一顿饭。第二天,几位领导就找我谈话,对我如何当好警察,干好办公室的工作提出了一些基本的要求。然后说要我先做内勤,也就是整理内务、接待来客、收收发发、数据积累、文字综合,等等。当时那个年代能分到局一级的大学本科生还不多,一个个可能都有"指点江山,谁主沉浮"的样子。车主任就怕我对这样的安排,干这样的"小事"有想法,不安心,就对我说,办公室是全局的综合部门,各个方面的材料都汇总在这里,还要负责全局每年每个阶段的工作思路、敌社情分析以及大型会议的领导讲话,等等。所以在办公室工作的同志比别的部门掌握全面情

况要多，熟悉全面情况要快，当然，有耕耘就有收获，提拔也快。他掰着指头算了一下，说现在的局党委成员中，九个有五个是办公室主任出身的。而在办公室内部呢，内勤又是最重要的。从某种角度说，除了主任，就数内勤最了解情况了。车主任说，他就是从内勤干起的。

我还算干得不错，一年里，上级机关转发了我局的经验材料八份，这在我局历史上是没有先例的。报纸杂志发表我写的侦探报告文学十万多字，为此我还成了《南湖日报》、《南湖广播电视报》等多家报纸的特约记者。车主任很高兴，像哥们儿一样拍着我的肩，说到底是学中文的大学生，就是不一样，说要好好栽培我，要我继续努力乘胜前进。我那时刚参加工作，一切对我来说都很新鲜有趣，我真的对我的职业满腔热忱。听了领导鼓励的话，我更是热血沸腾。

不过，我并不是一点想法也没有。其实我当时并不想干这个活，我的最大愿望是去干刑侦，搞破案。因为我虽然学的是纯文学，但业余时间也看了不少侦探小说，与柯南道尔、爱伦坡等大家心仪已久。当然也喜欢金庸古龙和梁羽生，从小就向往身怀绝技，浪迹天涯，那是一个多么男子汉的世界啊。所以，到了局里后不久，我就彻底改变了在学校睡懒觉的毛病，天天拂晓时分起床跑步，天天晚上则去局里的练功房学拳打脚踢，举扛铃哑铃。想想，当时我的体重只有一百斤，哪像个警察啊？我自己对自己都不满意。

幸好没过多久，我被安排下基层锻炼，到北区公安分局的刑侦队，可算是心愿初偿。临走时，车主任对我说，这是局党委的决定，每一个新分配来的大学生都要去基层工作一段时间。他要我在分局认真学习，好好体会，早点回来。

就是那次下基层，一个缠绵悱恻、神奇浪漫的故事拉开了序幕。记得一次在黄山开笔会，会议组织者把我们几十个人召到一间大房子里，叫一位老僧对我们说点法。老僧微闭着眼睛扫描了我们一圈，那样子像一尊大佛，在俯瞰尘世。他说，大千世界，芸芸众生，聚散离合，悲欢喜乐，一切都已随缘而定。今天你们这些来自五湖四海的人能走到一起，能在黄山见面，能听我说法，都是前生注定了的。也许，你们从此一别，今生就再也见不着了。所以，请你们一定要珍惜这几天的时光，好好相待，多多切磋，能多说话就多说话，能多微笑就多微笑，千万不要吝啬。回想起这件事，我不得不惊诧于那位老僧悟世的透彻以及命运的渊薮。

是的，一切都似乎是早已安排好了。

到分局不出一个星期，就碰上了一宗棘手的案件。

那天凌晨，我和冯队长驾一辆尼桑警车在辖区巡逻。天气寒寒的，仿佛还飘着毛毛细雨，把挡风玻璃湿得模模糊糊。我放慢了速度，同时启动了刮雨器，让车慢慢悠悠行进在寂静而幽深的大街小巷。

凌晨4点30分，万籁俱寂。黎明前的天空显得更加黑沉凝重。突然，我的车灯前闪现出一个人影，在细细的雨帘中朝我们直晃手，示意停车。我慌忙一个急刹车，正在迷糊的冯队长一下弹了起来："什么事？"他也坐直了，眼睛也望着前面的那个人。我们同时打开了车门，见是一个披头散发的女人站在路中间，趋近一看，还是一个挺漂亮的女孩，只是脸色苍白，神情恍惚，年纪在二十岁上下。

见我们停车，她扑了过来，几乎是抓住我的手。在那样的近距离，我感觉到她的手和声音都是颤颤抖抖的："救，救救我，救救我！"

我说："不要急，慢慢说。"

那女孩说："刚刚有两个男人到我家里，抢走了我的存折和两万元现金。"

这一说不打紧，我们立即睡意全消。

"走，快看看去。"冯队长把她扯进了我们的车。

2

女孩家的箱箱柜柜几乎全被撬翻过，被褥也非常乱，一片狼藉。

这是一套两房一厅的居室。进门是客厅，正对客厅的是姑娘的卧室，也即第一现场；姑娘卧室隔壁是另一间卧室，没放什么东西，只一个床铺，无翻动痕迹。

经简单询问，女孩叫叶婉，一个人住这一套居室。其母已故，其父是某化工研究所的高级工程师，肩负援外任务到坦桑尼亚去了。

案情也很简单：大约是凌晨2点左右，她突然感到一阵胸闷，一个黑影用枕巾死死堵住她的嘴巴和眼睛，另外一个人即大行劫事。然后，他们就跑了。

我做了笔录。我们又吩咐她不要动现场，等天亮，还要叫刑侦技术人员来仔细勘查。说完，我们即驱车回了分局。此时，我犯了该死的文学的想象病。就是这该死的毛病改变了那个女孩的命运。

我在想，这么一个幽静的夜晚，两个豺狼一样的男人和一个柔弱的美丽孤女，难道就仅仅是一种抢与被抢的关系？那两个家伙难道就没有了别的举动?

我把这个想法告诉了冯队长。队长一听,拍了一下脑袋,觉得有理,回忆那场面,反思那个女孩的神态,便越觉得是有点不对头。队长不敢轻怠,这抢劫与轮奸抢劫,其性质与程度就大不相同了。于是,他当即通过对讲机,叫来了一个年纪较大的女民警老方。

老方鼓鼓敦敦,慈眉善目,颇会做人的思想工作,人称"难不倒"。在分局她是政工科长,民警们谁心里有个什么疙瘩,只要经她出面,几乎没有解不开的。她的特点就是说话很实在,没有空的,并且总喜欢站在别人的角度看问题、分析问题,并提出别人总能接受的解决办法。我们就又驱车去了女孩家。

凄清暗淡的灯光下,女孩更显俊秀。那双大大的眼睛虽然饱含忧郁与痛苦,却水波荡漾,楚楚动人。那挺直的鼻梁昭示出女孩以往的高傲与矜持。我还注意到,女孩的下嘴唇有一块小小的血印。肯定是那两个畜牲咬的,我愤愤地想。她坐在地上,揪着自己的头发默不作声。

带着问题再去看现场,结果就明显不一样了。我们这一次发现,女孩的床铺被移动了大约十五度角,不是一般的外力所能达到的;床单多处有精液留下的块印。毫无疑问,这是我们刚刚没有发现的新情况。

老方把叶婉叫到了另一个房间。不愧是训练有素的老民警,仅过了几分钟,老方就出来了。只见她神情严肃地朝队长点了点头。同时,我们听到了从屋里传来的姑娘呜呜的哭声,那声音哀婉凄苦,悲恸欲绝。我不禁揪紧了心。我在心里大骂那两个该吃枪子儿的色狼。他们彻底摧毁了一朵含苞待放的鲜花。

雨越下越大了,雨点打得窗外的芭蕉叶劈啪作响,仿佛在诉说着那个女孩的孤苦无依。

一会儿,又来了一些民警。人人都在按着自己的职责忙忙碌碌。我和老方在现场显然是插不上手了。分局长指示我们把叶婉

带到分局去，并说要好好看管，女孩子一时想不通，什么事都干得出来的。如果有个什么三长两短，唯我们是问。

叶婉郁郁寡欢不言不语。吃早饭的时候，老方说她去买早点。于是我和叶婉有了下面的对话。

我用警察经常用的那种口气开头："小叶，你好糊涂，发生了这么大的事，竟还想瞒过去，你难道要放纵那两个犯罪分子，让他们继续去糟蹋别的姐妹吗？幸亏我的想象力丰富，我肯定这不只是一起抢劫案，这才引起领导的重视，才弄清案件的全部真相。你差点害人又害己呢。"

她抬头望望我，那一望，差点把我击倒。她的眼睛幽深而美丽，她的眼神实在太迷人了。

我下意识转过脸。我当年才二十三岁，我还从没有正面接触过如此漂亮的异性。

"原来是你出的点子。你，你，你害了我！"她已说不出一句完整的话，嘴唇打着哆嗦，望着我的眼神里明显带着深深的怨恨。那样子，恨不得吃了我。

"我害了你？我们为你报仇也错了？"我不解。我当时的确不解。我瞪着眼睛望着她，尽管我的心开始颤动。

"你知道什么？你，你懂女孩子吗？"她直视着我，眼光像刀一样正在狠狠地对我切割。

这两个问题把我问得好惨。我不禁为之惊悚。是啊，我懂什么？从她的眼神里，我没有读到一点感激，没有读到一点赞赏。在以往的破案经历中，那些受害者有哪一个不是感激涕零的？然而在叶婉这里，有的只是诘难和责怨。那一刻，我似乎突然长大了，成熟了。我感觉出作为一个女孩子，如此大张旗鼓地向人公告她悲屈的失贞场面，无疑是非常残酷和屈辱的。她今后还怎么做人？还怎么生活？想到这儿，我就不敢再面对她的眼睛，刹那间像一个做错了事的学生，低下了戴着警帽的头，失却了刚刚那份骄傲与自得。

她见状，又摇了摇头："唉，你是警察，我也不能怪你，你是在履行你的职责，没错，但我却被你毁了。"

"不，不会的。"我想努力减轻自己的过错。其实我已经知道，一个女孩子出了这样的事，是好事吗？就算是枪毙了那两个小子，又能为她挽回什么呢？她的日子还得过下去呀，她还得恋爱结婚成家啊。

"不会？这么多警察、警车到我家，明天消息马上会张扬出去。我，我还怎么活下去？"说完，她低下头又哭了，哭得是那么无助，那么伤心，那么剜人肺腑。

我情不自禁地也跟着忧虑，跟着悲伤。看着这么一个美丽柔弱的女孩悲痛欲绝，我真不知道该怎么办。我自忖我并没有错，作为一名警察，我必须履行自己的职责，难道我们明知道罪犯有更加严重的罪行而不去彻底追究吗？但我也明白，我们的确也太大意了，我们完全可以尽量做得更隐蔽些。但这样的事能隐蔽吗？在这个时候，我的确有了些悔意，但后悔又有什么用呢？我望着她，那一刻，我突然有一种感觉，叶婉今后的生活之路不会轻松，不会平顺，更不会幸福和快乐。我的心就一直往下沉，往下沉……

3

案件很快就破了。虽然我对叶婉心怀内疚，但文学爱好者的习惯与执着，还是让我按捺不住写了一篇有关这个案件的通讯，在《南湖日报》"法制与社会"栏目上发表。当然，文中的叶婉用的是化名。

事后才知道，这篇通讯被隐藏在南湖的一个 W 国间谍看到了。他来南湖已经一年，办了一家独资企业，生意做得不错，而且对这里的社会、经济、文化、军事等各方面，虽然不能说了然于胸，但也可以说非常熟悉了。按照国内总部的指示，他来的初期没有情报任务，重点放在基础工作上，包括把企业的名气做大，接触和物色各方面可能对以后有用的人，建立搜集情报的渠道，等等。

他将那张报纸在手中把玩了很久，将我那篇文章反复看了几遍，摘录了一些东西，又思索了近一个小时，便诡秘地笑了。这个女孩很漂亮，这是其一；在中国这样一种文化传统和伦理环境中，这个女孩以后很难生存立足，这是其二；这个女孩一旦对一个人感恩，她会死心塌地为你服务，这是其三。于是，一个主意同时在他的心里酝酿形成。

他叫来了在身边工作的一个中国人，如此这般地作了安排。

很快,那人就根据我的文章里透露出的零星信息,几乎是毫不费力地打听到了叶婉的住处。因为只要说到那个案件,附近的人没有不知道的。那个 W 国间谍很快草拟了一份计划,并连夜以绝密传真形式发向他的国内总部。不几天,W 国就派来了几个人。他们神神秘秘地研究了一整天,又几次实地考察了叶婉的住处,观察她的出入规律。

由于我初出茅庐,在此案中表现突出,上级给我嘉奖一次。我自然很高兴,但也有些不安。我总想着那个受了伤害的美丽的女孩,总想着那双忧郁悲伤的眼睛。我当时有一个感觉,就是我的荣誉是建立在别人痛苦的基础上。难道我真的害了她吗?

不过警方只负责案件的侦破。而且,每天立呀、破呀,循环往复,无穷无尽,这就是我们的生活写照。所以,此后不久,那起特大轮奸抢劫案以及那个美丽的女孩就随着紧紧张张的刑警生活在我的记忆中淡去。

在分局锻炼了一年后,我如期回了市局。但那一年的基层实践所积累的生活与体会,足足让我"滋润"了很长时间。在以后的一段岁月里,我写了不少东西,如诗歌、散文、纪实文学之类,偶尔也写点侦探小说。其中一篇纪实作品《天涯追捕》被北京的金盾影视制作中心看中,还拍成了一个四集电视片。虽然没有引起轰动,但对我而言,却是比过年还要快乐。那一段我只要有空就拿出那个碟片翻来覆去放,一个人在房子里孤芳自赏,自我陶醉。

这时,办公室和局里其他部门就有人开始议论我,说我不务正业,心思没放在工作上,而只放在写作上、投稿上,那样既得名,也得利,名利双收等等等等。那时我正是入党积极分子。在公安部门,要想有个出息,不入党是不可能的。这是一个要求对党对人民绝对忠诚的部门。所以我心里好烦,曾一度想联系一家报纸调出去。但我毕竟已经深爱着这份工作了。我就找了车主任汇报思想,因为我最信任他。他是真正把我领进公安队伍的第一人。

车主任听了我的汇报后说，没关系，任何一个单位都会有这样的情况，都有飞短流长，因为每一个人的思想意识、精神境界和价值观念是有很大差别的，不可能是同一个水平。公安部门也是如此，也不是真空一块，更不是外人所想象的警察就是完美无缺的。所以他要我不要理会那些议论，继续走自己的路，在搞好工作的前提下坚持自己的创作。他说，有一些人业余时间打牌、跳舞、钓鱼、喝酒、看电视，可以心安理得，你那么辛辛苦苦写东西有错吗？就要被指责吗？走自己的路，让别人去说吧。他还告诉我，局长很支持。说局长私下里对他说过，说小李那个小伙子不错，至少是一个有理想有毅力的人，这很难得，要好好培养我。我当时听了很感动，没想到有这么多领导在关注我，而且理解我。

这样有起有伏地又过了一年。一天上午，我收到一张省公安厅的请柬，大意是省厅党委考虑到我省公安文学创作队伍日益壮大，文学成果日益增多的状况，决定成立一个全省性的公安文学艺术协会，以利于规范管理，交流经验，形成整体合力。鉴于我的“创作成果”，特邀我参加成立大会，并被吸收为第一批会员。

我高兴极了，作为搞文学的，谁不想成为作家？我总算向前迈进了一步，尽管不是专业的而是业余的，尽管不是正规的作家协会，但毕竟也是我们系统的“作家”协会。于是我立即持信向办公室和局领导作了报告。他们都很支持。下午我就去省厅报到了。

次日，成立大会正式召开。厅长素以儒雅著称，也擅长舞文弄墨，他亲自到会讲话，讲得热情洋溢，讲得我们热血沸腾，个个都想快点深入生活写出励警明志除恶扬善的巨著。那天的会场真的充溢着浓厚的文人气息，厅长的演讲像一篇抒情散文，激情四射；来贺的作家，或即兴写诗，或当场撰文；参加的会员有破帽遮颜的，有黑须满面的，有气宇轩昂的，也有土不拉叽的，让我看到了警察的另一面。

会上，省厅曾多次发表中篇小说并荣获过全国文学大奖的杨理事长郑重下达了任务，年内每人要交一部有分量的作品，最好是纪实的，因为当今的读者很实在，不喜欢看那些虚无缥缈的小说。还因为厅里准备在此基础上办一份杂志，叫《警察世界》，全国发行的，需要大量稿件。若年内不交上一篇，即视为自动取消会籍。师哥师姐们儿一个个跃跃欲试。

我其实在内心里更喜欢当一个“自由撰稿人”。看到什么有所思有所想就写，没有就不要硬憋。因此我特别反对交任务和带着任务去写作，那样心态就比较浮躁。但我珍惜这个会籍。因为我离加入真正的作家协会还相差很远。于是我就去找主席——中国作家协会会员、省厅办公室主任老刘。我说：“刘主席，您能不能给我出个题目？”

他笑笑：“你是我省公安系统首批会员中最年轻的。你一定要好好写。至于题目嘛，很多的。但在基层的作者都存在一个复述案例的肤浅毛病，站得不高，视野不宽，缺乏深度。比如，你写的一些东西我也看过，也没有脱出发案、分析、破案的窠臼。其实真正的好戏恰恰在破案以后。你们不是办过很多强奸案件吗？你想想，那些受害的女人是怎么继续她们的人生的？她们有的因此而沉沦颓废，有的发誓要报复男人，有的忍气吞声无脸见人，有的家庭破裂等等。造成这种结局的有哪些主观的、客观的、社会的因素？她们的命运无疑是值得人们去深深地思索与关注的。因而也就有一定的社会意义。但我们的作者有几个作过这样的追踪反映？有几个向社会呼吁过保护和尊重这些女性？我只是给你提个醒：真正的创作，功夫在案例之外之后之深处！”

主席的这番话令我茅塞顿开。我在大学的理论考试得的是优秀，可在实践中却显得多么苍白。我点头如啄米，奉主席的话如圭臬。我激动地回到局里，十十足足地有了创作冲动。我思考了好久，决定就写一篇《沉重的十字架——强奸案后的女人们》，并拟出了基本思路。

我搜寻着阅历中的记忆，许多的素材如放电影一般纷至沓来，却不料第一个跳入我脑海的就是她——叶婉。

对，第一个得采访她。她如今是否依旧？

现在回想起来，如果没有成立什么公安文协，或者成立文协而没有向刘主席请教，我是决不会去写那篇文章的，进而也就不会想到去找叶婉，也许就不会有这个故事了。这，可能就是缘分就是宿命吧。

那天我赶了个大早，来到了那栋熟悉的宿舍，看到了那排颇觉亲切的芭蕉树。不知怎的，当时警笛喧鸣的场面一下子又闪回在眼前。我想，假如把我换作了叶婉，那情那景的确是可怕而恐怖的。何况她还是个单身独处年龄才二十岁的女孩。

我找到了她的房门，轻轻地敲了几下，没有回音。我以为她还没有起床，站在门外等了约摸半个小时，又敲，仍无动静。难道她不上班？难道她真的成了刘主席说的颓废沉沦者？

这时，她的邻居家有人开门，探出一张老太婆的脸，只见她仔细地打量着我，眼神怪怪的。好一会儿，她许是看我面善，才收了法西斯般的眼光，问："你找谁？"

我躬躬腰，道："我找小叶，叶婉。"

"你是她什么人？"口气像我们搞预审的同行。

我说："我是公安局的，找她了解点情况。"我扬了扬黑皮工作证。

老太太说："公安局还找她？又犯了事吗？"

我连忙说："不不，我是她的朋友。"

老太太放心了，笑了笑，就把身子挪出了门："那个姑娘啊，很少回来的，有时回来，就一会儿，又走了，很难碰到的。"

"她现在还上班吗？"我问。

老太太摇摇头："自从两年前被两个男人糟蹋了后，她就在单位呆不下去了。听说辞了职。"

“辞职了又干什么去了?”我急问。

“不清楚,有的说她在夜总会唱歌,有的说她在摆服装摊子,还有的说她在宾馆当鸡。造孽呢。”

“有的有的”这种句式内容很不具体,有时等于没说。看样子是问不出什么名堂了。我于是从袋里拿出一张纸,写了我的名字与电话号码,交给老太太:“如果叶婉回来,请您老人家一定将这张纸条给她,说我有急事找。”

她瘪了瘪那苍凉的嘴,热情地点了点头。

就是那天晚上,厄运降临到叶婉头上。她回家很晚。由于太疲惫,她睡得特别沉。大约凌晨4点左右,她的门前出现了几个高大的黑影。只见他们将一根细细的管子从窗缝里插了进去,紧接着一股白烟随之而进。等了估摸十来分钟,他们又熟练地打开了房门,轻轻拥进了房子。把门关上后,他们用特制的布料又在窗上加了一层窗帘,然后才打开灯。这几个人带了一个非常精致的箱子,有两个人很娴熟地取出了工具。一个人用手拍了拍叶婉的脸,叫着她的名字,还用一根细针刺她的臂部,均无任何反应。他们互相看了看,竖起大拇指笑了。一个人把叶婉翻过身来,撩开了她的睡衣……

大约不到一个小时,一切工作都已做完。他们为保险起见,又当场做了测试。然后,他们才清理现场,恢复原样,神不知鬼不觉地离开了叶婉的宿舍。

4

回到局里后，我的心情异常沉重。我和叶婉年龄相仿，我平平安安吃皇粮，无须到处颠沛，活得无忧无虑。而她却奔波不定，失却了她那个年龄应有的自由与快乐，显然，她是真的由于惨遭不幸而背起了那个沉重的十字架，在漫长的生活道路上踽踽独行。

我有点坐不住了，我只想快点找到她，给她以帮助，哪怕是一点点。毕竟，正如她当初说的，这里面有我的原因。如果我当初不对队长提醒那么一句，如果当初只是把它作为一起简单的抢劫案来处理，会有现在这种结果吗？

于是，每天中午我都骑车到黄兴路、中山路、蔡锷路等繁华地段的服装市场，去寻找她的摊位；每天晚上，我则走进一家家灯红酒绿的夜总会，去寻觅她的踪迹。我甚至还到治安大队去翻查近两年处理过的卖春女名册，但都没有她。叶婉到哪儿去了呢？

我更加深了内心的负疚。我发誓不管怎样，一定要找到她，哪怕上天揽月，下海捞针，我都会奋不顾身的。

有一天晚上，我和一位朋友在藩后街宵夜，叫了几瓶啤酒和几个冷盘。正吃得兴起，忽然发现对面路灯下站着一位风姿绰约的女孩，高挑的身材，晶亮的眼睛，姣好的面部轮廓，是叶婉？虽然有两年不见了,但她的容貌我是不会忘记的。她挎一个坤包,在微风中亭亭玉立。是她,没错,真是她!

我立即丢了筷子,叫了一声:"叶婉!"就要过马路。这时,一辆红色夏利的士忽地停在她旁边。她望了我一眼,立即开门钻了进去。

一缕白烟飘过,车子迅疾驶出了我的视线。我茫然地站在那里。她认出我了吗?她是不是仍心存怨怼而不想见我?一切都不得而知。

不过,我总算见了她一面,并且可以肯定,她还在这座城市,这也算是收获吧。

于是我又开始寻寻觅觅。我的办法是同行经常用的"定点守候",就在她的家门口等着,老太太不是说她偶尔也回来吗?

功夫不负有心人,她终于被我逮了个正着。那天薄暮时分,夕阳已经西下,但热浪逼人。已经下班的我就在她家门前的马路上徘徊。远远地,她出现了。虽然她架一副厚厚的墨镜,头上戴一顶帆布太阳帽,但一个人固有的气质是难以遮掩的。我立刻就认出是她。她慢慢悠悠,东张西望,像是解放前的地下党员在找接头人。

我迎了上去,且脸上簇拥着灿烂的笑容:"叶婉,你好。怎么,不认识我啦?"

她愣了一下,想躲也躲不了了。"认识,一个想入非非的警察,化成灰我也认识。"她寒气逼人地回答。

说着,她加快了步子,打开了家门,她试图将我拒之门外,但无奈臂力敌不过我,门始终关不了。相持了一会儿,她只好轻轻叹了口气道:"好吧,进来吧,免得别人看见了又议论。"

进了门后,她扭开了电扇,往沙发上一坐,望着我,说:"找我干什么?还嫌害我不够吗?"

我问:"你收到了我的条子吗?"

“收到了。”

“那天在藩后街我叫你,听到了吗?”

“听到了。”

“那你为什么不给我打个电话呢?”

她冷笑了一声,说:“你是什么人?我为什么要给你打电话?”

“你还恨我?”我问。

她忽地站了起来,怒眼圆睁:“难道还要我爱你?不是你,今天我会到处流浪?不是你,我会有家不敢归?不是你,我会过这种昼伏夜出的生活?不是你,我的父亲会延期不回来?我倒想问问你,你为什么还要来找我?”

她一口气说了许多个“不是你”。我突然觉得自己像是一个受审判者,是一个罪恶滔天的人。我无话可说,只有低头听骂的份。我甚至不敢看她虽然美丽但却憔悴瘦削的脸庞。是啊,此时我能说什么?我还能作辩解吗?

见我无话可答,她再次问道:“你找我干什么?难道还嫌害我不够?”

我此时才清醒过来,才意识到我来的目的。但我能说是来以她为题材写文章吗?能再提“强奸”二字吗?我觉出了自己的卑琐和自私。别人是那么痛苦,我却要写什么纪实,心灵深处就没有名利作祟?不写了,会籍算什么?不要了,在这样一个女孩面前,面对这样一双纯净的眼睛,我不可能再下笔去写那段令她不堪回首的辛酸往事,那无异于在她的伤疤上揭一层皮。

我故作轻描淡写地说:“有一个刊物约我写篇文章,写女性的。我第一个念头就是写你。因为你是一个特别的女孩。我就开始打听你,寻找你。不管怎样,我觉得你的现状都与我有直接或间接的关系。现在想来,我确实对不起你。我不知道你现在干什么,过得怎么样,有什么困难我能帮忙?于是我就想快点见到你。请告诉我,我是警察,你应该相信我的真诚。”

她这会儿是静静地在听，眼里竟泛出粼粼泪光。她捂着鼻子轻轻抽泣了几下，又仰头望着我，说："李警官，谢谢你。但你说我是一个特别的女孩，难道就因为我是一个被轮奸过的女人？"

她这一敏感的反问搞得我措手不及。我赶紧站起来说："不，不，我现在就可以向你发誓，我所有关于女人的文章都不写了。我见到你以后，只有一个念头，就是和你交个朋友，就是能帮助你忘记过去，面向未来。而且，我也知道你过得并不好，过得很难。我只想问问你，我能帮你吗？你不要再躲着我好吗？"

她听了，竟在我面前忘情地哭了，眼泪像断了线的珠子。看得出，她好像连这样痛哭的机会也没有过。"你是第一个也是至今唯一的一个来关心我的。"她说得很轻，但却来自心灵深处，我感觉得到。

我忙递过去一块手帕。她能说这样的话，说明她对我至少没有了抵触情绪。

"能把肩膀给我靠靠吗？"她盯着我，眼睛里的泪水还没干。

我就势坐在她的身边，让她靠着。我当时确实没有别的什么念头，只是想和她拉近一些距离。她太需要有人慰藉了，真的。

"谢谢你，我真的过得好累。"她喃喃念道。

不一会儿，她居然睡着了，发出均匀的呼吸声，显得安详甜蜜。

而就在这个时候，那个 W 国间谍正在发送一份加密传真给他的国内总部。他在传真里称，他已和国内派来的技术人员成功对代号为"红豆"的叶婉实施了"手术"，经过一段时间的观察后，效果非常好。目前，他正在组织进行第二步计划。他的建议是，对"红豆"的工作不能太急，要着眼长远，操之过急可能引起她的反感，弄得不好还会暴露目标。他的想法是要让对象在历经磨难无处投靠的情况下再适时出手相救，那样必能使她感激不尽而对他俯首帖耳。

总部当即回电：同意。

5

对于叶婉的大转变,我感到又惊又喜。我总算和她联系上了,并且冰释了一些前嫌。今后我可以为她做点什么了。那一段时间我的心情特别好,工作的劲头非常足,连走路都哼着小调。同事们都以为我找了女朋友了。弄得有一次车主任见了我都问:“小李呀,听说你找了女朋友?”我把头摇得像筛子。

他说:“还不好意思?真找了一定要告诉我,我可是想第一个向你道喜哟。”我赶紧说一定一定。

又过了许多日子,一天晚上,叶婉打电话约我到她家去谈谈。那晚下好大的雨。硕大的雨点打在外面的芭蕉叶上,噼噼啪啪。她说她喜欢雨,雨能隐去她的行踪,遮掩她的尴尬,平静她的心情。我说我也喜欢雨,喜欢看雨帘,听雨声,喜欢看着雨帘思索和远眺,喜欢听着雨声遐想与休息。

我们就从雨谈开去,谈唐宋时代的文人骚客写的雨诗雨词,谈大陆港台当今流行的雨歌雨舞,然后再谈我们几年来各自生活中的风风雨雨。

那晚我们谈了很多很多的话,但更多的是我认真倾听她的心曲。

原来自那起案件了结后，她的厄运也随之而来。先是厂里的人三三两两说她的长短，戳她的背脊，什么"这女人是祸水，一下子就要了两个男人的命"，什么"这女人是扫帚星，谁找谁倒霉"，什么"长得妖气，以后还会有人死在她手下的"……如此等等，不一而足。亲戚与她断了往来，朋友们也远她而去，都觉得她身负命案，有晦气。继而是厂领导作出决定，将她换到了一个又脏又累的岗位。紧接着她在国外的父亲得到了消息，气得大病了一场，声称要等她嫁了人才回国。

这些还在其次，令她不堪忍受的是厂里一些"烂崽"经常上门骚扰她，对她淫言秽语，动手动脚，说"别人搞得我们也搞得"，"有了第一次，还怕第二次吗?"她呼天天不应，叫地地不灵，无人帮她，也没人为她主持公道。多才多艺、生动活泼的她从此沉默了。不久，她辞职离开了这个是非之地。

她悄悄地应聘去了一家中日合资企业。老板见她长得漂亮，气质高雅，叫她负责公关部。但她婉拒了。她心里清楚，搞公关，必在外头露面，弄不好，过去的事又会带进来。她宁愿干打字员，成天坐在打字室，面对荧屏，冰心一片，可以暂时抛却尘世烦恼。

她还告诉我，最近有一个小伙子在追求她。说这话的时候，我看出她的笑容是灿烂的，表情是甜蜜的，整个身心都沉浸在幸福里。她说小伙子不仅长得很帅，而且与我一样也弄弄文学，现在南湖师大中文系读研究生，主攻明清小说。她说她十多岁的时候就有一个梦想，将来的亲密伴侣应是一个文质彬彬儒雅俊气的男人。

"他很爱我，真的。"她说。

"那你一定要把握住，到时候喝喜酒可别忘了请我呀。"我说。可不知怎的，我的心底竟飘过一丝哀凉，且有一种深深的失落感。为什么，我也说不清楚。

过了一会儿，她又长长地叹了一口气，说："我知道，自古好梦不长，我总有一种预感，我们很难结合的。"

“为什么?”我问。

“没为什么,只是一种感觉。”

我理解她的这种预感。她受的伤害不是一般的伤害,她承受的苦难也不是一般的苦难。她外表尽管高傲,但内心却非常自卑;她表情虽然淡漠,可骨子里却是多么希望得到真诚的爱呀!

夜已经很深很深了,雨仍在淅淅沥沥地下。我起身告辞,我告诉她:“作为朋友,你的事就是我的事,今后你有什么困难,一定对我说。我能办的会不遗余力,我不能办的,也可出出主意。另外,有空给我挂电话,聊聊天也好。我知道,你不会带你的男朋友到你这套房子里来的。”

她点了点头,眨眨眼睛,又对我说:“我暂时还不想把我的工作单位和电话号码告诉你。”

我也点点头,笑笑:“我知道,你是不想把过去的人和事带到现在的环境里。没关系,有事你就打电话给我。我如果想见你,我会到这里来等你的。”

她抿着嘴,那双大眼睛晶亮晶亮。

我真的放弃了那篇文章。后来我选择了“无业游民”这个题材,写了一个纪实作品交了差。

至于叶婉,她有时和我打打电话,谈谈见闻,说说心事;有时约我到她家去聊天。当然,我也主动去找过她。她告诉我,她从公安分局值班室里那次谈话就发现我很纯真很浪漫很幼稚,不像个警察,倒像个还没毕业的大学生。她说她其实很喜欢我这种人,很真诚,不老练得吓人,也不油腔滑调。我说你别安慰我了,我会睡不着的。她说是真的。

是年冬天,下了一场前所未有的大雪。厚厚的雪花几乎覆盖了整个城市。一夜醒来,就如梨花盛开,到处是皑皑白雪发出的耀眼光芒。

那晚,我没有出去。在这种洁白纯净的氛围中,点一支烟,泡一杯酽茶，看窗外雪舞飞扬；在桌上摊开稿子，写一些自己喜欢的文字，真真是一种销魂的享受。

突然，桌上的电话铃骤响。

“李哥，是我，叶婉。”

“唔，是你，有事吗？”晚上给我挂电话，这还是头一回。听她讲话的音调，似乎是发生了什么事。我等她说话。

她那边沉默了一会儿。

“怎么，有什么事不愿跟我讲？”我问。

“他不爱我了，他知道我以前的事了。”她轻轻说，说完又沉默了，继而我又听到那边的啜泣声。

“他怎么知道的？你不是说你没有告诉任何人你现在的工作单位吗？”我问。

“我也不知道。他只说是一个人打电话告诉他的。”

“那是谁？”

“他不说，而且我去追问又有什么意义？”

我忙问：“你现在在哪儿？”

她没有回答，只说：“李哥，我的命好苦啊。”

我又问：“你在哪里？我来接你。”

她说：“不用。我只是向你，我现在唯一的朋友吐吐心中的苦水。我为什么这样苦，我活着还有什么意思？”说完，哭声增大了。

“你千万不要干傻事，”我想了想，又安慰道，“你是个好女孩，还这么年轻，会找到幸福的。失一次恋算什么呢？你不可能今生就是属于他吧，他也不可能就是天底下最好的男人吧。婚姻要靠缘分。按我说，现在分手是你的福气，要是结了婚有了孩子再出问题，那不更惨？”

说到这里，我觉得安慰得还不够，又补充道：“他不是一个真正的男子汉，真正的男子汉是不会在乎所爱的人过去的事的，何况那件事你完全是受害者，怎么能怪你呢？”

她听了,竟说:“过去我也试探过他,他不相信,并说真有这事也没关系,说的高论也和你一样。看来,你们男人特别是搞文学的都有一个通病,对漂亮女孩总想象得很美很美,甚至还构思一些浪漫故事,并愿为之献身;但一旦接触到现实,你们就是十足的懦夫!”

我火了:“你怎么能把我和他相比?”

她紧逼一句:“那你会要我,会爱我吗?”

这一句逼得我哑然失语。双方静默了约一分钟,还是她先开口了。她笑笑,笑得凄然空冷:“李哥,你千万别生气,也别在意。我是气头上的话。其实,我哪有资格得到你的爱呀。我是不配的。”

说完,她一句结束语都没有,就把电话挂了。

这深冬的夜里,她会去哪里,又能去哪里呢?一个美丽的孤女,实在让我放心不下。至少她说我是她现在唯一的朋友。我很感动,又怎能辜负她呢?我赶紧披了大衣,下了楼,骑了摩托,直驶她的宿舍,在纷纷扬扬的雪花中我等了她整整一个晚上。

她没回来。我成了一座雪雕。

6

她不配我吗？我不喜欢她吗？

这是一种微妙的感情。这种感情自那晚的电话后一直很剧烈很顽固又很明朗地在我心中盘桓，久久不散。虽然我和她接触时间不长，但仅有的几次交谈，我凭几年警察生活的经验感觉出，她其实是一个很好的女孩。她美丽、柔弱、大方、活泼，富于思考又善解人意。她真的是应该得到一份诚挚的爱的。她像一张白纸，只要能遇上一位高明而厚道的画家，一定能画出最新最美的图画。

我不是那位画家，我也很难说会给她带去幸福。我其实是很喜欢她的，她的容貌与气质，她的性格与善良，都曾使我深深悸动过。然而，想起那桩事，特别是我亲手办的那桩案件，却像阴魂一样驱除不去。对她产生婚姻意义上的感情，我一时是下不了决心的，也许永远不会。要别人不在乎，可真落到自己头上，却不得不在乎。我发现我其实是很虚伪的。

在那一瞬间，我甚至产生了一个放弃与她交往的念头。因为我觉得自己不配。一个伪君子，如何能给一个受过伤害的美丽女孩高尚的情感与友谊呢？即使给了，那高尚中又有几多真诚？

一段时间里，对于叶婉，我既怕她打电话找我，我还得装真诚，

又怕她看出了我的卑怯自私而不再和我往来。我就在这种痛苦与矛盾中默默打发着光阴。

叶婉真的再没和我联系。我仿佛觉得突然失去了一样最为宝贵的东西。那一段时间,我明显感到自己有点魂不守舍,工作效率下降,上班时变得无精打采。

直到那年快过春节了,我才终于接到了她的电话。她急切地想见我,约我在“阿波罗咖啡厅”会面。当时我正值班。我跟另一位同事说了,请他为我代一下,便披了大衣,匆匆赶去那里。

叶婉还没来。咖啡厅里暖气很足,人很多,我赶紧订了个座位,燃上一支烟静静等候。

外面寒风萧瑟,玻璃窗上都蒙上了一层薄薄的冰,在窗前走过的人都竖了衣领,哈着热气,匆匆行进。我站起身,伫立在玻璃窗前眺望,一年了,她会有什么变化吗?我怕看不清她,就用餐巾纸把玻璃上的雾气擦了擦。远远地,一辆的士裹风而至,停在马路边。一个女孩下了车,是她,叶婉。她披一件粉红色风衣,高盘起乌亮的头发,挎一个精致的小皮包,穿一双棕色的皮靴,仍是那么美丽孤傲,气度不凡。我向她扬了扬手,她看了我一眼,径直向咖啡厅走来。

那一次咖啡喝得真是苦涩。

我们一见面,她就泪眼迷蒙,看得出她是尽力压抑住内心的痛苦。她是个很有修养的女孩。在娓娓地向我诉说时,虽然含着泪,却仍然相当平静。

我得知,这一段时间,也就是那个研究生弃她而去以后,她的日子过得异常艰难。她被轮奸过的消息不胫而走,很快传遍了那家合资企业。

外方老板是个日本人,叫小村木三。有一天,他通知叶婉去他办公室。叶婉觉得奇怪,自从进了这家企业后,老板还没有直接找过她,更谈不上去他办公室亲聆指教。她担心自己是否做错了什么，便忐忑不安地上楼敲响了老板的门。

“请进。”生硬的汉语，是小村木三。

她推门进去，小心翼翼地问道：“老板，我是小叶。您找我有事？”小村一看，脸上立即堆满了笑，并站了起来，扬手示意她坐在沙发上。然后他也紧紧靠她坐了下来，并将手搭在她的肩膀上，问，“小叶姑娘，你最近过得好吗？”

叶婉见状，往旁边挪了挪身子，说：“谢谢老板关心，我过得很好。您找我有什么事吗？”

“很好？”小村显得很惊讶，“噢，不不，你失恋了，你很痛苦，我看得出，你大大的痛苦。”说着，竟一头扑到叶婉身上，狂啃乱咬起来。

“老板，你不能这样。”叶婉一把推开那个倭寇，起身退到了门口，眼光像刀一样盯着小村木三。

“为什么不能的？你同时能和两个男人干，我为什么不能？”小村闪着那双细小淫荡的眼睛说，“我过去以为你神圣不可侵犯，高傲得像一只小天鹅。现在我才知道你原来也是个下等货。哼，你不答应，我马上解雇你！但如果你答应，我保证你一辈子过上好日子。”

叶婉的眼睛里溢满了泪水，但她硬是忍着不掉下来。她不想在这样的人面前示弱。她咬着嘴唇，一字一顿地说：“你这个癞哈蟆，休想！”说完，扭开门头也不回地离开了那个地方。

她每天都打电话去我的办公室和宿舍找我，但我那一段办案在外出差多。那个时候不像现在人人都有手机，想找就可以找到。她又急又气，几次想自杀了事，但确实又心有不甘。她仰天长叹：“社会为什么容不下一个曾被欺凌过的弱女子？为什么总有人盯着我害我？”

我听完她的自述，对她说：“叶婉，你别急。这些年来，发生了那么多事，我总结出了一条，就是你要彻底换一个环境，彻底摆脱

过去的人和事，重新开始一种新的人际关系与工作关系。”

她怔怔地望着我：“怎么换呀？”

我说：“我有一个朋友叫周浩，工商管理硕士，我们是哥们儿，现在南湖天龙电子集团公司任董事长秘书。这个公司在郊外，离市区比较远。我跟他联系一下，估计安排一个人工作不会有什么问题。到了那里，你就是在一个全新的环境里生活了。没有人认识你，更没有人歧视你。你会慢慢淡忘过去，会过得很快乐的。”

她的眼睛熠熠发亮：“李哥，真谢谢你。给你添这么多麻烦，我真的很不好意思。就麻烦你和你的朋友说说。”

我笑笑：“你说这些话就见外了，不用言谢，我们是朋友嘛。我会很快给你消息的。”

7

那年春节过后不久,叶婉即准备去天龙公司。我的同学周浩告诉我,他们集团公司正扩大业务,各方面都需要女性职员。听了我对叶婉个人情况、条件的介绍,他说,这个女孩不错,此事他包了。果然没有多久,他就告诉我,叫叶婉来上班吧。

那天我送她上的汽车站。她的情绪很低落,一路上默默无语,眼睛里潮潮的亮亮的。我对她说,那里山清水秀,是个好地方,而且天龙公司又是南湖市最好最大的民营企业,在全国都有影响的,工资也比一般的地方高,市里有好多人想去呢。你要高兴才对。

她低低地说:“李哥,我不是别的不高兴,只是想起到了那里,再不会有人像你一样关心照顾我了。我,我真舍不得离开你。”说完,她的眼睛又湿了。

那天特别的冷,天下着鹅毛大雪,飘飘洒洒。我们在汽车站的候车室里来回走着,当然没有西方人那样热烈拥抱拍肩接吻,也没有一些电影中离别时的号啕大哭要死要活,但她还是不自已地挽了我的手,将头靠在我的肩膀上,我也没有拒绝和推让,尽量配合着她,俨如情侣。一直待到站务员大声叫了两次后,她才匆匆上车,并迅速亲了一下我的脸,丢下一句话:“我忘不了这个冬季。”

汽车徐徐启动，她把那张美丽的脸紧贴在窗玻璃上，眼睛深情地注视着我一动不动，一只手频频摇着，向我告别。我这才注意到，她已泪流满面。我尽量笑着，挥舞着手，其实我的心里也充满了不舍。

到了天龙不几天，她就给我来了电话。她告诉我，周浩待她很好，安排她在总经理秘书室负责接待，工资也比较高，挺不错的。听她口气，她好高兴好快乐的。我间或也打电话给周浩询问情况，要他好好关照她，像照顾自己的妹妹。周浩告诉我，他会这样做的，而且老板对叶婉也非常满意，说她不仅外表漂亮，气质不俗，而且做事很勤快，脑瓜子好使，可塑性强。我听了不禁长舒了一口气，叶婉总算找到了属于自己的坐标，总算开始了一种全新的生活。我的灵魂也由此得到了慰藉。

后来，我们的联系就慢慢地少了。

不久，我报考了南湖大学法律系的自考本科班。我自学法律，不仅是想充实自己，更重要的是，我觉得作为一个警察必须得懂法律，不然枉有了这个神圣的称号。在那个时候，我的很多同事就不懂法律，有的在办案过程中，喜欢先抓了人，再去翻书；有的在讯问过程中，喜欢拍桌打椅，搞刑讯逼供，而不是用法律攻心，依法律办事。我是学中文的，与法律毫不搭界，更应该学习。车主任也很支持我，说我们中国在管理上的发展趋势肯定是法治，老百姓的法律意识也肯定会越来越强，所以现在学好法律，具有长远意义。又说，以后星期六、星期日的下午和晚上原则上不要我加班，因为这两个时间我必须得去学校上课。

后来我就真的恋爱了。女友叫小箐，大学毕业，学美术的，是一家刊物的责任编辑。中等个子，也还算漂亮。我们是经我一个大学女同学介绍认识的。在大学里，我还算是一个小小的“名人”，既是校学生会的干部，又是校报的兼职副主编，还写了不少风花雪月的文字。在那个年龄段，能写些诗呀散文之类的男人，就是“白马王子”的同义词。所以那个时候，追我暗恋我的女生不能说少。但我那时的心思没在这上面。以后回过头想，我确实错过了一些好女孩。见我毕业几年了还没找朋友，我没急，我的那些女同学倒急了，她们不允许，更不忍心。她们说不能让我这样的资源白白浪费。于是她们就经常热情地张罗我去见这个见那个。小箐和我那大学女同学是高中同学。我们在一起吃了一餐饭喝了一次茶后，彼此很快就有了感觉，就谈起来了。我也从此告别了单身生活。

结婚那天，我请了局办公室的全体同事。那时，车主任已调到反间谍侦查处当处长去了，在局外面办公。他接了我的请柬，欣然参加了我的婚礼。周浩和叶婉也赶过来了。叶婉在红包上写道："祝李哥新婚快乐"，落款是"孤女"，弄得我心里怪怪的。但那天我特别高兴，酒一杯接一杯来者不拒。最后喝了个酩酊大醉，人事不省，怎么回去的，怎么进新房的，怎么度过自己新婚之夜的，和朋友们是怎么告别的，一概不记得了。

后来小箐就怀孕了，肚子看着一天一天长大。小箐办公的地方挺远的，我不放心，每天就送她到公交站上汽车。她走了后我才骑着单车猛踩去单位上班。我不能迟到。下班后，我又赶紧骑车去那个公交站，一趟一趟寻着她腆着肚子的身影，接她回家。她下班的时候，总是带着一些菜。她知道我一点儿也不会做饭菜。我说想请远在农村的妈妈来照顾她。她不同意，她很好强的，说不到生孩子那天，她都要自己亲自搞饭吃。她确实弄得一手好菜。一个星期不会重复菜谱，而且很讲究营养的搭配。为了让孩子在娘肚子里健康成长，她没少想办法，专门买了一些有关营养的书籍，每天就对着做，不厌其烦。她说老人只会老搞法，她必须得自己做，这是对孩子负责。况且，她笑着说，老人来了住哪儿呀。我也笑了，我们那时只有一间卧室一个厨房。真是歪打正着，她十月怀胎，把我催肥了二十多斤。

第二年五月的一天，由于胎位不正，医院决定对小箐实施剖腹产。那天的中午，太阳异常酷烈。我在产房外手捧一束鲜花忐忑不安地等着。我虽然是警察，但凡是动刀子的事我都紧张。一直到那白色的推床出来，一个护士把小孩给我过目，说母子平安，我才把那颗悬着的心落下来。我把花献给小箐。她苦笑了一下，说，我怎么拿呀，还是你自己拿着吧。我终于有了儿子，儿子一出来，我也就成了父亲。从那天开始，我觉得自己真的长大了。

有了儿子后，我就忙了。原来当父亲并不只有荣誉，更多的是责任，具体来说更多的是辛苦。每天儿子的尿片和换下的衣服要清洗，每晚儿子要喝三次牛奶，既要正点，又要不冷不热，每天早晨儿子要放风，呼吸新鲜空气，我都自告奋勇承包了。那段时间啊，真累！白天得上班，回家要为儿子打工，等他睡了，我还要看法律书，还要写点东西。人毕竟不是铁打的，我就染上了失眠、耳鸣等毛病，至今都没有根除。只有到了这个时候，我才终于明白“可怜天下父母心”这几个字后面的真正含义。为此，我在内心里感谢我的祖母、外婆和父母，他们也是这样一点一点把我带大的。

有了这么多实实在在的事情，我与叶婉的联系就更少了。我想，作为始作俑者，我应该说是作了极大程度的补偿。如今她有了自己新的天地，我有了自己的家，我还有什么必要再去介入她的生活？再去勾起她痛苦的回忆？我其实也是她痛苦回忆中的一个人物，我也想从那里面跳出来，彻彻底底实实在在地跳出来，让她真正有一个全新的工作、生活和人际环境。

又一年，我获得了南湖大学法律系的自考本科文凭。我的下一步打算是，参加全国或全省的律师资格考试，我想有一个律师身份。然而，这个时候，叶婉的事情又发生了意料不到的变化。

那天，叶婉打电话给我，很急促：“李哥，你明天无论如何到我这里来一趟，我求你了。”

“什么事？”我忙问。

"你不来,我就完了。我真不知道怎么办哇。"她的声音里明显有一种求救的讯号。

我意识到问题的严重性。不然,她不会这样对我说话,这样找我的。我赶紧说:"叶婉,你别急,我处理一下手头的事,明天就过来。你务必等我。"

她说好,声音快快的,可以想象她那无依的样子。

我不得不中断了我手头的工作。

次日上午,我搭上了去天龙的汽车。一个小时后,我就到了天龙。接着去了叶婉的住地。

敲门。一个与叶婉年龄相仿的女孩开了门。

"你是李警官吧?"她问。

我点点头,问:"叶婉呢?"

"刚刚周浩来了,要她到公司去一趟。不知发生了什么事。两人的脸都板得紧紧的。"

"唔,你知道叶婉为什么叫我来吗?"

她摇摇头。

直到下午4点多,叶婉才回来,她明显瘦了,脸色也很苍白,但浑身上下却洋溢着一个白领丽人的高贵与洒脱,愈发楚楚动人了。

叶婉一见我,眼神就像看到亲人一样闪闪发亮。她一把将我拉到她的房间,竟一头扑到我怀里呜呜哭了起来。

我毫无准备,慌得手足无措,便使劲想推开她,但越推她抱得越紧,好像怕我跑了似的。我想她肯定是遇到了极度伤心的事,便由她去了。

过了一会儿,她才抬起满是泪痕的脸望着我:"李哥,你总算来了。"

我问:"小叶,到底发生了什么事?"

她告诉我,天龙公司最近从一份资料中获悉,日本某株式会社研制开发了一种当今世界最为先进的JAP电子扫描仪,而且了解

到该社已把此产品列为销往中国大陆的主要产品。这样,天龙电子集团公司就将有被逐出中国市场的危险。为了保住公司利益,公司董事会决定以加强技术合作的名义邀请日本某株式会社来南湖参观访问。在访问期间想方设法弄到 JAP 技术的有关资料,然后立即集中技术力量进行研究试制,先期生产出产品投入市场。这项窃密任务由总经理负责组织实施。

总经理接此任务后,绞尽脑汁,仍无一法。一天,他接到一个神秘电话,对方说一口标准的普通话,但不愿通报姓名。对方在电话里说了叶婉的事情。总经理终于心生一计。秘书叶婉确实容貌秀丽,气质典雅,极富东方美女风韵,如果让她充当诱饵,以色相勾引对方主要技术负责人,套出技术资料,必会手到擒来。总经理先委托周浩去劝说叶婉,不料遭到拒绝。总经理不得不亲自出马做工作。

总经理先是表扬了一番叶婉:"小叶啊,你来了一年多了,干得不错,请你继续发扬。"接着说道,"我们公司从一成立起就提倡一种精神,这就是公司兴我也兴,公司亡我也亡,为了公司的利益我们可以献出一切乃至生命。你应该知道吧?"

叶婉点点头。

"这次叫你来,意思可能你也清楚,周浩大概是没说明白。公司决定派你具体接待日本某株式会社一位重要技术负责人,目的就是要弄到 JAP 资料。至于如何弄到手,你自己想办法。我要提醒你的是,这项任务很光荣很神圣也是很崇高的,因为你不仅是为公司,也是为我们国家作贡献。

"其实你也不必太在乎自己。自己是国家的一分子,为了国家连生命都可以奉献,何况其他区区一些小东西呢?你可能不知道,日本战后就公开提出要牺牲一代妇女来拯救和振兴祖国,还有许多国家也或明或暗地运用了这一策略来复兴祖国。所谓国家兴亡匹夫有责,就是说的这个道理。所以你一定要意识到,公司此次派你执行这项秘密任务是对你的极大信任。这也是董事会对你能力的一次特殊考试。你现在不要急于表态,先回去考虑一下吧。本星期内给我个信。另外嘛,我也知道,你曾经是个性受害者,既然如此,又何必太在乎?这可是为了国家啊!"

叶婉绝对没有想到连这里的总经理都知晓了她过去的事,心里非常痛苦,只觉得眼前一片黑暗。她拖着沉重的步子回了宿舍,她第一个想到的是找我讨主意。此时,叶婉坐在我身边,摇着我的肩膀说:"李哥,你说说,我虽然被别人欺凌过,但我就必须永远被人欺凌下去吗?我这样出卖自己难道还是崇高的光荣的幸福的?难道真的是为了国家?"

我一听,霍地站了起来:"这都是胡扯!我去找周浩,去找你们的总经理。我倒要问问他们还算人吗?这样抓住别人的痛处撒盐算道德吗?问问他们出卖人格国格是崇高光荣幸福的吗?问问他们为什么不把这样光荣崇高幸福的任务交给自己的老婆女儿?"

叶婉拉住我不让我去说:"我不去就是了。"

"但你不去你还能在这里混下去吗?"

我把她甩开,忽地冲出了房门,直奔天龙电子集团公司办公楼。

8

周浩见我气冲冲而来，忙拉我到楼下，说："我的老同学，这么远来不事先挂个电话接你。你这是急的哪门子事呀。"

其实在路上我就知道，现在是市场经济社会，一切以利益为目的。老祖宗马克思真说绝了，资本是一个非常丑陋的东西，每一个铜板都散发着铜臭，滴着肮脏的血。是啊，企业就是要无止境地追逐利润，只要能得到利润，可以不择手段。我不过是个小小公民，又不是南湖市长，说话能有多大作用？但那时我年轻气盛，还仗着懂点法律，有个警察身份，想即使能吓唬吓唬也好。于是我说："周浩，你别装宝，你们为什么要叶婉去干那种事？我可警告你们，这是犯法的，而且我是市公安局的，到时候叫你们天龙变成死龙，吃不了兜着走。"

周浩一听，望望四周，嘘了一声，说："走，我陪你去坐坐，有话我们老同学还不好说？"

他开了一辆宝马，我们一同到了一家咖啡厅。

静坐，沉默，对视。

周浩终于先打破沉默，他问："叶婉是你什么人？"

"朋友。"

“严格说可以称女朋友吗?”

“你知道我结婚了,这不是明知故问?”

“那是情人?”周浩的眼睛里明显有了些暧昧的成分。

“不是。”我很肯定地说。

“这就怪了,你那么替她操心为的什么?”他不解地问。

此时我真不知怎么回答。而且从他的问话中,我感觉到他并不知道叶婉那段屈辱的历史。所以,我能说她曾被人轮奸过而且这案件还是我参与经办的?我能说她就是因为这案件而不能再在家里呆下去的?我能说她就是因为拒绝日本老板的非礼而去了天龙的?我不能,万万不能。

可如今社会,托人办事,特别是替人帮忙,对方首先就会问他是你什么人?如果是直系亲属,他会出十分的力,如果是你很铁的朋友,他会出七八分的力,如果是老表的老表,他只会出二三分的力,如果是随便打个招呼,那他就纯是应付你了。我理解,所以我不怪周浩。

我说:“她是我南湖的一个朋友,关系很好,在一次我办案中她帮了我很大的忙。你应该从我对她的态度中感觉出我和她是很好的朋友,不然我为什么要费这么大的力百忙中赶到你这里来?”

周浩点了点头,表示明白。

我当时气在脑门,接着说道:“周浩,我们都是受过高等教育的人,你难道不清楚用感情作交易给人造成的心灵创伤吗?你难道不清楚逼良为娼也是一种犯罪吗?”

周浩听了这话,脸上就有了不高兴的表情:“你这是职业敏感吧。何来逼良为娼?太言重了吧。说真的,我们都是学生出身,一度都洋溢着狂热的爱国热情。你说爱国是什么?难道是抽象的?是空洞的口号?不,是很具体的。大到维护国家主权,小到搞好环境卫生,都是爱国的表现。我们需要的JAP电子扫描技术是当今国际领先的,如果想办法弄到手,不仅缩短了我们的研制历程,而

且也为我们国家节约了一笔巨大的外汇。你想想，个人的东西在这样伟大的目标面前又算得了什么？至于具体方法，在市场经济的大潮中，物竞天择，适者生存。我们这里是全市的经济开发区，说白了就是南湖的特区。所以我同意公司的意见，不择手段，胜利者是不受谴责的。”

周浩说这些话时，眼神是那样率真，表情是那样平静，口气是那样理直气壮，记得我们刚认识交朋友的时候，他是我们这个圈子里公认的最老实腼腆最传统的人。唉，这就是特区人吗？这就是所谓“特区观念”吗？环境改造人的力量是多么神奇而伟大啊！

我说：“周浩，这根本就是两回事。但我现在没有时间与你辩论是非曲直。可是有一点，叶婉决不能去充当这样出卖人格国格的角色。如果贵公司一意孤行，你知道我是警察，我会投诉的。”

周浩知道我的脾气。他呷了一口咖啡，说：“OK，我负责跟老总说，就按你的办吧。”说完伸出了手。

我也伸出手，两人击掌相握，对视了几秒钟，都不由自主地哈哈笑了起来。朋友，毕竟是朋友，刚刚可以争得你死我活，马上又可以握手言欢。他说要请我吃饭，还要请我唱歌，说我不要急着走，既然来了，就多玩一天，他也好尽点地主之谊。我说不用了，只要这件事办好了，我就欠他一个大情，以后我一定还。而且我工作确实很忙，必须得赶紧回去。周浩也就没再留我。

事情总算有了一个结局。叶婉虽然很高兴，但一想到自己过去的事又在这里传开，心里极度悒郁。她执意要留我吃饭，说在这个郊区工作，一无亲二无友，整天空虚寂寞，要我陪她去看看山水，聊聊心事。

我想起了什么，说：“叶婉，你该有男朋友了。不然，你总像是一片飘零的树叶，是安定不下来的。日子总不能这样过下去。同时，也算有个依靠。你知道，我是真心实意关心你的，但有些事情，作为一个朋友，也不好说话呢。”

她听了怔怔地望我，摇摇头，叹了口气。她似乎在努力悟我那句话的涵义。

我对叶婉作了解释，便在她无奈、失望、期盼和清冷的目光中离开了天龙。坐在车上，望着两旁一晃而过的风景，我真希望有一个传说中的观音菩萨在那里主宰人间。我祈祷着，求菩萨保佑叶婉有一个好的命运。

一个月后，她给我来了一封信，也是她写给我的第一封信：

李哥：

我有了男朋友了，你为我高兴吗？他是西安人，高大英俊，经济管理专业的研究生，现在天龙公司技术研究所工作。他性格很好，像你；喜欢写写文章，也像你。

我们相处得很好。另外，我工作也干得顺心，勿念。

叶婉

3月10日

收到她的信，我当然为她终于有了一个人生伴侣而感到由衷的高兴，但内心里同时隐隐有一种莫名其妙的失落感。叶婉的美丽与优雅的气质曾令我叹为观止。可以说她是我所见过的女人中最为出类拔萃的。作为她的异性朋友，我有过虚荣，也对她的美有过自私的邪念。虽然我们之间并没发生过什么，可她的一切在我的思想里是占据了重要一角的。这一角于我是一块纯净至美的天地，并将伴我一生。

如今她像一只快乐的小鸟就要离我而去，“小鸟依人”是一幅多么令人向往的画面啊。

外面的摊档上正播放那首很流行的歌：“谁娶了多愁善感的你，谁安慰爱哭的你，谁把你的长发盘起，谁给你做的嫁衣。”这首歌似乎是为此时的我而作，替我而唱。我远眺窗外，凝思了许久许

久，在心里还是默默地祝福她，祝她幸福快乐。

7月，她又给我写来了一封信：

李哥：

我准备于最近结婚，去西安办，估计要一段时间才回南湖。本想请你喝酒，但一来我们就要动身，时间不允许；二来你工作很忙，不敢惊扰，所以只能等我们回来再请你吃喜糖了。

叶婉

7月15日

一接到她的信，我立刻挂电话给周浩，我想请他为我垫付一份礼物给叶婉。周浩颇为惊奇地问："你难道不知道她早就没在我们公司干了？"

"什么?!"我不禁愕然。

"你那次走后不几天，她就被公司解雇了。"

我忽地站起来，敲打着话筒骂道："你周浩是个狗杂种！"

他沉默了一会儿，说："你骂吧，我理解你。"

我后悔了。为什么骂周浩呢？他虽然是董事长秘书，但毕竟不是董事长，一个小卒，人微言轻，他又能起多大作用？叶婉那次没去干那见不得人的事，还不知费了他多大的心力哩。

"对不起，周浩，怪我太冲动。请你告诉我，叶婉现在在哪里？"

"我不知道。她走时没跟我打招呼。她可能也恨我。唉！"听得出，他也有点自责。

放下电话，我的脑海里一片空茫。叶婉早走了？她为什么在信里只字不提？又为什么对我说工作生活都很快乐？难道她真有了男朋友真结婚了？她是不是会干出其他蠢事？一个个疑问在我的脑子里飞快地盘旋撞击。我感到有点虚脱，我这才发现，叶婉是何等地牵扯我的心啊!

一个月过去了,叶婉并没有发来从西安回南湖请我喝喜酒的讯息。我便愈加相信她是在设计一个圈套骗我,她并没有男朋友,更谈不上结婚,一切都是假的,一切都是为了宽我的心。然而她越这样,我就越不放心。我有点坐不住了,不管怎么说,她之所以出现这种局面,是与我分不开的。倘若她有个什么三长两短,我的良心也决不会安宁。

就在这种煎熬中,我又过了两个月。

有一天,周浩打电话给我,说叶婉因吸毒被送去了市公安局的戒毒所。据审查,她吸毒的时间并不长。叶婉只告诉了他。他说他特意去见了叶婉一面。叶婉苦苦求他千万别把这事告诉我。

“李哥会失望的。她这么对我说。”周浩告诉我。

听了这话,我非常感动,感谢叶婉对我的好,对我的在乎,对我的那份纯真的感情。但她走到这一步,我确实非常失望。可失望又有何用?

我本不想再去见她,因为历经了这么多的事,我很清楚我不可能是她的依靠,也没有办法力挽狂澜,去有何用?但作为一度令我牵肠挂肚并天真地发誓要为她创造幸福的朋友,我又有义务和责任去看望她并规劝她配合警方早日戒毒重新生活。至于别的,我想我是无能为力了。

我等手头的活少了一点,就约了个车去了戒毒所。

然而我来晚了。所长告诉我,因为叶婉毒瘾较轻,加上戒毒的决心较大,所以戒毒效果很好。上个星期她就提前出去了。至于去了哪里,他不知道。

我不能在那里呆得太久,只好悻悻地回了局里。自那以后,我就有很长时间没有了叶婉的讯息。

9

一年后，我的工作岗位被调整，调到了市局反间谍侦查处，从事反间谍侦查工作。关于这一点，我得多说几句。早在一年前，我就有些厌倦办公室的文字工作了，任务重，事情杂，压力大，而且劳心的事别人看不见摸不着，就像“万金油”，什么都可以拿去用用，但又无大用，搞业务工作的经常立功受奖，我们只能在旁边帮别人整理先进事迹材料，很没有成就感。“红花”固然要有“绿叶”扶，但谁又不想做“红花”呢？于是我看中了反间谍侦查这个行当。它很神秘，也显得很神圣。我所在的南湖市隐蔽敌情非常复杂，有很多国家都非常关注的重要的军事目标，其中最为突出的是空 F 师，它代表我国空军战斗力的最高水平；有众多的外资企业，其中一部分目的可疑；特别是还有 W 国的领事馆，在我市的活动异常活跃。我觉得那个工作刺激、单纯，特别重要的是，它充满智慧和谋略。听说反间谍侦查处的那班人个个身手不凡，水平很高，平时活动还非常神秘。他们有一个独立的院子，在局外面，不挂牌。局领导要求，他们平常不能和局里其他部门的人有来往，其他部门的人也不能随意去那个院子串门。即使因为工作不得不往来的，反间谍侦查处的人也不能透露自己具体是干什么的，更不能说工作上的事情。听说为了掩护自己,他们都有两个以上的名字和身份证。所以这么多年了,反间谍侦查处的人我真的还不认识几个,文字材料也看得不多,那真是一班默默无闻的无名英雄。但是,他们的工作确实干得不错,在空F师里挖出过“钉子”,在几个外资企业中抓出过间谍,深得部里和厅里的好评。有一个我亲眼看见的经典的场面让我一直很着迷,也很神往。

一次我协助局政治部一同事去湖北汉川搞一个干部人事调查,是坐火车去的,硬卧。在车厢里,我碰到了几个好面熟的人,总觉得他们是局里的,但又不知道具体是哪个部门的。他们正和一个乘警在讲话,只见其中一个人从口袋里拿出一个黑皮工作证亮了一下,轻轻说:“同行,我们在执行一项非常重要的任务,请予配合”。

乘警见了那证件,忙点头说:“好的,需要我干什么?”

“请你和车长说明一下,我们知道这是一趟特快列车,但我们必须在下一个小站下车。请车长找一个你们认为是理由的理由,协调一下,我们只需要五分钟时间。”

“好的,我这就去落实。”乘警说完就急匆匆地走了。

我那几个面熟的人同时也进了隔壁的软卧车厢。大概半小时后,车果然在一个小站停了,广播里说请大家不要动,这是临时停车,马上会走。不一会儿,我那几个面熟的人夹着一个白脸黄发的外国人下了车,我注意到那老外戴了手铐。站台上停了一辆吉普车,是军牌,还没熄火。待他们钻了进去,车子就一溜烟消失在了远处。

这场面好像在什么电影里看到过。但眼前这一幕却是真的。他们是干什么的?刑警?治安警?总觉得都不太像。

火车又启动了。我问那个乘警,刚刚那是些什么人?那么牛?他很神秘地说:“反间谍部门的!”我突然反应了过来,那几个人是我们局反间谍侦查处的,以前在全局干部大会上见过。自那以后,

我更加羡慕与向往那个地方，有时做梦我都在扬着黑皮工作证对别人发号施令，那感觉，真好。

为谋得这个岗位，我没少磨嘴皮，也没少请领导吃饭套近乎。车强已是分管反间谍侦查工作的副局长，是我的老领导，我几乎缠着他不放。现在终于求得正果，我内心里的喜悦自不必提。

消息是车副局长第一个告诉我的。他把我叫到了他的办公室。

他说："小李呀，局党委已经同意你的请调报告了。通知马上会下到局办公室和反间谍侦查处。我作为主管局领导，当然也是你的老同事，对你表示欢迎。这不是一句客套话，而是发自内心的。因为我一直很欣赏你，不管是在办公室，是在反间谍侦查处，还是在局领导岗位，我都一直在默默观察你，包括你在公安刊物上发表的每篇文章，我都认真阅读。倒不是看你编故事的水平，我更多的是从你的文字中看你的思维能力、分析能力。说老实话，在公安局我也干了多年，各个方面的工作都接触过，真正要动脑筋的活儿只有两个，一个是刑侦，一个是反间谍侦查；两者都要破案，都要物建和指导线人；但前者涉及的是人民群众的生命财产安全，而后者则涉及国家安全；前者破案要快，越快越好，越快就说明你水平越高，但后者讲究长期经营，讲究谋略和艺术，经营得越长越深，说明你水平越高；前者对付的是境内的素质相对较低的犯罪群体，而后者对付的是境外的素质相对较高的职业间谍。从以上比较来看，后者对干部的要求就要高得多，不仅要有扎实的专业知识，还要有深厚的文化底蕴和敏锐的思维能力。我感觉到你有这方面的能力。所以你向我提出想到反间谍侦查部门来，我内心里很高兴，就给他们处里打招呼，推荐你，同时在局领导之间也一个一个做工作。小李啊，调动一个人不那么容易的。你去了以后，要好好干，把你的潜力发挥出来，也算是为我挣个面子吧。"

从此，我就进了那个日思夜想的院子，跟着那些从事秘密工作多年的老大哥，由基础业务着手，摸情况，查线索，搞调研，建线人，还真的非常有意思。这样摸爬滚打了大半年，因为我悟性好，综合素质也还算高，加上很勤奋，吃得苦，很快就进入了角色。没干多长时间，我就成了一个领导信任的能单打独斗的侦查员，并正式调入专案侦查组，开始独立办案。

不久，为了提高我的专业理论水平，局里请示省厅同意，派我去国家安全部所属的一个学校，系统学习了半年反间谍侦查专业知识。与此同时，按以前处里的惯例，反间谍侦查处的每一个干部都有一个社会公开的掩护身份。处里也为我做了一份假档案，鉴于我有较高的文学修养，也有一定的文学成果，我的公开身份是南湖大学中文系古典文学教研室讲师。我的第二档案随即放到了该单位。从部里回来后，我还专门去了南湖大学中文系，那里的老师我基本上都认识，但还是去跟班工作了两个月，对那里的人事与工作有了一个更深的了解。

就在这时，一宗看似普通的民事案件转交到了我的手里。空F师维护厂的工程师齐晖和他的女朋友在租住的房子里死亡。接到报警后，刑侦部门当即赶到了现场。经初步鉴定，两人身上没有任何暴力痕迹，系煤气中毒致死，并已处理完后事。那为什么要转交反间谍侦查处？因为案件中受害人齐晖的一个朋友、市外企服务中心法律咨询部律师郝雄不相信警方下的结论！他说他怀疑此案后面有间谍插手。局长批示：请反间侦查处受理并认真做好调查工作。

10

郝雄绝对没有想到，那一天他在打开二楼齐晖租住的门时，一股呛人的煤气味扑鼻而来，同时看到了一幕令他大出意外的景象。

齐晖就赤身裸体睡在床上，但一只手垂到了地上，好像是他在煤气中毒后挣扎着想去把窗子打开，但功亏一篑，脸上是极为痛苦的表情。他的身边躺着一个也是裸体的女人，二十来岁，头偏到了床沿，乌黑的长发披散在齐晖的身上，脸上的表情倒是较为平静。他们似乎是刚刚做完爱。

郝雄一边打开窗户通气，一边掏出手机拨打 120 和 110。一会儿，救护车就来了。几个穿白大褂的医生抬着两副担架上了楼。齐晖与那个女人被他们用白布裹住塞进了汽车。警察也随之赶到，一部分留在现场进行勘查，一部分则跟着去了医院。

郝雄赶到急救室的时候，医生告诉他，那两个人早已经气绝身亡。

那个女的肯定是齐晖的女朋友，他听齐晖说过。但她是什么单位的，干什么？他不知道，齐晖也没和他提过。他和齐晖是好朋友，分开才两年，以前单身汉的时候，他们各出一半房租，就合住在这里。所以他还有那间房子的钥匙。第二天，公安分局作出了鉴定,齐晖两人的死没有人为痕迹,系煤气中毒身亡。那个女人的身份也确定了,是工商银行一家分理处的职员。警方刑侦部门推断,他们两人可能是洗了澡后,煤气没有关好就急急上了床,在床上翻云覆雨,兴致盎然,忘乎所以,一点一点泄漏的煤气根本就没有引起他们的注意,结果等他们感到严重的时候,两人都没有了足够的力气。

但郝雄不相信事情会那样简单。那是一套有一室一厅一厨一卫的房子,热水器还是他掏钱买的,是一个全国有名的品牌,出质量问题的可能性不大。同时,两个活生生的正常的人,在煤气泄漏的时候,难道就没有一个人感觉到?感觉到了,就没有一个人起床去察看或开窗户?何况齐晖是一个生龙活虎、反应敏锐的人,除非是想自杀。可他们并没有自杀的理由,至少是齐晖没有。

齐晖快三十岁了,毕业于北方某著名理工大学机械制造专业,主修飞机制造。这是他的长处,也是他与生俱来的爱好。在这一点上,郝雄太清楚了。齐晖的卧室里就摆满了各种各样的飞机模型,那些大都是世界各国的名企业名设计师的作品,有美国的波音、法国的空客、英国的麦道,也有俄罗斯的米格等。因为这,郝雄也成了飞机方面知识的半个专家。齐晖在空军王牌 F 师的飞机维修护理厂负责战斗机的维护与保养,由于他的专业能力与勤奋刻苦以及认真负责的态度,很快赢得了单位领导与同事的喜欢与信任。毕业不到四年,他就成了战斗机专门保养组的副组长。这在该护理厂的历史上是前无古人的。飞行员们都反映凡他维修与保养的飞机感觉非常好。特别是上半年,这个师装备了三十架目前世界上最为先进的狼式战斗机,他参加了首次保养,并兴奋异常。这些战斗机全部是超音速,前后都可以发射导弹,并具有预警功能,是 W 国号称天下无敌的鬼式、鹰式以及隐形战斗机的克星。他发誓一定要努力学习,要亲自设计与制造出我们中国自己的战斗机,使我们的空军成为世界上一支拥有一流水平的力量。他觉

得这才不负一个当代知识军人的形象与使命。他不仅这样说，而且还真的为此开始付出精力和时间。他买了很多这方面的书，还报名参加了母校关于飞机制造的研究生远程函授班。他之所以没住单位安排的集体宿舍而在外租住房屋，也是出于这个考虑。他常常责备自己以前在学校太不用功，学得太少。这么一个有着如此美好憧憬与理想的人怎么会自杀呢？

郝雄倒是怀疑齐晖是被人谋杀的。为此，他向警方提出了自己的这一想法并形成了一个书面举报材料。我那时由于才到反间谍侦查处不久，把那个材料看了几遍也没看出什么名堂，更提不出什么意见，只在上面签了一句永远也不会错的话："请处领导阅示。"

我们的处长叫曾牛。他认真看了那个材料，然后把我叫了去说："郝雄的分析推断有一定道理，至少它体现了外字特征。第一，空 F 师是境外间谍情报机关非常关注的重要军事目标，齐晖是那里能掌握一定核心机密的人员；第二，郝雄怀疑电子通讯公司插手了此事，而这家公司是 W 国的外资企业，W 国对我们的空 F 师觊觎已久。还是我们的那句行规，宁可信其有，不可信其无。"他就提笔在材料上批示，要我先和这个人接触一次，因为材料上提供的情况比较简单，必须再当面听听他的陈述，看还有没有更充分的证据或理由。他最后请车副局长阅示。

我把材料送去了局长办公室。车强在，他看了后，签字同意。

临走时，他对我说："小李，这是一次很好的锻炼机会，你一定要抓住。我凭感觉，这很可能是一条大鱼。"

我一听，兴致一下就上来了。我说："请老领导放心，我一定会好好去做的。"于是我就约郝雄到了一家宾馆，开了一个房间，作了一次谈话。

11

为什么你会有这种想法呢？我见到郝雄寒暄了几句后就问。

一包“芙蓉王”，两杯“碧罗春”，我们面对面地坐在靠窗的沙发上。郝雄属于年轻英俊，很阳光的那一种。此时他表情沉静，看得出，他对自己的判断很肯定，也很自信。他是这样叙述的：

我与齐晖是高中同学，虽然一个学理，一个好文，但两人却天生合得来。我喜欢写作文，历史地理一记就会，在文科班总是名列前茅。而齐晖的数理化一点就通，在理科班从没当过老二。两个风头很盛的状元自然是惺惺相惜，暗地里互相仰慕。在一次学习经验交流会上，我们两人走到了一起，居然一见如故，自此成为好友。

考大学时，他选择了飞机制造，我选择了法律。毕业后，一个分到了南湖市外企服务中心搞法律顾问，一个分到了驻扎在南湖市的空F师维护厂。两人都称找到了自己终身的事业和归宿。

由于刚毕业都没有房子，又都不愿意住拥挤嘈杂的单身宿舍，两人就商议合租了那套房子，并购置了一些生活用具。后来，我在单位弄到了一套房子就搬了出去。我当时劝过齐晖和我一同过去住，毕竟我那里宽敞一些，但齐晖不同意。他说正好一个人住，乐

得个清静，既可以安安心心地看些书，研究些问题，又可以在适当时候谈恋爱。我就问："你谈了对象？"

齐晖摇了摇头道："还没有。不过，有了巢，肯定就会有凤的。"

我说："你以后找了女朋友，一定得征求我的意见。否则如果不满意，以后四个人在一起就会别扭。男人嘛，既要重色，更要重友。"

齐晖笑着说："行啊，我同意。不过你英俊潇洒，我是个老土。你都没有，我就更不知道何年何月才能找到了。"

我捶了他一下说："可你是个飞机设计大师啊。哪个女人不喜欢蓝天白云？"

但我真没想到，齐晖竟在我的前面谈了女朋友。他告诉我的时候，表情是幸福而快乐的。然而更没想到的是，他们同居了，而且还双双一起把命都送了。这是我绝没料到的。

我想到了一个人，叫吴伟，飞机维护厂的材料保管员，三十来岁。以前，吴伟经常请齐晖吃饭和洗脚按摩唱歌，由于是合住一起的好朋友老同学，我也就十有八九作陪。有一次，我问齐晖："吴伟只是一个保管员，哪来那么多钱请客？而且，你又不是什么首长，他凭什么总是请你呀？"

齐晖当初总是回答："玩得好呗。"

后来有一天晚上，齐晖很郑重地对我说："那个吴伟肯定在搞什么名堂。"

"什么名堂？"我就问。

"前天，他突然向我提出他想到战斗机的停机坪去看看，要我想办法给他弄一个出入证。你可能不知道，进停机坪是非常严格的。我们进去都要凭证，要首先通报车牌号码，车子到了外围要清点人数，要经过仪器检查，不能带任何非工作物品，还要洗车轮与鞋底。我到目前为止才只进去了两次，而且只能在局部活动，怎么能随便带他进去呢？平时我们维护飞机都在特定的机位。只有厂长、副厂长活动范围大一些。他说他从小就喜欢战斗机特别是很先进很威风的战斗机。我感到很为难。他就不高兴，说我不够朋友，这点小事也不愿帮忙。昨天，他又来找我，说不能进去，那就画张狼式战斗机的图给他看看过过瘾也行。他还问我机场到底有多少架狼式战斗机，是组装的还是进口的，如果是进口的又是来自哪个国家，等等。我一到厂里就接受过保密教育，这些东西都是机密。所以我觉得你说得对，他可能是在搞什么名堂。联系到他总是无缘无故地请我吃请我玩，就更觉得可疑。你觉得呢？”

我是学法律的，听了也感到那个吴伟确实有问题，但也不排除此人是有爱机癖。我就说：“我给你出个主意。你暗地里了解一下，看看那个吴伟的亲朋戚友中是否有外国人或与外国有关系的人。如果有，你以后就得注意提防。如果没有，你就大可不必多心，不必自寻烦恼了。如为了避嫌，顶多不和他来往，或者不再接受他的吃请就行了。”

齐晖想了想，点点头道：“我看这个办法好，试试看吧。”

不几天，齐晖的秘密调查就有了些眉目。他告诉我，吴伟的确有一个女朋友，叫叶婉，在W国电子通讯公司担任总经理秘书，负责所有文案的处理。而那家企业就建在离空F师机场不远的地方，规模中等，有三百来号员工，有一个建有高墙的厂区。我立即在外企服务中心内部局域网上查了该公司的资料。总经理是一个四十岁左右的W国人，叫杰克，是一个信息工程博士，曾在中国留学和工作过一段时间，是一个中国通。还有一个中方副总经理，叫周浩，居然与我毕业于同一所大学，只是学的是工商行政管理专业。他主管人力资源部与法律顾问室。这家企业内有三十名W国的员工。更重要的是，我们曾请过市保密局和你们反间谍侦查部门的领导来上过课，知道W国一直敌视中国，把中国看做是对它威胁最大的潜在对手，这就不能排除杰克或者其他W国人有利

用吴伟进而利用齐晖搜集军事情报的可能。我就把这些情况以及自己的想法告诉了齐晖。齐晖把吴伟的言行从头至尾地想了一遍，点头同意我的分析。他说，他会找机会直截了当地回绝吴伟的要求，并不再与他一起吃吃喝喝。我没有吭声，不过我仍有自己的主张，我决定再等一段时间和齐晖商量应对办法。我甚至还想到过和他一道去你们反间谍部门报告。但没料到齐晖竟死了。

郝雄说完，长长地叹了一口气，望着窗外，两眼茫然，看得出他内心的极度痛苦。

12

我一听到周浩、叶婉这两个名字,当时差点叫出声来,但职业习惯把我的情感冲动压了下去。我上了一趟卫生间,在里面洗了一把冷水脸,对着镜子为自己整理了一下仪表。我必须得冷静,不管他们是我多好的朋友,在这样的时候,千万不能感情用事,不能把情绪带到工作中来。

出了卫生间后,郝雄望着我,意思是可否接着说了。我心里已经有数了,并有了一些初步的想法,再听下去也没必要了。于是我点了一支烟,喝了一口茶,说:"郝雄,今天就谈到这里吧。总的来说,你的分析很有道理,判断也很科学。我现在想问你的是,你真的那么在乎齐晖吗?你愿意揭开齐晖猝死之谜吗?如果愿意,我肯定帮你。听了你的介绍和分析,我也不相信那只是一宗普通的案件。如果你的分析成立,那么它很有可能是你说的间谍案件。当然,这需要专业部门来鉴定。我是反间谍侦查部门的,在这一点上,我们也需要你的帮助。不过这就是为国家做事而不仅是为个人的朋友做事了。"

他郑重地点头表示同意,并说:"我无论于公于私,都一定全力以赴。你们要我干什么,还需要我提供什么,我会不惜一

切的。”

我说，听了他的话以后，我有一个还不成熟的设想，就是要他利用周浩的同学关系进入W国电子通讯公司开展秘密调查。这也是社会上大家都知道的所谓“卧底”。但这可能要牺牲他很多个人的自由。我没有说我和周浩、叶婉也是朋友，因为那个时候我还不能肯定此周浩就是彼周浩，此叶婉就是彼叶婉。我说，纪念朋友的最好方式就是把那个凶手揪出来，并绳之以法，而且也为国家挖出一个间谍组织。但怎么才能天衣无缝地进入那家公司？怎么样才能保证他没有后顾之忧？我说我还没想清楚，我得回去向领导报告，一起制订一个专门的方案。这个方案不能有任何的纰漏，我们必须对他的安全负责。

他听了后，表情有些兴奋，连连说没关系的，个人的自由算不了什么，个人的安全他也会自己注意。他表态说一定全力以赴协助我们。最后他说等着我的好消息。

自打听到叶婉这个名字，我其实就再没心思听下去了。后面那一节我几乎没记什么，谈话也有点草草结束的味道。我的心思全到了叶婉的身上。在回去的路上，我脑子里也只有叶婉。我心中的叶婉情结，别人不知道，可能只有我自己清楚。叶婉回了南湖，而且在一家外资企业当秘书，而且还真的找了男朋友？她和我说过的男朋友就是吴伟吗？为什么不跟我联系？还在恨我吗？或者已不屑和我交往？她是否依然美丽？是否混得如意？她快乐吗？一个一个的问题总在我的脑子里旋转。我没办法再去想别的。

有几次，我差点掉转车头，想直奔W国电子通讯公司去见她，看她是不是我心中的那个叶婉。但理智告诉我，不能去。同名同姓的多，她是我认识的那个叶婉吗？就算是，她现在的男朋友吴伟可能有问题，她所在的公司也可能有问题。更重要的是，作为一个侦查员，在下一步的计划中，很有可能要用到他们。从专业的角度看,叶婉的位置太重要了！不过我也有一个深深的疑虑,叶婉有问题吗?她是否知道个中的内幕?她是否就是其中的一员?而且,周浩那小子为什么也到了那里?他是什么时候去的?他怎么和叶婉搞到了一起?他和叶婉是一同去的吗?由于工作确实很忙,我有很长一段时间没和周浩联系过了,现在他到了 W 国电子通讯公司这个敏感的单位工作,我还怎么和他联系?弄得不好,对他对我的工作都会带来影响。

我回处里后向车副局长和曾牛处长汇报了与郝雄见面的情况,并提出了我下步的初步想法。他们都同意我的建议,认为郝雄个人条件确实不错,也有为我工作的动力。局里会以隐蔽的形式出面与外企服务中心领导个别打招呼,保留郝雄的编制,待任务完成后回来继续上班,以解除郝雄的后顾之忧。于是,我们几个人就郝雄打入电子通讯公司研究了一个方案。车副局长明确指示,要我从现在开始找一个搭档,负责对郝雄的联络指导,单线联系,除他和曾牛外,其他任何人都不能插手。有什么情况和问题直接向车副局长、曾处长汇报。

在整个研究中,我没有谈及周浩和叶婉,因为我还并不知道他们现在是一个什么样的情况,在电子公司里他们是一个什么样的人物,处于一个什么样的位置。而且,如果让领导过早地知道了这个事情,按照我们的纪律,很有可能要我回避,那我就惨了。我到了反间谍部门后,还没有正式地独立地承办过一桩像样的案件。这是一次难得的机会。只要这个案件能够成立,只要这个案件能按我的设想顺利发展,那我就算是在反间谍侦查处真正立足了,而且起点很高。我在心里发誓,一定要把这个案子办好。

第二天,我又约了郝雄。我把局领导与我处的意见告诉了他。他兴奋得脸一下子涨得通红,说:“谢谢你们给我这个机会。我一定会好好干的。”

我将初步方案向他介绍了一遍。我们又就能够预料的所有细

节做了最后敲定。

就是那一天，经请示处领导，我申请了一个新的手机号码，原来那个号码基本就没用了。我现在经营这个案件，又处在这个位置，我怕周浩、叶婉和我联系，那会对办案带来影响。我只能忍痛作出这个决定。让我在他们的心中彻底失去音讯吧。

13

有一段时间没回家了。

说老实话，我自到反间谍侦查处后，工作上的事比以前多多了，自然回家少了。这是我对不起家的地方。而小箐自有了儿子后，好像也变了个人似的，以前的温柔和耐心突然间烟消云散。我感觉到，她把所有的爱、情感和关心都给了儿子。这我当然没有意见，在一个家里去和儿子争待遇，没出息。但她毕竟是我老婆啊，我们是夫妻啊。我们不仅连基本的亲热都没有了，而且她还脾气特大，动不动就气冲云霄，好像我是她的仇人，搞得我好烦。其实我自认为做父亲应算是合格的，我为儿子做的那些事，对很多爷们儿来说是不能接受的，或者是想方设法逃避的，但我当时做这些事真的是任劳任怨、积极主动。因为有一条，我爱她，我不想要她太辛苦，她生下一个儿子已经够辛苦的了，而且还挨了一刀。所以，我感到很委屈，感到不被理解的痛苦。我们就经常吵架，发展到后来，“离婚”这个词就像每天洗的衣服，天天挂到了外头。说真的，做男人很难也很累，特别是做结了婚生了儿子又有责任心的男人更难更累。在家要顶天立地，在单位要出人头地，哪一头都马虎不得。家如果不是避风栖息的港湾了，也就没有吸引力了。那个时

候，我只要想到回家，心里就有一种恐惧感，我渴望着加班，晚了可以名正言顺地睡在办公室。

但我想儿子了。儿子已经三岁，很漂亮，也很聪明。特别是他对数字的敏感真的很神。一次小箐带他出去玩，坐出租车去。到了目的地，小箐竟把儿子的电子遥控汽车忘在了车上。正在她急得要命的时候，儿子居然报出了那台出租车的车牌号码，并且非常肯定。小箐抱着试试看的心理找到了出租车公司投诉中心，也打通了那台车主的电话。车主说，是有这么回事。我们去拿遥控车的时候，那个车主听我们说了经过，就说，这小孩以后可以学围棋。小箐在儿子四岁时真的把他送去了围棋学校。儿子果然对那黑白两道兴趣极浓。小小年纪，上课风雨无阻，非常认真；回到家，就坐在棋盘前，犹如一尊顽石。三年后他就晋升到业余五段，并拿到了南湖市业余围棋比赛的冠军。当然，这是以后的事了。

我回到了家里。儿子见了我，一扑就扑到我身上。我抱着他，亲着他粉嫩的脸颊。但还不到两分钟，小箐就板着脸说话了："还记得回家？去，搞卫生！"

我只好放了儿子。儿子哭着追我，要我陪他玩。我就边陪他边搞卫生。卫生搞完，我不觉有些腰酸背疼。这样的体力活我确实干得太少了。我就抱了儿子坐在沙发上。小箐在厨房也做好了饭菜。这时，她走到电视机前用手摸了一下顶盖，瞪着眼对着我说："你看看，这是搞卫生吗？等于没搞。"

我不想吵，就笑笑："吃了饭我再抹一次吧。"

小箐说："不行，现在就搞。在外面玩够了，回家连这点事都做不好，要你何用？"

我一听气不打一处来。我忽地站了起来，说："我用了你的吃了你的吗？好，我走，我有地方去！"说完，我便冲出了门。我听到了儿子伤心的哭声。我的心在痛，但我的自尊更痛。

几天后的一个上午，郝雄去了电子通讯公司。公司大院把守很严，保安盘问也很细。郝雄出示了证件，说自己是市外企服务公司法律咨询部的，想找贵公司的法律顾问室了解些情况。

保安就问："事先联系过了吗？"

郝雄说："没有。"

保安说："没有就不行，必须得事先约好。"

郝雄说："我和你们的周浩副总是同学，和你们的总经理秘书叶婉也认识呢，我想我不需要事先约的。"

保安望了一眼，又看了看郝雄，觉得他这种打扮与气质的应该是一个有身份的人，便说："噢，那你就进去吧。周总在三楼办公，法律顾问室在四楼。"说完他递给郝雄一张出入证。

总经理秘书室就在三楼的入口处。里面一个年轻漂亮的女孩见他即站了起来，问："先生，请问找谁？"

郝雄估摸她就是叶婉，但他没吭声，说："我是外企服务中心法律咨询部的郝雄。我想找周浩副总经理。他是我的大学同学，我特意来拜访他的。"

那天郝雄西装革履，精神焕发，加上挺拔的身材与俊朗的外表，使女孩的眼睛大大地亮了一下。她马上热情地迎了上去，说："欢迎你来本公司。我是总经理秘书，叫叶婉。我带你去吧。"

送到门口，叶婉嫣然一笑，说："周副总在里面，请进。"

郝雄弯了弯腰，很绅士地表示了感谢。

推门进去，周浩正在批阅一个文件。郝雄嗯了一声，问："请问您是周浩先生吗？"

周浩抬头，望望他道："对，本人就是。您是？"

郝雄说："我叫郝雄。我们是大学同学，您学的是工商管理，我学的法律。您可能并不知道我，但我熟悉您。我现在在市外企服务中心法律咨询部。贵公司在我们那里有资讯登记。我就是在网络上得知您是我的同学的。今天特意来看看您。"

周浩立即热情地站了起来，握手，让座，并打电话叫叶婉送一

杯茶过来。坐下后,周浩高兴地说:“我们学校的同学在南湖市工作的还不多呢。太好了,今天中午就在这里吃饭。我们的员工食堂相当于四星级的档次。”

这时叶婉端了一杯茶过来,说:“周总,这是碧罗春,不知您的同学喜不喜欢?”

郝雄忙说:“喜欢,我就喜欢喝这个茶。”

等叶婉走后,郝雄拿出一盒烟,抽出一根给周浩。周浩摇了摇手说:“对不起,我们公司一律不能在上班时间抽烟的。总经理杰克管得很严的,凡是发现哪个部门有一个烟蒂,这个部门所有人全年的奖金一分没有。你可能不知道,我们公司是南湖唯一一家真正的无烟单位。”

郝雄道:“这外国人就是不一样。我们中国就算有法律也难以执行。有些城市不是也颁布过在公共场所禁烟的条例吗?可照抽不误,也没人管。好,就要这样。而且外国老板用人也不拘一格,像你这样年轻,大学毕业才几年工夫,就当上副老总了,在我们国家的单位是不可想象的。”

周浩说:“别表扬我了。说说你吧,怎么样,在外企服务中心还好吧。你可是管我们的啊。”

“哪里哪里,做点具体事呗。”

“要早知道有个同学在那里,我肯定会来找你的。因为你也知道,在中国办事就得靠关系,以后你得多关照。”

郝雄说:“不瞒你说,我今天来倒是请你帮忙的。我是学法律的,虽然名义上是为本市的外企服务,但有点规模的外企都有自己的法律机构。我有律师资格,却没有用武之地,烦着呢。所以,我想到你这里来,参与具体的法律活动,对自己是个锻炼,对贵公司可能也会有些帮助。你这里的法律顾问室还要人吗?”

周浩很郑重地考虑了一会儿道:“你真的想到我这里来?从大地方到小地方,而且是到你的同学手下干事,你愿意吗?这可是大事,你得想清楚。还有,外企服务中心方面是否同意,你得做好工作,不要引起不必要的麻烦。”

“我想清楚了,所以才来找你。人生是一个过程,过程越丰富越好。至于中心那边,我会把相关事宜做好的。你尽可以放心。”

“那行,我这里倒是真的缺一个律师。不过,我虽然是公司的中方经理,也是公司的二把手,但每进一个人必须得杰克总经理亲自考察与同意。这样吧,我会尽快把你推荐给杰克的。你等着我的消息吧。”

“杰克在吗?大概要几天才有回应?”郝雄问道。

“杰克回国内总部述职去了。下个星期会回来。”

“考察严格吗?我可能会紧张的。”

“你千万不要紧张,一定要放松。我就是在人才招聘市场应聘的。来了以后,我发现杰克一般情况下不要别人推荐的,因为我分管人事,他也指示我不要轻易接受别人的推荐。他喜欢自由挑选。那样挑选的人可能来得可靠些也真实些吧。不过他现在对我很信任。我想应该不会有什么大问题。至于杰克会怎么考察你,谁也说不准。在这方面他是因人而异的,没有固定的模式。有的人他出试卷,有的人他只面谈,当然还有些别的办法,连我也不知道。你要以不变应万变,最高明的是随机应变。”

“谢谢,你也很忙,我就不打扰了。”

周浩就站了起来,笑着说:“你真的不想在我们食堂体验生活了?”

郝雄说:“下次一定来。”

到楼梯口,他没忘和叶婉打了个招呼,并向她讨要了一张名片。

14

为了故事叙述的方便,我不得不在这里插叙一下叶婉前些日子的情况。这是以后我跟她再次见面时,她告诉我的。

叶婉自离开天龙公司后,因为在南湖她没有任何亲朋戚友可依靠,而且她也不想依靠,不想让别人知道她的现状。她游荡了几天后去了一家夜总会应聘。她想先打发一段时间再说。凭她的个人条件,往那里一站,还没交谈几句,老板很快就答应了。

老板是一个中年男人。他问,你到我这里来,想干什么呢?

叶婉说,做一个端茶送水的服务员。

老板望了望她说,你没搞错吧?那不太可惜了,而且工资不高的。

叶婉说,没关系,只要有个地方吃饭,有个地方睡觉就行了。

老板说,凭你的条件,就这么个要求?未免太低了吧。我告诉你,陪客人喝个酒唱个歌跳个舞,挣钱又多又快,为什么不试试?

叶婉说,我知道,所以我才不去干那事。

老板不解,接着说,那就先看看吧。不过有言在先,他这里的服务员都得守规矩,不能对客人说不。因为客人是上帝,是他的衣食父母。如果与客人争执,或者客人不满意,那你就得走人。

叶婉说没问题,但如果客人要提什么非分的要求呢?她该怎么办?

老板说,男人女人的事是两厢情愿的事,况且还有法律管着呢。当然遇到了这样的事,可以拒绝,但一定要在语言上委婉,不要生硬呆板地惹顾客不高兴。

老板又叫她自己取个化名,也叫艺名。叶婉觉得怪怪的,但没办法,便想了想,就说了个名字。老板说这是对个人隐私的保护,没有别的意思。叶婉说她理解。

叶婉就被安排到了五楼的 KTV 负责几个包厢的添茶加水。她不知道,五楼是老板专门为他的朋友开设的,这些朋友全部是有钱人。他的目的是想让叶婉在这里开开眼界,熟悉套路,钱多了,她自然就会入道。他不相信有哪个漂亮的女人不爱财。

叶婉的到来,使站在五楼走廊上等着挑选的所有小姐都黯然失色,也使所有经过那里的男人眼睛发亮。男人们都在心里嘀咕,这个老板没有毛病吧,怎么把如此国色天香的女孩用来端茶倒水呢?不是暴殄天物吗?

结果,第一天晚上就引来了一场风波。

叶婉在几个包厢里倒完一轮水后,有一个包厢里的男人就对叶婉说:“小姐,你不要去另外的地方倒水了,今晚就在我们这里,我们给你的小费加倍。好吗?”

叶婉说:“对不起,这是我的工作。我必须负责这几个包厢的茶水。你们都是我的客人,而且我还有老板呢。”

那人说:“那我去和你的老板讲一下吧。我们是朋友。他会同意的。”他就拿出了手机打电话。

没想到,这时另一个包厢里就过来了两个男人,说:“小姐,你怎么老在这里不动,我们那边没水了。”说着话,眼睛直往叶婉身上逡巡。

这边的男人说:“她今晚就在我们这里了,所有的费用由我们

包了。我们正在和老板联系。你们另外找人吧。”

那两个男人一听，非常气愤，说：“你以为我们没钱吗？你以为我们跟老板不熟吗？好，我们也叫老板去。”

说话时，老板进来了。他忙劝道：“兄弟们别自家吵了。这个小姐今天新来，还是第一天上班呢。别吓着她了。这事我还真不好办，我知道放到哪里我都会得罪朋友。这样吧，为公平起见，我出个主意看看你们的意思，今晚谁出的包场费高，这个女孩就到谁的包厢里服务，这样行不行？”

有人就附和了，说：“行，这办法好。”

于是就开始竞价。最后，价格抬至一万元。叶婉在那天晚上不仅倒水，还陪客人唱了几曲男女对唱。包场费她全得了，老板说他不抽头，他觉得这个价对叶婉来说值。但以后她每天的收入他得提成百分之十。

叶婉没过多长时间就红透了南湖的娱乐场，慕名前来的有钱男人络绎不绝。他们慢慢地发现，这个女孩的红不是像别的小姐靠出卖身体，相反，靠的是坚决不出卖身体。男人就是这样一个奇怪的动物，很轻易得到的东西，时间久了，他不会去珍惜，可能还会践踏；而得不到的东西，就拼命想去追逐，时间久了追不到，就变成了一种敬仰。对叶婉，他们便是如此。他们把叶婉视为一尊女神，都以能和她唱一首歌而感到骄傲，以能和她跳一曲舞而备感自豪。他们一掷千金，无怨无悔且其乐无穷。

叶婉很讲情义，她红了，但并没被灯红酒绿所迷惑，更没被其他夜总会的高薪所吸引，她仍在那家夜总会服务。老板很感谢她。因为她能带来巨量的客源。

然而，男人们快乐了，老板高兴了，这里的小姐却是不平了。一段时间后，这种不平就变成了嫉妒，很快嫉妒就变成了报复。

那个时候，由于颠倒的作息规律，叶婉感到身心疲惫，有时精神不振，就学会了抽烟。一天，和叶婉相处较熟的“小蓓”在休息间递给她一支烟。也怪,叶婉抽了那烟后,有一阵子感到特别的神情气爽,飘飘欲仙,精神也特别振奋。就问小蓓,这是什么烟,抽了这么舒服?

小蓓神秘地说,这是专为我们这号人设计的,特别提神。姐姐如果觉得好,她以后保证供应。

叶婉说,行,你先拿点钱去,有机会就买一些。

叶婉当时不知道,那个小蓓给她抽的是毒品。

她大概吸了一个多月后,才被老板发现。老板很欣赏叶婉,也非常感激叶婉,别的人他不管,他就是不愿叶婉被毒品毁掉。他就把她叫到了自己办公室,对她说,你不能再吸毒了!

叶婉感到很震惊,她这才知道,那些所谓关心她的姐妹原来是在害她。她这才明白,她的红火侵害了很多人的利益。她的骨子里是一个与世无争的人。于是她决定走,离开这个是非之地。

老板说,小叶你赶快去戒毒吧,趁现在毒瘾还轻。他说他有一个朋友在市公安局戒毒所,可以去那里。叶婉很感动,说谢谢,她一定会很快戒掉的。老板说,戒了后他仍欢迎她回来。

叶婉心想,这样的地方,她是不会再回来了。她含含糊糊地点了点头。

15

叶婉在那家夜总会红火的时候，她父亲从国外回了南湖。他是 个老工程师，虽然那边很需要他，但年纪大了，他想落叶归根了。

父亲催促她回去，说他会提前办理退休手续，然后再去找一个民企当当技术顾问；他还说想把原单位的那套房子卖掉，用自己多年的积蓄再去另外一个地方购一套大一点的房子，他不会告诉任何人，以便让叶婉彻底忘掉过去，重新开始生活。他说对不起她，在妻子去世以后，没有尽到一个父亲的责任，只顾自己的所谓事业，没有保护好她。他请求她的谅解。

叶婉听了，心里很难过，她知道父亲老了，这么多年漂泊在外，也非常孤独。她说，她肯定会很快回家的，但现在工作单位很好，工资也很高，老板对她不错，她想再搞一段，多赚点钱。而且，在新的房子没有搞好前，她不想在原单位露面。她还说她不想再要他去做事，退休了就真正的放松休息，她会好好陪伴他的。

叶婉果真很快戒了毒。她出来后，只与那家夜总会的老板打了个电话，见了个面。她觉得老板是个好人，她应该向他道个谢，也道个别。但她没想到，这次见面也成了她一个不愉快的回忆。

那天是在老板的办公室见的面。老板仍然对她很客气,给她泡了茶。但这次他的神情总有些不对。他总是盯着她看。

叶婉感到很奇怪,笑着问:“老板,你不认识我了?是不是我吸毒长丑长老了?”

老板说:“不是,我只是觉得你其实是一个很优秀的女孩,可为什么会有那样的命运?”

叶婉就警觉了,说:“什么命运?”

老板叹了口气说:“前几天有人打电话给我,说你就是几年前轰动南湖的那起轮奸抢劫案的受害者。我不相信,可又不得不信。不然,你为什么会到夜总会来做事呢?我没有别的意思,我也不会对别人说。我只是为你感到可惜。你今后一定要多保重。”

叶婉一听,脑袋就有些晕眩。她不想多说,站了起来,说:“谢谢老板。我走了。”

她想到了家,想到了父亲。走到这一步,她越来越感觉到自己的命运好像都掌握在一个神秘人的手中,难以挣脱。那是谁?是什么人在背后注视着她?她想到了她的那个研究生男朋友,想到了那家日本公司,想到了天龙公司,又想到了这家夜总会。有一个人总在想方设法挤她,不让她安心,不让她立足。她是拖着沉重的脚步回到家的。家真的是一个人最后的港湾。

看到父亲的时候,她哭了,父亲也哭了,两个人抱头痛哭。可以说,这么多年,两个人都是历经磨难。父亲长期在国外,气候饮食不适,工作又苦又累,那又黑又瘦的样子,一看就是营养不良心力交瘁;女儿出了那件事后,有家不能归,到处漂泊,受尽委屈。如今父女终于到了一起,终于团圆了,在这个时候,任何语言都不如大哭一场来得直接,来得深刻,来得痛快。哭声可以把多年心中的不平,心中的苦难,心中的屈辱一泻而空。

父亲为了迎接她的回家,在很短的时间里就处理了自己的房产,办理了退休手续,并购置装修了新房。他说他已经老了,他的

一生再没有什么可图了，他的所有希望全部放到了她身上，要让她过得快乐。所以他把全部积蓄都投入了房子。这是一套复式房，上下两层。父亲说他住一层，她住二层。

她看了房间的布置，还能闻到刚刚装修完的各种各样的气味。她感觉到了父亲的用心。他把她的房子布置成她小时候最向往的样子，她喜欢大海，墙壁就是浅蓝色的；她喜欢星星，被套上就是大大小小的星斗图案；她喜欢乱蹦乱跳，床铺就很宽大；她的浴室安置了一个大浴缸，有一面大镜子，镜子前放着鲜花，这也是她二十岁时的一个梦。

爸爸就陪着她看，不时观察着她的表情。当看到她露出满意兴奋的样子时，他就像一个小孩一样笑了，笑得泪光闪闪，笑得心满意足。

叶婉在父亲的脸上亲了一下，说："谢谢好爸爸。走，下楼去，我做饭给您吃。"

在吃饭的时候，父亲就看着她，说："小婉，你该找个对象了。不能再像这个样子过下去了。"

叶婉说："我现在蛮好的，能陪着您就可以了。而且，说老实话，我对男人不信任，我怕。"

父亲说："我理解你。但男大当婚女大当嫁是天经地义的事。爸爸总有死的一天，到那个时候，你至少也得有个伴啊。不然，爸怎么放得下心呢？"

叶婉说："爸爸，看您这样子，好像手头有了什么人在等着似的。是吗？"

父亲说："你呀，就是鬼机灵。是的，在装修房子的时候，我一个人忙不过来，跑东跑西的。楼下一个小伙子不错，叫吴伟，在空F师的维护厂工作。小吴很勤快的，家在农村，身世和你差不多，自小父母已故，是伯父把他带大的。他读的是技术中专，分配在现在这个单位。他见我一个人，又这么多年不在国内，不熟悉市场，就很热情地主动帮我。装修房子是很辛苦的，这你可能不知道，很多事情必须得自己去跑，哪怕是一个螺丝，一块磁砖，一根铁丝。还得和工程队讨价还价，斗智斗勇，都是他在给我张罗。我问过他，他也没找对象。如今社会非常复杂，比我出国的时候要复杂得多了。我看在婚姻上还是老实人靠得住。你如果愿意，我可以把他叫过来看看，不满意没关系，爸爸不会逼你。交个朋友也好嘛。”

叶婉见老父这么夸奖他，觉得一个陌生人能如此热心帮人，在当今时代也实属不易，就有些感动，想了想，说行，叫过来看看吧。

当晚吴伟就过来了。小伙子个头不高，看起来比叶婉还要矮一点；偏瘦，味道比较乡土，但从眼睛可以看出是一个活泛的人。他现在一个人住，在楼下有一套八十平米的房子。从外表来看，叶婉心里不是很满意。三个人就边看电视边聊天。叶婉不是很有兴致，她主要是听，然后是礼节性地笑笑，有时也插几句话。

在交谈中，她得知吴伟在空F师维护厂是搞材料保管的，工资不高。他的伯父伯母还在农村，他接他们过来住，但他们不习惯城市的生活，住了一个星期就走了，说农村空气好，水好，菜也好。

自此，吴伟就经常来她家玩，当然也常在她家吃饭。他确实非常勤快，每次来了就下厨帮着做饭，吃完饭后捋起袖子抢着洗刷，弄得叶婉没有用武之地。久而久之，她觉得这个小伙子虽然外在的东西差了一点，但他的心地和人品却超过了很多英俊男人、大款富翁。她慢慢地在心里就有些接受了，和他讲话也慢慢多了。她想，她虽然对吴伟并不是很欣赏，也谈不上有多少好感，但历经情感磨难又有一段屈辱历史的她如今只求个安稳平静，求个关心体贴。她对生活还有何奢望呢？优秀的男人肯定与她无缘，那就找个比自己差的吧，差得越多，自己就越安全，男人的虚荣心就越满足，也就会对她越好越珍惜。她就是抱着这种逆反心理默认了和吴伟的来往，并在不久之后确立了恋爱关系。父亲见了她的变化，

心情便逐渐灿烂起来。

一天,叶婉在吃饭的时候提出来,说她想去找一份工作,呆在家里闲得无聊。而且,父亲身体不太好,在国外搞了那么多年,别的没得到什么,就惹了一身病,有高血压,有糖尿病,有胆结石等,几乎天天要吃药;房子这么大,光水电和物业管理的费用就很高。父亲的钱全投在房子里了。她虽然在外赚了些钱,但那一段时间她吸毒和戒毒花去了不少,回来时已所剩无几,总这样下去终有一天会坐吃山空。当然,这些她没说出来。她只强调自己还年轻,应该出去做点事,在家里久了会慵懒荒废的。

父亲说好吧。吴伟他说也没意见。

于是,她和周浩打了个电话。她认为他是好人。那一次的结果也不能怪周浩。另外,她也想知道周浩现在到底在干什么。

周浩接到她的电话很高兴,告诉她,他在她走后也离开了天龙公司,现在他到了 W 国的电子通讯公司。听了她的情况后,他说好啊,欢迎,正好过几天他公司要去招人,要她那天自己去南湖人才招聘市场。他说他的老板是个 W 国人,一般不喜欢别人推荐,他喜欢自己去挑选。

那天叶婉稍作了打扮就去了人才招聘市场。她直奔 W 国的电子通讯公司。杰克果然亲自在那里接待。他和她只交流了几分钟,就定了下来,说安排她到总经理秘书室。她绝对没想到这么容易会被规模大待遇好的 W 国电子通讯公司录用,因为那天报那个位子的正规女大学生多哩,可杰克居然选了她。她认为是她的脸蛋起了关键作用。其实,她,还包括周浩都不清楚杰克的真实想法。

杰克那天在办完招聘手续后,对叶婉说了一句话:“我等了你三年了。你终于来了!”

叶婉感到好奇怪,也觉得这个老外好有意思,就问:“三年?我们以前又不认识。”

杰克说："是的，但冥冥之中我们好像认识，真的，至少我认识你。你的面相我总觉得很熟悉。你们中国人喜欢佛教，也许我们前生有缘。"

"何以见得？"叶婉饶有兴趣地问道。

杰克凝神望着她说："你虽然很漂亮，也很傲慢，但我从你的脸上还是看出了忧郁和苦难。如果我没有猜错，你这几年是受了很多苦的，你不被人理解，不被人接纳，而且还被人污辱，被人践踏。我说得对吗？"

叶婉是真的震惊了。她那双大眼睛死死盯住杰克，很快泪水就模糊了她的视线。他说得太对了！他说到她的心坎上了！他的话正打在她心中最脆弱的部分。

杰克知道他的话产生了预期的效果，便拍了拍她的肩，说："我可以告诉你，到了我这里，你就彻底安心了，安全了，再不会有人伤害你了。你从此会快乐的。"

叶婉一听，在他那种神秘兮兮的样子中她也感觉到了一种神秘的力量。她觉得就是这种神秘力量一步一步把她推到了这个外国男人的面前。她甚至真的有了一种安定的感觉。她想，她以后可能再也不会流离失所了。

杰克没有想到的是，这几年的努力他不仅没有白费，而且还有一个意外的收获。那就是她还找了一个在空 F 师做事的男友。空 F 师可是他的主攻情报目标啊！他这几年的目标正是要撕开这个口子。

16

到了 W 国电子通讯公司后,叶婉对工作的认真负责和一丝不苟让杰克非常满意。而且,叶婉长得漂亮,歌又唱得好,舞也跳得不错,她到哪里,哪里追逐他的男人就如过江之鲫,前仆后继,杰克自也难免。叶婉上了一段班后,杰克就不时暗示她,想让她做他的情人。但叶婉历经了这么多的情感风雨,她知道很多的男人喜欢的就是她的外表,追求的是片刻欢娱,她不想再重蹈覆辙。况且,她的父亲与吴伟都在望着她。父亲也再经不起任何打击了。

所以,对杰克的举动,她要么装聋作哑,要么就装着听不懂,反正不接招。她想,先干一段再说吧,大不了一纸辞呈,拂袖而去,没什么了不起的。她的这种态度,弄得杰克一时也没有什么好办法。杰克抛妻别子,来到中国,除定期回去述职外,基本上都在中国南湖。他也是个正常男人,也有七情六欲。有的时候,他也有和女人做爱的强烈欲望。但他是个洁癖患者,他不愿意也不敢随便和一个女人发生性关系,哪怕是用安全套。在他的内心里,做爱是比较神圣的,应该是和自己信任并有所了解的女人。所以,他看到叶婉以后,就有了那个想法。不过这个事情暂时还不是他的主要任务。他的主要任务是要接近吴伟,把吴伟拉过来为自己服务。

于是有一天，当叶婉给他送去文件的时候，他提出想见见她的男友。叶婉感到奇怪，杰克要见她的男友干什么？杰克笑说，他想看看吴伟到底是多么有魅力的男人，能如此抓住美丽的叶婉小姐的心，并让她坚定不移忠贞不二？

叶婉苦笑了一下，说，不见可能还好些，见了肯定会让杰克先生失望的。杰克说，没关系，他就是想见见而已，没别的意思，况且，作为总经理秘书，见见她的先生也是起码的礼节。

叶婉见他主意已定，也不好再坚持，就说，好吧。

杰克要叶婉约时间。叶婉就找了吴伟，说她的外方老总想请他吃饭，把个吴伟惊了一跳。“他请我？为什么？”

叶婉就说：“我也不知道，算是请家属吧，外国的企业不是讲人性化管理吗？”

吴伟听了很受用，说：“可我们并没有结婚啊。”

叶婉就说：“要你去就去吧，问那么多干么？不过，我可告诉你，你要表现出点风度啊，不要像在家里一样随随便便的。”

那天是杰克做东，在南湖市最高档的冰火大酒店。他点的菜以粤系为主，外加每人一份鲍鱼，弄得叶婉很不好意思。她不知道杰克为何要如此隆重。她记得很清楚，杰克看到吴伟后好像如故友重逢，非常激动，对他也特别热情。吴伟则是一副受宠若惊奴颜卑膝的样子。他没有文化，在这样的场合更显得很猥琐。只要杰克说话，他就不问青红皂白地点头如捣蒜；只要是杰克敬酒，他就毫不犹豫一口倒干。

叶婉那天看他的样子心里很不舒服，甚至有些恶心。但她越来越不明白，堂堂的杰克总经理怎么会对吴伟兴趣浓浓呢？那天，他们还谈得非常投机，也喝了不少酒。把个叶婉彻底晾到了一边，插不上一句话。

杰克询问了他单位和他工作的一些情况，问得很随意，比如空军的番号呀，人数呀，机型呀，数量呀，性能呀，等等。吴伟不是那

种会吹牛的人,他知道的就说了,不知道的就说不知道。杰克在交谈中便基本上了解了吴伟在空F师的位置,也了解了他的活动能量。不过,这只是个开始,虽然不是非常满意,但毕竟他是那里面的人,按情报术语讲,他就是安在空F师的“鼹鼠”。当然,此事只能从长计议。

于是杰克就说:“吴伟先生,我们以后要多联系。你现在的单位好啊,属部队性质,又听说是中国的空军王牌师,很有发展前途。我们交个朋友吧,不瞒你们说,我就喜欢交有身份的朋友。你以后如果想找我,不必通过你的女友,直接找我好了。当然我也会找你的。”

吴伟以为是碰到了财神爷,就说:“我现在这个单位不是很好,加上我只是中专毕业,不是正式干部,工资很低。老板您看得起我的话,我就到您的公司帮您打工吧。我其实并不想在这里干。”

杰克马上摇头道:“NO,NO,吴伟先生你错了。你们的毛主席说得好,工作只有分工不同,没有高低贵贱之别。你现在是一个好单位啊,千万不要坐在金矿去找金。我觉得我们以后可以合作做一些事情。这样吧,作为朋友,特别是叶婉小姐的男友,我先把你聘为我们公司的编外人员,不需要到公司上班,但每月给你补贴一千元。你看行吗?不过有一条,你得自信一些,在单位一定要好好干,争取早点成为干部。”

一千元?一千元是一个什么概念啊,当时党政机关一个处长一个月也不过如此。这一说,把叶婉、吴伟都着着实实地吓了一跳。世界之大,无奇不有,难道真有天上掉馅饼这样的好事?叶婉更是想不通,杰克这样做到底是因为她而给男友补偿呢,还是因为她男友真有什么潜质?

分手的时候,杰克还和吴伟热烈拥抱,出门时,两人又勾肩搭背,像一对关系非常密切的异国兄弟。

绝密行动

叶婉后来了解到，杰克还真没有食言。他确实经常请吴伟吃饭，每月的补贴也都由他亲自送给吴伟。但叶婉自那次以后再没参加过他们的聚会，他们到底说些什么，做些什么，搞些什么合作，她一概不知道。她曾经问过吴伟，可他的嘴巴始终是严严实实，密不透风，样子还显得神神秘秘。这让叶婉百思不得其解。

17

有一天,叶婉见父亲皮肤发黑,而且发现他的脚有些浮肿,就问:“爸爸,您这段时间有什么不舒服吗?”

父亲说:“也没什么,就是不太想吃饭,一吃就想呕。”

叶婉就说:“是不是胃或者肝有问题?我陪您去医院检查一下吧。”

父亲起先总是不肯,说这么大年纪了有什么检查的?有点毛病是正常的。况且,他也怕,说如果真检查出个什么问题出来,还不把自己吓死?过一天算一天吧。

叶婉听了就哭,说爸,您可不能这样,我还要您多陪我些时间呢。您走了,我一个人怎么办?您忍心吗?父亲就说,好吧,我随你去。

他们就去了市人民医院。结果表明,他的肝和胃都正常。叶婉就问医生:“那我爸爸为什么不想吃饭呢?总有个原因吧。而且,他的脚还有些肿。”

有一个医生就对她父亲说:“脚肿啊,那你去做个尿常规检查吧,看看肾是否有问题。”

化验结果也很快出来了,把叶婉差点吓得晕了过去。父亲得的是尿毒症,而且还是晚期!她拿到化验单,人就坐到了地上。她觉得一下子被人抽去了主心骨,天旋天转。这可怎么办?望着过来过去的人流,她没有了任何主意,只是泪水直淌。父亲真的和自己一样,就这样命苦吗?他可还没过一天好日子啊。

她抓起化验单就去找医生。

医生可能见多不怪,表情麻木,只轻描淡写地说了句深表同情。叶婉就问,没有什么办法了吗?

医生就提出了两条建议,一是换肾,但要二十万左右的医疗费,且不保证能和本体百分之百相容;二是透析,就是对血液进行清洗,每周要做一至两次,每次要三百来元,那纯是延长生命而已,不能保证能活多久。

叶婉边听边痛苦地流着眼泪。父亲还没有充分享受过天伦之乐,甚至还没有过几天真正开心的日子,他还没看到她有个归宿,更谈不上看到外孙了。他肯定有很多很多的事放不下。她怎么能让他这么快地就走呢?

回到家,她找到了吴伟商量,因为在南湖,她再无其他人可以说这样的事了。吴伟一听,说还是换肾吧,他愿意把所有的积蓄都拿出来。叶婉问有多少,他说三万。叶婉说差得太远了。她也同意换肾的方案,就说大家再分头想点办法吧,一定要想办法延长父亲的生命,哪怕是多活一天。

那几天,叶婉就为这事心情抑郁,上班也有些六神无主,心不在焉。杰克很敏感,就问:“叶婉,怎么啦?有什么不高兴的事吗?”

叶婉的眼睛就红了。杰克忙说:“我能帮你吗?”

叶婉就说了父亲的事。杰克听了生气道:“这样大的事你为什么不和我说呢?你赶快去和医院联系一下,预定一个肾源,多少钱都由本公司全部负责。此事也不能再拖了。去吧,这几天放你的假,你就全力办这个事。另外,碰到什么其他情况立即和我联系,清楚了吗?”

叶婉非常感动,她第一次认真地望着杰克,发现他的那双蔚蓝色的眼睛里充满了深情和关爱;她也是第一次感到了一个成功男人的力量。她的心情就一下子舒展多了。

两个月后,父亲做了换肾手术。医生告诉叶婉,手术非常顺利,也非常成功,要她放心,保守估计至少能维持七八年以上,而且还可以换第二次。叶婉一听,心中一块沉重的石头落了地。

杰克一直就在手术室外等候,听了医生的说明,他的脸上也露出了满意的笑容。

第二天上班,杰克到叶婉办公室,问她家里还有什么困难没有。叶婉说没有了,说非常感谢老总的关心支持,她没有什么回报,只有通过好好工作来报答老总。杰克说不用,说一直很欣赏她,只有一个小小的要求,就是想亲她一下,不知她能否满足他的这个愿望?

她料到过这一场面,确实犹豫了,杰克拯救了她的父亲,是她的父亲,也是她的救命恩人。他并没有说要她以后还钱,但那么多钱对她来说不是一笔沉重的情债吗?杰克凭什么要给她呢?此时此刻,她能说什么?能无情地拒绝吗?而且,叶婉看了看他,他的眼神是微笑的,并无邪意,他的表情是当真的,并不像开玩笑,他站在那里等着她的回应,很绅士的样子。

她就把门关了,反锁了,然后把脸伸了过去。杰克一下子就把她抱进了自己的怀里,非常有劲地亲了她的脸,她的脖子,长久地吮吸了她柔软的舌头。

当杰克松开叶婉的时候,他发现她的脸上挂着两行清泪。杰克说:“叶婉,对不起,也许我太冲动了。但我真的从第一眼看见你就喜欢上了你,这些日子来,我每天都想着你。我没办法控制自己。你难道一点也感觉不到吗?”

叶婉知道,她一旦迈出这一步,可能就再也无法收回,她的日子和情感世界可能又会回到以前所经历过的怪圈。在那一瞬间,她感觉自己的命运真的难以由自己决定,她觉得自己就像一个傀儡,任由他人摆布。怎么办?一旦发展下去,父亲那里如何交待?吴伟那里如何处理?她感到了自己的无能为力与弱小无助。她的眼泪就这样不能自已地流了下来。

叶婉也知道,杰克有钱有事业,而且有一种成熟的魅力,是那种能让很多女人心动的男人。但他能属于她吗?他这种情况肯定是在W国结了婚的,他会为了她离婚吗?她不是不愿意,她在内心里非常非常愿意离开南湖,甚至离开中国,但她能吗?

她抹了一下脸说:"我感觉得到你喜欢我,但那又说明什么呢?会有什么结果吗?"

杰克一看她落泪,便明白了她的心思,说:"我们暂时先不谈结果,先开始一段过程吧。我知道你这几年过来得很不容易,有谁能帮你呢?那么多人害你踩你,哪里有真情呢?"说着,他拿出一把钥匙放到她的手里,说,"这是一把车钥匙,停在坪里的那辆55888的白色本田车是公司送给你的。你去试试吧。另外,你父亲买房子的钱,由我来支付。你要知道,你父亲换肾以后还要很多钱来调整与补养。你们现在的情况是负担不了的。请你不要拒绝。"

杰克所做的一切,是那么细致而周到,你该想到的,他早已为你想到,而且是那么恰如其分,恰到好处。叶婉的心在一点一点松动。是啊,这么多年,有谁真心帮过她呢?有谁是真的喜欢她呢?她说想到过我,但只是一晃而过。因为我并没有也确实没有那个实力彻底改变她的命运。在她的生活道路上,更多的人是歧视她,嘲讽她,玩弄她,排挤她。而只有杰克给了她真正的帮助,并给了她真正的安定感。

她就说:"谢谢老板。您的心意我领了。但车我不要了,花那么多钱,而且我也不会开车。"

杰克笑着说:"傻瓜,不会可以学啊,我教你就是。走,现在就去,自动挡,很容易的。"

18

叶婉过了一段时间后,才找了个时间与父亲说她和杰克的事。

父亲很虚弱地长长地叹了口气。他没办法在这个问题上再说什么。自己在某种意义上说是苟延残喘,自身难保,过一天算一天了;虽然杰克是个外国人,但他确实很好,帮了自己太多太多;而女儿也历经了许多的苦难,成熟多了,她应有自己的生活目标与个人大事上的主见。

于是,他说:“小婉,其实我也知道吴伟配不上你,你找了他是受了天大的委屈。爸爸只是考虑到老实、条件差一点的男人靠得住一些,想你今后多少有个依靠。但现实证明我错了,能找一个条件好些的为什么不去找呢?不过我有个担心,杰克是个有妻室的人,还是个外国人,你最终可能会是竹篮打水一场空啊!”

叶婉说:“我也不想别的了,如果能和他出国,无论结婚不结婚都行;而且,在这一段时间,他会给我很多钱的,有了钱,以后再为生活打算吧。”

“那吴伟那里呢?”父亲问。

“是啊,他那里我终究得去面对。放心,我会找个时间去说的。我想他会接受的。”叶婉回答。

第二天，叶婉把自己的想法告诉了杰克。不料杰克很坚决地表示反对。

他说："这个事情可以慢一点再作处理。我觉得吴伟是一个忠诚老实的小伙子，我不想这么快去伤害他。这样的事情，在我们西方国家可以理解，竞争嘛，甚至还可以决斗呢。但在你们中国，这样未免有些不够仁义。我看你们再交往一段时间再说吧，不过在这一段里，你只能跟他保持若即若离的关系，不准和他有任何的肌肤之亲。我爱你，从那天开始，我就再也容不得你和别的男人亲密。在这方面，我不得不告诉你，我是一个嫉妒心理与仇恨心理都很重的人。请你原谅。"

男人对女人管得严，并适当地表示出嫉妒，其实女人在内心里是喜欢的。叶婉就是如此，她认为杰克这样做完全是因为非常地爱她。于是，她抱着杰克亲了一下，说："你这个小气鬼，放心，我不是那种乱来的女人。我还没有让他亲过我呢。好吧，就听你的，不过我不想拖久了。我不喜欢玩弄别人的感情。"

杰克说："我知道，我心里会有数的。但我有一个想法请你考虑。"

"什么想法？"叶婉问。

"从明天开始，你白天就是我的秘书，业余时间还有一个任务，就是陪吴伟请客。"

"请客？"叶婉有些不解。

杰克肯定地点了点头："对，就是请客。我希望吴伟能够按照中国的习惯快点转为干部。只有干部才有身份，以后才有可能发展。作为你我共同的朋友，难道我们不希望他生活好一些吗？而且这也算是对他的一点补偿吧。所以，我愿意花点钱助他一臂之力。而你的任务就是凭你的美貌为他争面子争分数。美貌是一张永恒的通行证。你到时和吴伟说说，让他请他的领导，请他领导的领导，当然也包括他的同事，所有花销由我负责，千万不要吝啬。"

叶婉越听越糊涂，问："你这样做是为了什么呢？值得吗？有

什么意义?”

杰克只是摇头:“你不懂男人之间的游戏。这样说吧,我希望所有我认识的朋友都是优秀的有用的,你明白吗?好了,答应我吧。以后有机会我再给你详细说。你先只管照我说的去做。”

叶婉只好答应了。

果然,叶婉一亮相,空F师的维护厂几乎上上下下都感诧异,怎么貌不惊人的吴伟找了个如此散发着魅力而且拥有小车的女友?他凭的什么呀?于是,全厂的工作人员一下子对吴伟刮目相看。特别是有一次,空F师举办了一次“家庭乐”文艺活动。叶婉因一曲《十五的月亮》引发全场轰动,又唱了一首《长城谣》才好不容易谢幕下来。

从此,不仅是厂里,还有师里有什么重要活动,特别是重大的接待活动,领导都喜欢打招呼要叶婉参加。凡有叶婉参加的活动,气氛便特别的热闹与活跃。

杰克笑在眉头,喜在心里。他说他对叶婉没别的要求,只想她一个月能陪他一个晚上。

有一天晚上,叶婉在杰克的宿舍里睡。两人做完爱后,叶婉喝了一杯牛奶,很快就进入了梦乡。她当然不知道,杰克在牛奶里放了一片特制的安眠药,足可以让她深睡五个小时且雷打不醒。杰克从他的保险柜里取出了一个很精致的仪器,把它放在床上,打开,一个显示屏立即亮了。然后他又把叶婉翻了过来,将仪器的端口对准她背部一个位置。不一会儿,他就从仪器里拿出一盒磁带,上面录满了近一个月叶婉在空F师活动时,部队一些官兵的谈话内容。

杰克戴上了耳机,迅速对内容进行甄别和筛选,把其中他认为重要的东西作了整理,并拍成了微型胶卷,用特制的信封装好。

第二天,他就把胶卷送到领事馆,通过外交机要渠道发回国内总部。

这样的情报整理和传递,杰克基本上是每月一次。

19

W 国驻南湖市领事馆。上午 10 点,一辆黑色宝马从馆内驶了出来。里面坐着领事馆武官亨利与他的妻子简芳妮。今天是简芳妮开的车。

走出不远,他们就发现一辆黑色本田车不紧不慢地跟在后面。亨利微微笑了一下。这是双方默认的惯例,也是国际通行的规则。他在这里工作快三年了,几乎只要出去都是如此。他望着反光镜,说:“简,这台本田车可能是南湖市公安局最好的车了。因为这么多年,没有更好的车跟过我。”

简芳妮笑道:“是吗?不过也可以理解,一个市级公安局,一个处级反间谍机构,能有什么好车吗?我看他们市长的车也就是一台普通奥迪。”

亨利说:“我不想和他们比速度,其实我只要踩一下油门,他们就是用上喝奶的劲也赶不上我。”

简芳妮说:“没必要,我们今天还有一个新产品要试呢。”

亨利虽然习以为常,但还是感觉到中国的反间谍部门盯得太紧了。不过,W 国也有 W 国应对的办法。他从反光镜里朝后面看了看,又自信地笑了笑,对妻子说:“去牛鼻子巷,看看我们的新产

品到底如何。”

简芳妮会意地点了点头,说:“嗯,那地方好。”

牛鼻子巷是连接五一路与芙蓉路的一条通道,只能容一台车通过,交警部门规定此道单向行驶。所以,负责跟踪的我的两个同事彭坚和杜林不敢跟得太紧。他们隔了几台车远远地盯着。宝马出了巷子打起了左向灯。

谁也没料到,宝马就在左拐出巷脱离跟踪视野的那一瞬间,简芳妮来了一个急刹,亨利迅速下了车钻进了旁边的小商店。简芳妮又马上启动,并很快按了身边座位上一个机关,不到三秒钟,一个与亨利真人一般大小且非常相像的充气人竖了起来。而且充气人的头部不时地还能左右摇动,从后面看,就如亨利在与妻子说话似的。

一会儿,彭坚、杜林的车也跟着拐了过来。他们看到了前面的宝马,也看到了亨利夫妇仍然坐在上面。梢没有丢掉,他们就放心了。彭坚踩了一脚油门追了上去。

杜林说:“这两个洋鬼子还算配合,速度不快,如果他们真要加点油,我们只好看天了。”

彭坚说:“这就是默契,而且南湖就只这么大,他能跑到哪儿去呢?所以这几年我跟他几乎没有跟丢的。我最怕的是这家伙骑自行车或坐公交。那是最难跟的。说句老实话,我们就这几个人,脸都熟了。有一次,是夏天,好热的,亨利在一家冷饮店买了冰棍对不远处跟他的小胡说,小同志,你辛苦了,吃根冰棍吧,解解渴。放心,我不会跑的。”两人都笑了。

此时,真正的亨利站在商店内的玻璃后望着这一幕,开心地笑了笑。他在内心里佩服W国情报部门那帮搞技术对抗器材研究的家伙。他们研制的东西太捧了!

片刻后,亨利走出了商店,穿过芙蓉路,进了一个大超市。在里面转悠了一下,买了个冰激凌。他把包冰激凌的纸拿在手头,出了门,假装丢垃圾,走到了一个大的绿色垃圾桶前,顺便把一个小塑料袋也扔了进去。

接着,他招手叫了辆出租车,离开了超市。在车上,他发了一条短信给他在南湖市的一个代号叫“鲨鱼”的情报关系:“请去6号点取货!”

原来,亨利来南湖以后,头一个星期就是熟悉这个城市的地形地物。他暗暗地相中了十多个情报交接点。其中有垃圾桶,有公园的某一棵树下,还有河边的石凳,等等。这些交接点一般都在人多的公共场所,固定而不易被人发现。发完指令,他就径直回了领事馆。

那天负责在领事馆对面监视的小胡看亨利一个人回来了,而车没回来,彭坚与杜林的车也没看见,就急了,立即打电话给彭坚。彭坚与杜林一听傻了眼,望着前面的宝马,大叫道:“怎么,车上不是亨利?那是谁?你没搞错吧?”

小胡说:“我没搞错,千真万确,是亨利回来了。”

两人气得一瘪一瘪的,骂了句“碰到鬼了”,马上掉了车头回了局里等待挨处长曾牛的批评。他们不理解,明明车里的亨利坐在那里呀,怎么又钻出个亨利来呢?这个W国,难道发明了分身之术吗?事后才从国家安全部的通报中得知,W国已在我国使用这种先进的“掉包”技术。

曾牛就像他的名字一样,身高体大,皮肤粗黑,但做事极为认真。处里的干部都有些怕他。这一次,他没有批评彭坚和杜林,仔细听了后说:“我这就向省厅汇报。这不能怪你们,而只能怪敌人太狡猾。”

没过几天,省厅就转来了部里寄过来的器材,是几个带X光透视的望远镜,只要一看,就知道是真人还是假人。这是部里研制的专门针对W国掉包技术的装备。此是后话,暂且不提。

“鲨鱼”正在开一个会,他收到信息后,马上请了假,打车直奔

那家超市。他从袋里掏出一包未开封的烟，撕开密封条，假装丢垃圾，在垃圾桶里找到了那个特制的塑料袋。

接着他又急急地返回了办公室，一个人把门关了，打开一看，上面写道："据我们掌握，驻南湖的空 F 师最近装备了新式的攻击性很强的战斗机。你下一步的情报搜集重点就放在空 F 师。务必将那里的情况搞清楚。船长。"

空 F 师离他远倒不是很远，但仔细在自己脑海里一搜寻，他还真的在那里没有一个朋友。由于曾经有老乡在那里当过兵，他去过几回，但也只是场面上的应酬，并没有什么深交，而且这两年他们都陆陆续续转业了。怎么办呢？他这一下可犯了愁。他明显地感觉到，自己在这条道上是越陷越深了。这段时间以来，他为亨利提供了不少内部的机密文件，里面还包括很多中央、省市的一些机密文件。这倒没有什么费力的，文件就在自己的柜子里，随时都可以带回家复印，只要小心，并没有什么太大的危险。因为内部文件的管理和人员的管理都只是这个样子。何况自己还有个一官半职。在中国，只要是个官，下面的人都会对你有些敬畏，哪还敢怀疑你？制度只是对下面老百姓的，对官就形同虚设。但这一次亨利要自己把手伸向空军，那就不是一般的事情了，也超出了自己的能力范围。他感到了为难。然而，再难再危险，能不干吗？他敢不干吗？

"鲨鱼"躺在椅子上，仰望着天花板，脑子里在盘算着看有什么好办法。

20

W国空军情报局位于首都西郊。一栋蓝白相间的办公楼巍峨壮观,前面草地上矗立着一座飞机翱翔式样的巨大雕塑。在外人看来,它好像是一个民航局之类的单位。

杰克的真实身份是空情局中校情报官。此次回国是奉命汇报近一段时间来对中国空F师"釜底计划"的执行情况,同时也有述职的意思。釜底计划负责人蒙巴少将及空情局行动处处长参加了汇报会。

杰克说,整个行动正按原计划有条不紊地进行,到目前为止进展非常顺利。基建工程已经完成了三分之一,工程中没有一个中国人参加,全部由国内空军派去的工程技术人员负责。施工设备比如拖车、挖土机、脚手架、掘进机等是他亲自带人在相关中国公司购买的。由于核心施工都是由本国派来的三十个人负责,所以那部分工程进展要慢一些。同时,他坚持一手抓"釜底计划"的实施,一手抓军事情报的搜集。据他每天对空F师狼式战斗机起落与训练情况的观察与分析,该师现在的狼式战斗机有二十架左右。通过对该区域空中无线通讯信号的搜索分析,不久以后还要增加二十架。最近训练比较频繁。据评估,这个师的潜在战斗力与摧

毁力在当今世界是领先的。但目前在情报关系物色方面进展不很理想。他又说,我在人才市场上挑选了一个女秘书,其本身的情报条件不怎么样,文化程度也不高,但她的男友在空F师护理厂管材料,这个人很重要。我后来与他做了接触,发现他就是要钱。这就好说。我就指示他在里面物色一个能进入狼式战斗机场地的人。可是出了一点小问题。他物色的那个叫齐晖的护理师专门负责维护狼式战斗机,条件非常好,学的也是飞机制造专业,人又聪明。没想到交往了一段时间后,他就是不答应,而且还知道了我们的意图。我不得不采取措施,把齐晖弄掉了,以绝后患。

蒙巴就问:“没留下什么痕迹吧。”

杰克说:“将军放心,您培养出的行动人员干一件这样的事,简直是小菜一碟,神鬼不知。中国警方已经确定齐晖是煤气中毒身亡。”

蒙巴非常得意地笑了笑说:“很好,干得漂亮。杰克,你要知道,釜底计划是我们的一个绝密计划,也是一个带有很大风险的绝密行动,稍有不慎,不仅会影响我们的国际形象,还会带来外交被动,甚至有可能引发军事冲突。所以在整个行动过程中,既要严格保密,不能有丝毫情况外泄,又要对那些不该知道但知道了的人采取无情手段,最好的办法就是使之从人间蒸发。这是绝对不能手软的。记住,对敌人的手软就是对国家的犯罪!中国的空F师是我们空军的劲敌,甚至可以说是克星。同时从发展的角度看,它很有可能针对我航母提升技术与装备水平,对我海上堡垒构成潜在威胁。釜底计划的目的就是在关键时刻,我们能一举摧毁空F师,从而夺得制空权,夺得战争的主动权。让中国的杀手武器变成一堆废铜烂铁。你和你的同事们一定要站在这个高度来看待釜底计划工程的实施。要有荣誉感和自豪感。另外,那三十个人都是经过海军陆战队魔鬼训练的,他们的任务就是执行那项绝密计划,要严禁他们在业余时间与任何中国人接触。这一点一定要把握住。这是纪律，纪律是成功的重要保障。因为堡垒最容易从内部攻破。”

“将军的指示我铭记在心，我会这样去做的。”

“三十个人够不够？不够的话，我向局里再去争取一些。”

“我觉得现在够了。因为人多也有不便之处，给管理带来难度，而且目标太大，也怕出什么纰漏。另外我建议下个月轮换一次，我担心这批人时间搞久了，难免不出问题。从目前的进度来看，估计两个月后主体就可竣工。”

“好，我同意你的意见。我和局长都是这个意思，不过给你的压力就大了。但你也不用太急，釜底计划是一个中长期规划，局里在时间与速度上不会给你提硬性指标。你的目标就是尽快完成主体工程，又不出任何问题。因为主体工程搞久了，会引起中国有关方面的怀疑。同时，公司的主营业务也要搞好。听说你的电子通讯产品在中国的销售形势不错，你还准备搞一个大型地下超市，这就是对釜底计划秘密实施的最好掩护。要继续保持下去。总部对你的这些计划会全力支持，经费问题你大胆预算就是，我们会通过银行及时划拨过来。至于后期一些敏感设备和器材，我们会通过外交官的免检邮包寄给你的。”

“是，将军。”

“另外，你们身在异国，又处在那样敏感的位置，要特别注意内部的保密和防范。进人要谨慎和严格把关，办公室要定期进行防窃密技术检查。我要特别提醒你的是，你可以定期到我们驻南湖领事馆去汇报有关工作，交流有关情况，开展有关活动，毕竟使馆比外面要安全一些，而且总部有什么指示只能通过机要通道传递。但你也知道，使领馆目标大，中国的反间谍部门肯定盯得紧，而且那里还有国内几家情报部门的人在从事情报工作。你们绝不能发生横向的情报关系。你们各有各的任务，各有各的上级。”

“是，将军。”

一会儿,蒙巴又谈到了周浩。杰克说周浩是一个优秀的中国青年知识分子,素质很高。蒙巴说周浩只能也一定要作为我方一个纯粹的商业形象代表去培养,用他去应付中国方面的监管。不能让他介入我们的情报业务。因为我们毕竟要用商业来掩护我们的秘密行动。在中国,在南湖那样的敏感地方,我们的商业机构如果做得不好,会引起中国有关方面的怀疑的。

"将军英明,我明白了。"

"还有,你物色和经营红豆的整个过程,非常漂亮,堪称经典。通过她搜集的情报虽然不是什么正规文件资料,但从某种意义上说比正规文件资料更具价值。很好,就是要她不知不觉地为我服务,那样也不容易被中国的安全部门发现。这是你的一个创举,总部领导很满意。总之,你干得不错,关于你军衔晋升的事,我已报上去了。你就等着听好消息吧。"

"谢谢将军。"

蒙巴站了起来,说:"杰克,今天就谈到这里吧。你有大半年没回来了。这次回国就休息十天吧。局里已经安排好了,把夫人与孩子带上,到海军基地的58号山庄。"

杰克说:"谢谢将军关心。"

21

杰克回到南湖市,是晚上10点多。周浩与叶婉去机场接的。从机场高速公路到市中心,杰克一声未吭,只是望着两旁白绿相间的灯光和霓虹闪烁的街道。穿过市区,就到了郊外,公司就在离空F师不远的地方。这里略显荒凉,但两旁有田野。杰克呼吸着从窗外吹进来的湿润的清新空气,很陶醉的样子。下车的时候,他才感叹地说了两句话:“南湖真的是一个好地方。真羡慕你们的幸运,生在这样一个美丽的城市。”

周浩说:“老板,既然南湖这么好,您就多在这里呆些年吧。”

杰克说:“是啊,我也这么想。但人在江湖身不由己啊。”

一进办公室,杰克只是匆匆洗了个手,就坐到了他的座位上。叶婉知道他的习惯,就送去了这一段时间需要处理的所有文件。周浩则掏出了随身带着的小本子,坐在沙发上。

杰克有一个特点,他喜欢边看文件边听取汇报。于是,周浩把这十多天的工作情况简要地向总经理作了报告。

杰克时而在文件上作批示,时而又对周浩点点头,表示他在认真听。很快,他就把所有文件处理完了。周浩也正好汇报完。杰克把文件夹叠好,对周浩近期的工作进行了简要点评,并表示满

意。最后他说:“周副总,今天就到这里吧。你也辛苦了,回去休息。”

周浩说:“老板,我还有个私事想跟您汇报。”

“请说。”杰克答道。周浩就谈了郝雄的事。

“他真是你的同学?”杰克问。

“千真万确,和我一同毕业的,不过他学的是法律,我学的是工商管理。他的毕业文凭您可以在网上查到的。”

“现在干什么?”

“在南湖市外企服务中心法律咨询部。”

“为什么要到我们这里来?”

“他认为在那里太清闲,浪费时间;而且福利待遇也不怎么样。他有律师资格,他想更多地做一些具体法律事务,特别是到您这样的外资企业,能锻炼自己的才干。”

“有谁介绍吗?”

“没有,是他前几天自己找上门来的。他说他在外企服务中心内部局域网上查到的资料,发现我是他的同学,就来了。您可能不知道,我们的同学在南湖市工作的还真不多。”

杰克想了想,噢了一声说:“周浩,我相信你。不过按规定,我得亲自考察他才能决定是否录用。明天叫他来吧。”

“谢谢老板。我想我的同学不会让您失望的。”周浩高兴得站了起来。他回了自己的办公室,立刻把这一消息电话告诉了郝雄,并要他明天上午9点来公司面谈。

周浩走后,叶婉进来,且轻轻把门关上了。杰克办公室的里面有一间带卫生间的卧室,平时加班或干什么,他就不回自己的公寓,在这里睡。他脱了外衣,眼睛亮亮的,一把就把叶婉抱了起来,说:“叶婉,想死我了。你想我吗?”

叶婉抿着嘴只是点头,任他在她的额头、眼睛、嘴巴和颈上狂吻。

杰克当初找她，固然是自己苦心多年经营的结果，但也不可否认，客观上她那几年的经历也让她增添了不少魅力。她在南湖的一家中日合资企业做过文书，还在郊区大型民营企业天龙电子公司的董事长办公室干过。自她来了后，他是越来越喜欢这个能歌善舞的中国女孩了。他甚至在很多时候都忘记了她是自己精心物色的情报关系。她做事也很干脆利索，秘书的活她每天都处理得井井有条。另外，W国的女孩太高大太肥胖太粗糙，而眼前的这个中国女孩非常秀气苗条精致乖巧，让他能找到男人的感觉。两人就匆匆进了卧室，迅速褪去了身上的伪装，随着叶婉温柔的一声叫唤，他们便开始了古今中外乐此不疲的游戏。

杰克对公司进人非常谨慎，把关也非常严格，特别是对录用中国人尤为注意。当初聘用周浩的时候，他亲自去人才交易市场，并一眼看中了周浩。但他没有马上表示出热情和喜欢。他第一次拒绝了周浩。周浩只好去了别的摊位应聘。他被另一家外资企业看中，很快就签订了聘用意向书。杰克派了人在暗中跟踪观察，见状，在周浩高兴地出门时将他拦住。杰克表达了聘用之意，且诚挚地提出了优惠条件。周浩就这样来到了他的电子通讯公司。周浩果然干得不错，他精干麻利，思维敏捷，为人诚实，业务熟练，特别是对外不多话，不惹事，对内不该问的不问，不该看的不看，杰克非常满意。

这次周浩对他推荐郝雄，他不能拒绝，应该给他一个面子。他是不轻易开口的。而且他的公司也确实需要一个年轻的有真才实学的律师。现在聘用的这个律师年纪大了些，思维反应也慢了些，知识也陈旧了些，不太适应一个外资企业的工作节奏和所面临的新的法律环境。所以，他边做爱边思考这个问题。

于是，他就加快了速度，也加大了力度，很快就到了快乐的峰巅。两人草草地收拾了一下，杰克要叶婉回宿舍等他。

等她走后，他就在床边打了个电话给一个朋友，要他查查外企

服务中心郝雄的情况。接着，他起床穿了睡衣，打开了桌上的电脑，进入了高校网站。他很快就查到了郝雄在大学的个人资料并进行了下载。他对郝雄的履历作了认真的研究。

回到宿舍，叶婉正躺在床上看一本莱蒙托夫的诗集。杰克为她泡了杯牛奶，很优雅地端着送到叶婉的面前。她说了声谢谢，就一口喝了，并说："杰克，我其实每天都做梦的。我现实中难以实现的，梦里总能实现。但也怪，每次只要喝了你的牛奶就睡得最香，连梦都没有了。"

杰克微笑道："我理解。人都有梦，都有梦想。然而你和我一起了，你的现实就是梦想。何况，在这杯牛奶里，有我醉人的爱嘛。"他顺手关掉了大灯，只留了一盏橘黄色的床头灯。

叶婉很快就沉沉地睡着了。杰克则又拿出了那架仪器。他拉上了厚厚的窗帘，打开了大灯。

22

第二天一上班,杰克就通知叶婉,说如果今天有一个叫郝雄的来了,就直接带到他的办公室。

叶婉见过郝雄,印象很不错,就点头道,好的。

9点,郝雄准时来到公司三楼,与叶婉打了招呼。叶婉一见他就热情地说:"你是郝雄先生吧?杰克总经理在等你呢。他要我带你去他的办公室。"

郝雄客气地说:"不用麻烦你了,告诉我房号,我自己去吧。"

叶婉问:"听说你是想来我们公司工作,是吗?"

"对,不好吗?"

"太好了,以后我们就是同事了。"叶婉高兴地说。

"只是不知道今天能否通过杰克总经理一关。我没有把握。到时你方便可要给我说说话呀。"

叶婉说:"你放心,像你这样条件的人杰克很欣赏的。你的同学周浩不就是这样进来的吗?走,我领你去。"

杰克的办公室在最里头。进去后,叶婉说:"老板,您说的郝雄先生他来了。"

杰克嗯了一声,头也没抬道:"我知道了,你出去吧。"他的脸

色很凝重,似乎心情不好。

郝雄觉得自己是否来得不是时候,心想事情可能会泡汤,就忐忑不安地坐了下来。他看到杰克的办公室并不大,不像我们中国有些官员和老总,讲的是气派与场面。墙上就挂一幅中国地图和一幅南湖地图。里面有一间小房,估计是卧室。办公桌上也很简单,一个笔筒,一个文件篮,一面 W 国的国旗。室内很整洁,百叶窗是浅绿色的,上午暖暖的阳光正从一片一片窗页间挤渗进来,把整个房间照得温馨明亮。杰克仍在处理文件。

"你是郝雄?"杰克冷冷地问,终于抬头望了一下他。

"是,我叫郝雄。"郝雄恭恭敬敬地答道。

"在外企服务中心工作?"

"对,具体负责南湖市的外资企业法律咨询工作。"

"这应该很适合发挥你的长处,而且据我了解,你那个单位的福利待遇并不差,条件也不错,为什么还要跳槽?到我们公司来,你到底怀有什么真正的目的?"杰克的眼睛死死地盯着郝雄问。

郝雄从没有见过如此问话直截了当的人。这可能就是中国人与外国人的区别吧。他想,这次杰克能见他,估计是看在周浩的面子上,从一见面的表情和冷冷的问话来分析,聘用的希望不大。既然如此,他还怕什么?还在乎什么?无非是多了一次锻炼的机会。于是郝雄就轻松多了。

他说:"杰克先生,您说对了,我确实是怀有个人的目的。第一,中国很快就要加入 WTO,急需涉外法律人才。而这方面的人才非常缺乏。我想通过在贵公司的法律实践,超前准备,提升自己的层次。第二,南湖市外企服务中心虽然和外企有关,我虽然从事法律工作,但不瞒您说,那是一个非常虚泛的机构,与其说是为外企服务,不如说很大程度上是为了赚钱,对我提高业务水平帮助不大。而且,南湖市较大一点的外企,比如您的电子通讯公司等都有自己的法律机构。几年了,我基本上没有用武之地。第三,我也想过到其他外企,但由于我在外企服务中心的便利,很了解南湖的情况。您可能不知道,南湖的外企中有百分之八十左右并非真正意义上的外企,而只是打着外方的牌子,从中国的银行贷款做事。只有贵企业等少数几家企业才是实实在在用自己的钱在中国拓展实业。所以我觉得到您这里来,才有可能接触到新的领域,进行真正的涉外法律实践。”

杰克在听的过程中始终没有任何表情,听完也没有任何表态。当然,郝雄的话他听了很受用。特别是他感觉出了这个中国小伙子思维的清晰、逻辑的严密和措辞的得当。但他知道,这不能表现出来。于是,他仍然只是冷冷地说:“郝雄先生,请你去一趟402房间,那里还有两位先生要见见你。他们是本公司的考官。至于是否录用,会有人告诉你的。祝你好运。”

郝雄就起身道谢后去了四楼。他找到了402房间,就用手轻轻去推门。他发现里面竟然是黑糊糊的!他正在犹豫,还没弄清楚是怎么回事,房门里突然有人伸出手来,很有力地一把将他拉了进去,然后门砰地关了。

这一举动把他吓了一大跳。一会儿,一盏很微弱的蓝色的灯打开了。他这才看清房间里有两个人,都是彪形大汉,有些像是W国人。其中一个示意他坐在一把凳子上,并在他的头上戴上一个头盔模样的东西。头盔上有几根细小的电线通向前面的桌子,桌子上有一个像电脑一样的东西,但包着布套。

郝雄有点害怕,问:“你们这是干什么?”

另一个回答说:“你不是想到我们公司来吗?这是我们录用人员必经的一个程序。从现在开始,你不要再乱说话。你的任务是如实回答我们提出的问题,决不能有丝毫谎言。记住,只要有一句谎言,本公司是不会录用你的。”

他觉得挺新鲜的,就说:“那你们就开始吧。在这样的房间里呆久了,让人窒息。”

23

房间接着又黑了下来，但郝雄的头盔里却发出了光亮，把他的脸照得一览无余，且温度很高，没一会儿他的脸上就渗出了豆大汗珠。那两个人坐在他前面，每人戴一副遮了半边脸的眼镜，像是电影里抢劫银行的罪犯。眼镜是红外线的，可以看到他的表情。

问话就开始了。

“你叫什么？”

“我叫郝雄。”

“还有其他的名字或者曾经使用过别的名字吗？”

“没有。”

“但我们通过网上查你大学档案，发现你用过其他名字。你真正的名字到底是什么？”问话的语气加重了。

“我就叫郝雄。我从来没有使用过其他名字。我可以向你们的上帝发誓！”

“你想来我们公司，是不是受了什么人的指使？”

“没有，是我自己想来的。我的想法都对你们的老板说了。”

“这两天我们经过秘密调查，发现你是南湖市反间谍部门的。说，你的上司是谁？到我们公司来想干什么？郝雄是不是你的化名?"问话的语气更加严厉。

"我只是一个律师,大学毕业才几年。我从来没有和反间谍部门打过交道。我生来就叫郝雄。"

"你这些都是假话！告诉你,最好是说老实话。不然,我们现在就可以置你于死地,谁也不知道。你要是承认,我们可以合作。"说完,一个人走到了他的身后,用手使劲地摁住了他的肩膀。

郝雄突然不知哪来一股神力,忽地站了起来,大叫道:"没有的事我不可能承认。我宁可选择死,也不会选择谎言！但你们也逃脱不了中国法律的制裁!"

他刚一说完,那盏弱弱的蓝色的灯就亮了。那两个W国人在幽幽的灯光下,像两个巨大的影子,更像两个恐怖的幽灵。一个说:"郝先生,您可以走了。"

郝雄取下头盔,汗水已经模糊了他的双眼。他忽然间松了一大口气。这是一个魔窟,必须得赶快逃出去。太可怕了。周浩也是这样的魔鬼吗？叶婉也是这样的魔鬼吗？齐晖就是被这样的魔鬼杀害的吗？他的脑子里乱糟糟的,像是一锅煮开了的稀饭。他想快点跑掉,不然真死在这样的地方,人鬼不知的,肯定是一宗无头冤案。那就太惨了！

他走出了那间房子,根本就没想到要擦擦汗,要整整衣服和头发,要和周浩与叶婉打招呼,便飞也似的下了楼,直向大门奔去。

大门口竟站着周浩。他居然还在灿烂地笑着。望着脸色惨白的郝雄,他说:"我在这里等候你多时了。祝贺你,杰克先生对你的表现非常满意。你被录用了!"

郝雄惊魂甫定,他把周浩拉到一边问:"这里太可怕了！我不知道这到底是一个什么公司!"

周浩笑得更厉害了:"你难道没听说过测谎吗？这是W国录用员工最普通最起码的一道试题。仪器很先进,是通过对脑电波、心跳与汗腺的变化来测试的。这种做法只是我们中国人还不适应

而已。好了,你已经顺利通过,回去收拾收拾,准备来上班吧。"

"你也经历过?"郝雄有点好奇地问道。

"当然。必经之路嘛。"

郝雄顿时恍然大悟,也笑了,说:"谢谢杰克先生,谢谢老同学。不过老同学,你城府也太深了,事先也不打个招呼,害得我差点崩溃了。"

"我当然不能说。这就是我的为人处世之道。"

郝雄说,我理解,开玩笑的,我不会怪你的。

周浩从口袋里拿出一块东西交给他说:"这是本公司的徽章,所有员工进出和上班一律要佩带。你明天进来就不需要再和保安作解释了。"

郝雄看到,徽章的底色是蓝色,上面飘着白云,一架飞机腾空而起。背面是编号。他的编号是 488 号。他当然不知道,徽章是采用了 W 国空军情报局前面那个雕塑的造型。但他还是感觉到,这个图案的选择肯定与对面的空 F 师有关。他便收了起来,与周浩道了别,离开了电子通讯公司。

郝雄通过公用电话和我联系。我们见了面,他把上面的经过全部告诉了我。我不敢怠慢,也马上向局、处领导作了汇报。

大家分析认为,W 国通讯公司对郝雄的考察做法,是比较典型的间谍情报机关的做法,从另一个角度印证了杰克具有重大间谍嫌疑。同时,值得欣慰的是,郝雄终于过了这一关,可以成功地打进去了。所以曾处长交待我,要我好好找郝雄谈一次,给他提一些要求,并告诉他一些基本方法。总的来说,要他进去以后,一定要谨慎稳重,不可太性急,宁可慢一点,但务求稳一点,特别是要牢牢记住自己的目标,那就是尽快取得杰克的绝对信任,钻到他的身边,最终彻底了解杰克和他的公司在南湖的真正计划与具体行动。

24

郝雄来公司以后才知道,大院里面分为两半,也有围墙相隔,叫东院和西院。所有中国员工活动与工作都在东院。这里有一栋办公楼,一个科研所,两个生产车间,一幢公寓楼。公寓楼全部住的是W国人。中国员工一律不分配住房,但对各部门的中层干部和技术骨干,可在买房的费用上补贴三分之二。周浩与叶婉等人就得到了相应的补贴。西院则是那三十来个W国人活动与工作的地方。听说那里在搞基建,每天都有轰轰隆隆的声音传过来。又听说搞了大半年了,但就是不见房子立起来。谁也不知道那是在干什么。

有一次,郝雄到四楼办事,这是办公楼的最高一层。他站在走廊上望西院,模模糊糊地只看到脚手架和升降机。其他什么也看不到。他在想,杰克当初在建这栋办公楼的时候,肯定考虑过西院的问题,不然,为什么只建四层呢?周围是一个乡镇,稀稀落落散布一些民居,没有别的高层建筑,还真的没有办法看到西院的真相。

那边到底在干什么呢?建窃听站?监视站?还是别的?那边的意图与齐晖的死到底有什么关系?郝雄百思不得其解。因

为齐晖不可能走到这里面来。可是，不排除齐晖约略知道了吴伟幕后那个人真正的目的。但不管怎么样，他决心一定要把事情查个水落石出。西院比东院把守还严。从何下手，他一时还没有主意。

当然，郝雄清楚，吴伟幕后的第一人基本可以肯定是叶婉。或者说叶婉不负责传达指示，但至少是二者之间的中介人。她知道齐晖的死吗？如果齐晖的死是吴伟的幕后人指使干的，她知道那个指使的人是谁吗？他决定先接近叶婉，从她入手开展秘密调查。但此事不能太急，因为从那天他们对自己的测试以及进来后公司的要求来看，他感觉到这里面的防范非同一般，要接近W国人特别是要取得杰克的绝对信任，几乎没有希望，而且这里似乎到处是陷阱，稍有不慎，很可能自己都会赔进去。郝雄在公司里上班就有一个感觉，总觉得四周有很多的眼睛在望着他。

然而还有一点，郝雄是不敢疏忽和轻举妄动的。自他来公司后，叶婉虽然对他热情有加，非常友好，但她是杰克的情妇却是上下皆知的公开秘密。郝雄多次看到叶婉下班后去了公寓楼或上班的时候看到她挽着杰克从公寓楼出来。有几次他们相遇，叶婉的眼神总是有些躲躲闪闪，好像有什么难言之隐。而只要是他们单独相见，叶婉即对他含情脉脉，爱意浓浓。即使这样，他还是不敢贸然采取行动。在这个公司，他要是把自己摆在杰克的情敌位置，那结果只有两种，要么是死路，要么是走人。但这都不是他和我们所希望的。而且，他也并不知道叶婉对他是何种感情。如果叶婉对他只是有好感，那他的那种想法就有点自作多情了。

一天下班，郝雄约请周浩吃饭。他说："周总，我来了两个星期了，还没请你吃过饭，真是太不懂人情世故。但我不是因为你帮了我的忙，而纯粹是叙叙同学之情。赏脸吗？"

周浩笑笑说："行啊，我一直等着呢，只是你太不主动，我又不好主动要你请客。今晚我正好没事，去哪儿？"

“太阳酒店。我订好了包房再通知你。”

“OK。”

两人下了班后就径直去了太阳酒店。席间，自然谈到了公司的一些事情。

郝雄说：“我来公司的时间虽然不长，但我感觉到公司的管理确实高人一筹。比如目标管理、奖惩制度等，以前在单位也讲，可那大都是口头上的文件上的，很少动真的来硬的。杰克是个高明的管理者，你觉得呢？”

周浩说：“是的，我也这么认为。我在与他共事的过程中，发现他管理的高明之处是，既讲民主、平等和诺言兑现，更讲制度的落实。他最反对说一套做一套，墙上一套地上一套。他经常说的一句话是，强化不能变成墙化。这是我感受最深的。比如搞销售的，你完成任务给你基本奖金，超额完成的按比例提成，他决不卡扣。再比如，你没完成任务的，第一季度扣除奖金，第二季度就没有工资了，第三季度还是那样，就请你走人。”

郝雄想了解的重点并不在这里，他很快把话题引向了西院。他说：“这样管理下去，我们公司会越做越大，越做越强。你看，西院正在轰轰烈烈搞基建，那是在做一个新的项目吧？”

谈到这个问题，周浩就有些脸色严峻了。他说：“郝雄，我也一直想和你谈这件事。以后，不管和谁，特别是公司内部的人，千万不要问西院的事，说西院的事。一定要记住。要知道，这是杰克的秘密，也是公司的秘密，在国际上叫商业秘密。杰克对这事很敏感很忌讳，如果他知道你对这事有兴趣，那你在公司的合同也就完了。至于什么理由，你不要问，你问，我也不知道，当然我知道也不会对你说。你明白了吗？”

郝雄点点头，说：“明白。我保证不会和别人说，更不会和公司里的人说。但作为老同学，我还是想冒昧地问一句，你真的不知道那里是在做什么吗？”

周浩肯定地答道:“我真的不知道。刚开始我也和你一样好奇,而且我还是副总,按权力范围,我有权知道。但我有一次问杰克的时候,他就是用刚才的话回答我。他说,这是公司的秘密,在成果出来之前,除了他和 W 国来的工程技术人员外,谁也无权知道。如果谁想知道,那只有一个结果,开除他。”

“听说这个基建搞了大半年了,可为什么楼房就是起不来呢?这不是有蹊跷吗?”

“我听杰克说过,说西院那一块的地下工程太复杂,说下面是一条古河的暗道,地下水多,需要大量的钢筋水泥和时间来夯实地基,否则建大楼危险。还听说到目前为止,已经丢了一千多万到那条古河道里。杰克说这话的时候是悲着脸叹着气的,他后悔选了这个倒霉的位置。”

郝雄见再问不出什么名堂,又转了个话题:“你觉得叶婉这个人怎么样?我想不通,一个这么漂亮的未婚女孩就为什么愿意做人的情妇呢?”

“这就叫人各有志吧。如今社会的女人,你发现一个规律没有,年少的想找年大的,年大的想找年少的。这就叫成熟与幼稚的相对平衡。幼稚的想成熟,成熟的想幼稚。”

“对,是有这个现象。”

“当初我去招聘的时候,在十多个报考总经理秘书的女孩中,叶婉的学历与学识是最低的,但她却是里面最漂亮最活跃的。杰克就挑了她。杰克说,每一个公司都是市场经济这张大网中的一个结。结与结之间都是互相关联的,你打通的结越多,说明你公司的市场占有率就越高。在这个关联过程中,需要你的人去联系,去疏通,去解释,去说服。而这样的人必须既要有素质,还要有外表。外表是最基本的。作为女人,特别是一个漂亮的女人,脸就是名片,就是通行证。这不是刻意搞美人计,而是人性的弱点。所以有人说,有一张漂亮脸蛋的人事业成功的成本要比没有漂亮脸蛋的人小得多。选男人同样如此。事后我才知道,杰克同意聘用你,与你英俊的外表也有关系。他说我也如此。你觉得呢?"

郝雄一听自然高兴,觉得这个杰克是有点味道,便说:"你比我英俊多了,气质也好多了,像个搞外企的。我还够跟你学的。我们还是说叶婉吧。"

"怎么,你看上她了?"周浩放低了声音问。

"是啊,有一点点。"

"噢,有这事?"

"真的,她太有魅力了。"

周浩就说:"那可不行。你又不是不知道,她是杰克公开的情人。你可千万不能乱来,后果你是清楚的。"

郝雄说:"你放心,我在别的女孩面前可能做不了柳下惠,但在她面前,我肯定能做得比柳下惠更柳下惠。生存是第一位的,我可不想为了一个为人情妇的女人丢掉饭碗。"

周浩点点头:"你明白就好。"

话说到这里不好再深入了,郝雄就又换了一个题目:"我们说说你吧。你这么年轻英俊,又是外企高管,漂亮女人不少吧?"

周浩说:"是啊,是不少。但我有了女朋友,提前把自己枪毙了。不像你,王老五一个,什么花都可以采。"

"女朋友在哪儿?怎么没见过?"

"到W国留学去了,我们只能在互联网上见,一周一次。"周浩说这话时情绪就有些低落。

"你为什么不去?"

"两个人费用太高。我想等我赚足了钱再去。而且我女友去还是杰克帮的忙,在W国找了个接收的学校和指导教授,并提供了担保,才弄了个自费指标。我怎么还好意思开口呢。我很感谢杰克。"

"漂亮吗?"

周浩说:“当然,我很爱她。她还是我的小师妹。”

“她是不是本地人?”

“是的,就是南湖人。我现在隔三岔五地去她家里改善伙食。她父母对我很好,像自己的儿子。”

“你真幸福。”

有一次,我和郝雄在一个茶座研究下一步的调查思路时,就谈到了叶婉。我顺便问到了她的相貌特征,他说完后,我完全可以肯定她就是曾经和我有过一段情缘的叶婉。我的心情特别复杂。我不能和他说我认识叶婉,更不能说我和她曾经有过一段交往。这既是工作纪律,还是我个人的隐私。当听到郝雄想利用叶婉对他有好感这一点开展深入调查时,我的心在隐隐作痛。为什么这样,我也很难说清楚。我知道我已是有妇之夫,又有了一个可爱的儿子。虽然我的老婆脾气越来越躁,对我也越来越不好,而且我们两个人只要一见面就吵,就要离婚,但当时我真的并没有要付诸行动。尽管社会上对离婚越来越宽容,离婚率也越来越高,可我所在的部门要求却非常严格,家里有个什么风吹草动,领导就会找你谈心,做思想政治工作;年轻人谈恋爱要报告组织备案,结婚要通过组织严格调查,组织不同意,你就结不成。这些规矩在我们单位就是不成文的法律,而在别的部门听来这简直不可思议,甚至是一个笑话。所以,我不可能对叶婉再有什么非分之想。但一想到她又回了南湖市,还成了我的工作对象,而且我不能见她,这种心情真是难以言表,太复杂了。

我只是说了一句:“郝雄,我同意你的想法。但在和叶婉的接触方面,要特别小心,千万不能操之过急。”

我接着半开玩笑半当真地说:“尤其是她那么有魅力,你可千万不能动真感情啊。”我非常明白不应该说这句话,说了也没多大的意义。因为从侦查工作的角度,叶婉是核心圈子里的人,最值得去接触。而且和异性接触,只有让她动真感情,才能真正打动她，拉出她，为我服务。所以，我也不知道为什么就说出了这句话。

不过事后来看，我这句话还真像是一句谶语。我为此遗恨终生。这是后话，暂且不表。

25

说归说，郝雄觉得要查清真相，首先必须得突破叶婉这一关。毕竟叶婉是中国人，而且也是杰克身边的人，说不定她知道好多情况呢。另外，郝雄对自己的男性魅力极有信心。他想，取得叶婉的青睐应该是轻而易举的事情。

然而，近一段时间来，叶婉在郝雄刚来时的那种热情突然间没有了。郝雄与她套近乎，她不搭腔；郝雄有几次主动提出请她吃饭，都被她婉言拒绝；就是他去她那里送取文件，她也是板着脸，没有什么笑容。他真不知道是怎么回事，也再没有了别的好法子。仔细想想自己，好像也并没有做错什么得罪过她。他为此陷入了苦闷。

有一次，叶婉趁和杰克在床上做鱼水之欢的时候问："老板，听说你和我男友打得火热。他是一个没什么档次的人，我都看他不上，你怎么这样喜欢他？能告诉我理由吗？"

杰克就说："这是公司的秘密。我正在酝酿一个公司大发展的计划。在计划成功之前是绝对不能说的。"

叶婉就不高兴，有些生气地说："我把人都给了你，把自己的男友都抛到了一边。你还不信任我吗？"

杰克说:“小婉,这不是信任不信任的问题,你没必要提到这样的高度来看。这是商业秘密,是一个企业生存的前提。你是我的秘书,也是公司的重要一员,应该知道这个起码的要求。以后请你不要再问这件事,而且也不准对这事感兴趣。如果我发现你再问,或者问你的男友,我只好解雇你,同时也解雇你的男友。”

叶婉虽然心里不快,但也不敢怎么样。因为她的虚荣都建立在杰克的身上。杰克不高兴,她现在所拥有的一切立刻就会化为乌有。

她于是转移了一个话题:“好,我保证不会再问。但我还有一件事想问问你,我们能结婚吗?”

杰克道:“阿婉,我也可以明确答复你,不可能。我在W国有妻子和孩子。而且总部对我们这样的人是过几年换一次的。我在中国的时间并不会很长。我们只是简单的情人关系。如果要结婚,会给你我带来多大的麻烦啊。你不愿意和我保持现在这种关系吗?”

叶婉忙说:“不是我不愿意。只是在中国,这样的关系总不是大大方方的,见不得阳光,憋得很。女人爱一个男人,就希望能成为他正式的妻子,有一个合理合法的身份。况且,我什么时候和吴伟分手呀?我总不能老这样在两个男人之间串来串去呀。”

杰克把她搂了过来:“我理解,我会对你负责的。我会在其他方面给你足够的补偿。你跟我几年,只要你做得好,你一辈子的生活是不会成问题的。至于吴伟那里,再拖一段吧。好了,不说这些了,来,乖一点……”

叶婉应付着。她在想,与杰克的关系只是短暂的,但她必须得为自己长远的幸福考虑,一生还得有个寄托。钱多固然是好,但钱毕竟不是活生生的人,如果一辈子没有一个爱自己的人和自己爱的人,钱再多又有何意义呢?嫁给吴伟,她确实感到有些冤枉。女人喜欢仰视男人,而如果一个男人是被女人俯视的,那他就不可能

得到她的心，就比如吴伟。她想到了郝雄。

郝雄的形象清新、阳光，是叶婉喜欢的那种男人。每天上班，只要见到郝雄，叶婉的心里就有一种说不出原由的愉悦。而如果哪一天郝雄没来，她就感到失落，无趣。当然，她不会把这种情绪的变化写在脸上。她知道，她现有的尴尬身份不可能和他恋爱，更不可能去冒犯杰克。杰克是她的伯乐，又是她的恩人。她现在这种安逸的日子都是杰克给的。她不想恩将仇报。

所以，她慢慢作了改变，碰到郝雄的时候，脸上的笑意少了。郝雄去她的办公室拿文件，她也是一副公事公办的样子。郝雄试探着几次想请她吃个饭，都被她客气地拒绝了。她知道郝雄非常失望，所以她的内心也非常痛苦。她明白，与杰克肯定是个无言的结局，自己只是他的一个玩物而已。可要想真正赢得郝雄的心，那几乎也是个无望的目标。

杰克很快就心满意足地睡着了。叶婉在黑暗里睁着眼睛，什么也看不见。她只感觉到自己被一个巨大的黑洞包围着，这么多年了，怎么努力也逃不出这个黑洞，找不到光明。她的心在一阵一阵地揪着痛。

26

有一天，市公安局接到了空F师的一份邀请函，说该师领导邀请市局的领导与反间谍侦查部门负责人去参观和座谈。

我也去了。座谈是上午10点开始的。三十八岁的副师长石炯介绍了相关情况。他说，对空F师装备狼式战斗机是中央军委的决策，是维护国家安全、反制W国制空权的重要手段。这些战斗机速度快、攻击力强，而境外特别是W国间谍情报机关肯定会采取措施，千方百计窃取这方面的情报。军委以及空军总部都要求他们师一定要加强与当地公安机关反间谍部门的联系，互相配合支持，互通情报，共同防范和打击敌人的窃密行动。他还说，空F师现实有狼式战斗机五十架，不久的将来会增加到一百架。为了迷惑对手，对飞机的编号序列只设了二十个，也就是说每一架飞机上的编号都在二十以内，让外人看不出飞机的真正数量。同时，军队内部会加强官兵的保密教育，强化机场的出入管理与保安措施。他吁请反间谍侦查部门务必把空F师作为重点，扫清外围，挖掉钉子，揪出间谍，确保军事要害目标的绝对安全。

市公安局副局长车强表示，维护国家军事利益和重点目标安全，是我们的重要职责，责无旁贷。请军队首长放心，我们的利益

是捆绑在一起的，一荣俱荣，一损俱损。然后，他通报了近期与空F师有关的敌情。

他说，据秘密调查与侦查发现，目前在南湖市有十多家外资企业负有情报任务，其中有五家专门针对空F师。W国电子通讯公司的嫌疑最大。在这里负责整个情报工作牵头与协调的是W国领事馆。另外，空F师维护厂的吴伟，他的女友叶婉就在该公司任总经理杰克的秘书。据我们分析，杰克与其说是看中了叶婉，不如说是看中了吴伟。事实上，最近一段时间，杰克与吴伟接触频繁，常常出入歌舞厅或桑拿按摩场所，行踪可疑。但吴伟没有进出机场的条件，而且文化水平也不高，所以早些时候，他极力拉拢飞机维护师齐晖，想套取情报。我们估计他很可能是想策反齐晖。这肯定是杰克指使的。只是没想到计划才刚刚起步，齐晖突然煤气中毒身亡。前个时期，吴伟带叶婉经常出入部队一些场所，叶婉还经常参加部队一些接待活动。当然，据我们侦查，他们都没有整理情报的行为，目前并不构成对部队的威胁。但长此以往，不能说不是一个潜在的隐患。不过有一点要申明一下，我们通报这个情况，不是要军方把吴伟调走或辞退，也不是要你们断掉叶婉的活动渠道。恰恰相反，要把他留下来，并且不能惊动他。对叶婉也不能有什么变化。如果有变化，敌人就会警觉。有水才能养鱼，才能引鱼。请军方理解与配合。我们保证空F师的情报不会外泄。因为我们的侦查工作正在按预定方案开展，打入W国电子通讯公司的计划进展顺利，同时对有关重点人员的控制工作也相当严密。这一点请师领导和空军总部放心。至于你们那边要做的，就是提醒有关人员不要在交往的场合谈涉及军事秘密的东西。

石炯听了后表情严峻，他说："谢谢你们。其实说老实话，空军再强，装备再好，可一旦全部被敌人掌握了，它就成了一堆废铜烂铁。因为你还没动，敌人就把你摧毁了，有什么用？所以保密是军队的生命，你们反间谍侦查机关就是维护军队健康的医生，你们不发现细菌，不消灭蛀虫，不清洁外部环境，军队便不可能安全。听了你们的情况介绍后，我们深感敌情严重，敌人就在身边。请车局长和大家放心，军队一定会全力配合你们的工作。”

会后，一行人参观了狼式战斗机。五排战斗机像矫健的雄鹰屹立在白色的跑道上，在阳光的照耀下，显得格外威武壮观。它们是军中骄子，国之脊梁。车强等人看了后，既感到自豪，也感到了肩上前所未有的压力。

回到局里，车局长又听取了曾牛关于对杰克、吴伟的侦控情况汇报。曾处长反映，现在最大的问题是侦控手段进不去，影响了侦查工作的深入。他说，技术部门的同志想了很多办法，无奈电子通讯公司内部防范非常严。他们还试着找了几个内部的中国员工，可那些人一听是公安局反间谍部门的，就说干不得。因为他们好不容易找到这么好的一份工作，都不想因此而丢掉饭碗。他们像避瘟疫一样躲着我们。

车副局长听了后说：“对杰克与吴伟的接触与通讯一定要控制住，不能有片刻放松。至于怎么把侦控手段引到公司内，我再想想办法。”

随后，他把我留了下来，指示我单独约见郝雄，他参加。

有一天下午，南区区委副书记刘之光带了几个人来到了空 F 师师部。石炯热情地接待了他们一行。

坐定以后，刘之光说，按照区委党委最新的分工调整，由他负责分管政法与军地协作等工作。他说，真不好意思，调整分工以来，他还一直没来过空 F 师。他的前任非常认真负责，在交接工作的时候，特意花了大量时间介绍空 F 师的情况，特别是强调了空 F 师对于维护我们国防安全所具有的特殊战略意义，要他格外重视。所以，他今天专程来看看，更主要的是听听军方对地方有什么意见和要求，他一定带回去向党委汇报。刘之光副书记最后还强调了军地双方协作的极端重要性。他说，还是毛主席说得好，军

民团结如一人，试看天下谁能敌？作为辖区党委，维护军事安全是应尽之责，更是分内之责。他会尽全力做好宣传、协调和服务工作。同时，他说今天来还有一个意思，就是受党委委托，感谢空军对当地的经济建设所作出的贡献，特捐赠空 F 师十台碎纸机和两台高档扫描仪，前者有利于保密工作，后者有利于提高工作效率。而且，区委办还将明确专人负责这些设备的定期维护。设备在一个星期内到位。

石副师长代表师党委感谢南区党委政府多年来对空 F 师建设所给予的关心支持和帮助，他说军队离不开地方，就像鱼离不开水，今后还希望地方继续重视与关心军队的建设。他接着向刘之光通报了空 F 师所面临的敌情与工作中遇到的一些困难问题。最后，石炯提出，在适当的时候建立一个军地协作的工作机制，以便加强双方的合作，共同维护军队的安全。

在军方的盛情挽留下，刘之光一行和石炯共进晚餐。部队的战斗力很强，几个回合下来，刘之光等几个人就不胜酒力了。但刘之光很豪爽，也很好胜，不到倒下不言败。如此坚持了一个小时，他终于坚持不下去了。不过有一点好，他清楚自己的底细，一直坚持到与人打完招呼，告完别，上了车才往座位上一仰，说："去医院，这算什么鸟，吊两瓶水就好了。"

那晚周浩正在家上网。他和远在 W 国的女友刘洋早有约定，每周三、六两次网上聊天。在时间上，现在中国是晚上，而 W 国是白天。而这个时候，刘洋没有课，就在租住的房子里上网。两个人正尽情倾诉相思之苦，周浩的手机响了。

周浩打开，习惯地说道："你好，我是周浩。"

"周浩啊，我是刘之光。在和洋洋聊天吧？"

"噢是爸爸啊，对，我正和洋洋聊呢。有事吗？怎么还没回？"虽然他们还没有结婚，但刘之光两口子却已视他为子，而周浩也把他们当成了父母。从刘洋出国的那一天起，周浩就改口叫爸妈了。

“我下午到空F师办事，部队很客气，就在那里吃饭，喝多了点，现在在市委门诊部打点滴。我把他们都赶走了，你来陪陪我吧。”

周浩就说：“好，我这就来。”

刘之光不忘招呼了一声：“不要告诉你妈和洋洋，免得她们担心。”

27

刘之光副书记是一个非常认真的人。他参加空F师的座谈会以后,立即向区委常委作了汇报。他说这样一个军事目标对于保卫国家安全太重要了,作为辖区的党委肩上的担子太重大了。大家可以想想,如果这样的秘密被敌人知道了,一旦有了战事,敌人首先要摧毁的目标就在这里。这样重要的目标被摧毁,我们还谈什么保家卫国的能力?所以,保密和防止泄密是国家安全的生命线。没有了秘密,我们再厉害的武器都只是一堆破铜烂铁。

为此,他建议,作为重要军事目标所在地的党委政府,今后一定要把军地协作放在重要的议事日程,要经常性地加强与军队首长的联系交流,特别是加强敌情的交流,要关心部队建设,积极安置复转军人,要加大保密宣传力度,提高人们的安全意识。他说他今后要拿出相当一部分精力与时间用在军地协作上,也希望其他领导站在国防和稳定的高度重视支持军地协作工作。他还提出了其他一些具体建议。

常委们一致同意刘之光的意见,并决定,以后每年召开两次敌情碰头会,召开一次全区性的军地协作大会,并要尽量支持部队的装备建设。

刘之光会后找了政法委办公室的几个秘书，交待他们为他起草一个融国际形势、隐蔽斗争形势、南湖敌情和空F师的重要战略地位的讲课稿。他说他要用这个稿子在机关各单位、各乡镇特别是空F师周边地区去讲课，宣传形势，提高认识，统一思想，切实增强广大公民维护军事目标安全的主动性与自觉性。

他果不食言，在此后的一周内，他的足迹踏遍了各乡镇，他的讲课生动而具体，特别是融入了他自己的爱国感情，确实极大地提高了广大公民的国家安全和敌情意识。他每次讲到最后，都要号召大家把眼睛放亮，把耳朵竖尖，积极主动发现各类可疑人员特别是境外可疑人员，并及时向公安机关反间谍部门举报。

接下来他还找到车副局长，建议市局反间谍部门与电信部门联系，建立专门的国家安全举报电话，向全市开放；建议印制专门的警民联系卡，上面写上举报电话，列出几条举报内容，给空F师周围的每户每人发放；建议由军警和地方党委联合出面，在周边各乡镇与各单位建立国家安全小组，等等。他说他相信这样做，就等于在我们的军事目标周围布下了天罗地网。

他的建议得到了军地警三方的高度肯定和大力支持，并很快予以了落实。车副局长代表市公安局党委非常感谢他以及南区区委对反间谍工作的重视和支持，并且说："如果我们所有的党政领导都有您这样的国家安全意识，都有如此保护国家安全的责任感与紧迫感，我们的工作就要好做多了，我们的国家就要安全多了。"

在不久以后的一次全市军警地三方协作工作会议上，刘之光副书记还代表南区作了经验介绍。那次会的规格非常高，不仅市五大班子和各县市区的主要领导参加，而且省军区、省公安厅、省国家安全厅的领导也赶来讲话。就在这次会上，刘之光被市委、市军分区授予"军地协作工作先进个人"荣誉称号。

周浩是中午在办公室休息时看电视知道这一消息的。他立即

打电话向刘之光表示祝贺与敬意。

他笑着说："爸爸，你现在是市里的名人了，我为你骄傲。晚上我们喝两杯。我请您。"

刘之光说："行啊。"

周浩找了一个临江的饭店，在二楼定了一个小包厢，比较安静，就他们两人。

"爸，来，我先敬您一杯，祝贺您。您的这种工作精神值得我学习。"周浩举起杯望着刘之光说。周浩点的是小糊涂仙酒。刘之光就喜欢这酒。上次打点滴时他就说，他妈的部队喝茅台，度数太高，而且那香型让肝难受，如果是小糊涂仙，他才不会怕呢。周浩就劝他，说您要注意身体，都已半百的人了，不要跟年轻人去较劲。

刘之光笑着说："向我学习干么？我为党工作快三十年了，这是得过的最高奖励。这叫没有出息啊，千万不要学我。来，喝了！"

周浩说："您这些日子也太辛苦了，洋洋在W国学习要钱用，只怪我无能，让您压力太大。"

刘之光又一杯下肚说："周浩你不能这样说，你在你那个年龄层次是非常优秀的人，我很满意了。路是一步一步走的，日子是一天一天过的，没关系，会好的。而且人生不是全由钱组成的，还有信仰，还有精神。我为什么看中了市里的奖励？我这么大年纪了，什么东西没见过？我知道那只是一个虚荣，但我喜欢，因为我做的工作受到了关注，受到了重视，受到了肯定。人是一个群体动物，人的价值必须得到社会认可，社会不认可你，就算你睡到钱堆子里又有何意义？你说呢？"

周浩连连称是："对，爸您说得对。我虽然是在外资企业工作，但我很多理念，很多行为规范，都受了您的影响。"

刘之光又说："我对洋洋的教育也是如此。我每个月给她写信，或者平常打电话，都是要她在国外一定要注意自己的人格，在那里，人格就是国格，千万不能做对不起祖国的事情。要认真读书，学真本领，有真本事，不能靠父母，不能靠别人施舍，不能靠投机取巧。学成以后，要爱国，爱国就是爱父母，爱国就是爱家乡。我几乎每次都说这些东西，她可能看着烦，但我必须得说。这是我的责任，也是我的希望。"他越说越激动，不等周浩举杯，自己又喝了一杯。

周浩不得不自己也喝了一杯，说："爸您说的是对的。洋洋是在国外，而我在外资企业，也相当于在国外，因为在我那个小环境内，管理是外国人在管理，规矩是外国人定的规矩，我应对的是外国人的思维方式与行为方式。所以我对您刚刚说的道理非常理解，也有很深的体会。确实，在那里，我就是中国人，我也代表中国人。我怎么样，外国人也看在心里。在您面前说句大话，我就靠自己，靠自己的能力和形象在那个圈子里打造自己的价值。"

"是啊，周浩，我都明白。洋洋最喜欢的就是你这一点。她跟我说过。来，干一杯。"刘之光又说，"我是共产党员，你是外企员工，我为共产党做事，你为外国人做事，但没关系，一家两制，毕竟我们是一家人嘛。所以我不劝你入党，人各有志。可我坚信马克思主义，坚信共产主义。这些年我们党搞改革开放，人民富裕起来了，国力强大起来了，我们党搞得好啊。"

周浩听了忙点头："是，是，我也是这种感觉。"

"所以周浩啊，你在外企做事也千万不能忘记党的恩情，不能做对不起党和国家的事。想想，没有共产党，我那么大年纪还能读大学吗？外国人能进来吗？你能读大学吗？你能到外企工作拿高工资吗？都不能。"

周浩又点头："是，是，我明白。"

"至于洋洋读书的费用，你不用担心，我就是再节省，也要把她送到毕业，送到独立工作为止。你也要存点钱，将来成熟了，如

果洋洋愿意留在W国,你终归要去的,那时也要钱。所以,你自己得有个规划,一切只能靠自己了。至于我和你妈,在家乡过惯了,就在南湖过一辈子了。只希望你们好,你们还有很长的路要走,但无论你们走到哪里,你们总还是中国人。”

说到这里,刘之光动了感情,眼里有了泪光。

周浩见说着说着伤感了,就忙举起杯说,来来,喝酒喝酒。又说,一瓶酒怎么这么快就喝完了,还喝吗?刘之光手一扬说,再来一瓶,今天高兴。

28

吴伟这一段日子过得热热闹闹,莺歌燕舞。每个星期总有那么一两次,要么是他带着叶婉,要么是叶婉带着他请单位一些领导和同事吃饭、娱乐。他知道很多人喜欢的是叶婉,喜欢她的美,她的歌和她的舞。这样的活动几乎是千篇一律的"一条龙":吃饭、唱歌、消夜,经常是凌晨两三点或三四点才回家。他也搞不懂,杰克为什么愿意花钱让他们搞这样的活动?

但他也非常清楚,杰克不可能无缘无故地投入和支持,他肯定是要图报的。可自己又用什么去回报呢?想到这一层,他就感到心惊肉跳。他知道,他花杰克的钱越多,他就越被"套牢"。越套牢,他就越不能对杰克说"不"。

有一次在吃饭的时候,他试探着对杰克说:"老板,我和叶婉这样花钱请这个请那个,有什么用啊?我都有点心痛呢。"

杰克一听,立即板了脸,说:"给你钱花,给你钱玩,帮你去拉关系送人情,好让你早点转干提拔,不愿意吗?"言语咄咄逼人,且夹带着杀气,吓得他连忙说:"不不,我不是这个意思。我是看那些个领导并没有把我当回事,更没有要关照我转干的意思。我是为您着想呢。"

杰克一听，就教训道：“人要大气一点。如果一个人把钱看得太重，管得太死，他就不可能成气候。而且，饭是一口一口吃的，哪有一口能吃个胖子的？但只要你吃，并真正吃下去，你就一定能胖起来。”

吴伟点头道：“是，是。”

他吓了一跳是有原因的。他记得齐晖的死就是在他们那次基本摊牌的谈话后两天发生的。当然他谈的内容经过了杰克的口头同意。那次他对齐晖几乎说得很明白很露骨：“齐组长，你大学毕业才几年，家境本就不好，这里工资又低。但是，你要买房，要结婚生子，还要帮助父母。哪来钱啊？前几次我和你说的那事，不知你记在心上没有？我是受朋友之托，请你摸一点空 F 师的情况，比如有多少架狼式战斗机，战斗机的主要部件是中国生产的还是别的国家生产的，载重量多少，可悬挂哪些进攻型武器等等。我朋友答应会给你一笔足够用半辈子的钱。你觉得如何？”

齐晖当即予以拒绝。

他说：“吴哥，这事我不能干。不错，我做就有钱，而且不少，但要想人不知，除非己莫为。一旦被发现，肯定要坐牢，而且很有可能会丢命。到了那时候，钱再多又有何用？我还年轻，父母培养我到这么大不容易。我也劝你趁还没有下水，赶快收手吧。你是农村来的，找到这份工作容易吗？如果你下了决心，想好了，就去市公安局反间谍部门报告。我可以陪你去。”

吴伟惊出了一身冷汗，回去以后赶紧给杰克打了电话约他出来。

杰克听完，也是心里一震。他绝没有想到这个年纪轻轻的齐晖会做出这样的回答。他只说了一句：“好，我知道了，你再不要和其他人说起。但这个齐晖必须得消失，否则对你我不利。你下步的任务是继续物色人选，一定要靠得住的人。你的工资也会相应增加。”

不到两天，齐晖真的就死了。

那一阵吴伟整天诚惶诚恐的，常梦见警察带着锃亮的铁铐来抓他。后来听单位说他是煤气中毒，公安局都做了鉴定，他的心才慢慢静下来。但在潜意识里，他总感觉到齐晖的死与杰克有关。可杰克是怎么做的呢？他越想越害怕。他心里清楚，这也是杀鸡给猴看，自己如果不听话，或者有背叛的倾向，也会是这个结果，会死得无声无息无影无踪。从此他对杰克有了一种深深的畏惧感，甚至一听到他的声音，吴伟就会浑身哆嗦，不寒而栗。

有一次回家，叶婉也在。她惊讶地问他："你怎么又黑又瘦了？碰到什么事了？"

她父亲也这么说，也关切地问他是不是身体上有什么不适。如果有，要叶婉陪他去医院看看。

吴伟回答道："我身体挺好的。只是这一段飞机正是维护期，事多，没日没夜加班，哪有不瘦的？"

"自己要吃点东西啊，杰克每个月给了你补贴，还省个什么呀！"叶婉语带讥讽地说。

"在吃的问题上我可没省过。但我的精神压力大呀。我凭什么能拿到杰克的钱？杰克又是凭什么给我钱？我心里没数吗？我用什么去回报，这个回报要多大？这就是我每天在琢磨的。"吴伟有些哭丧着脸说。

"我曾经多次问过你，那个杰克到底要跟你合作什么，你总是不吭声。我们毕竟是恋人，难道你和杰克还亲一些吗？说，他到底要你做什么？"

吴伟觉得自己说多了，就搪塞道："这是我和他之间的秘密。我对他有承诺的，不能对任何人说。做人要讲信用。不过等事情做完了，我会告诉你的。"

吴伟当然不敢说，他害怕齐晖那样的结局，同时他从内心里也不希望把自己的女友拉进来。虽然他也清楚叶婉并不喜欢他，心

也并不在他的身上，但不管怎样，她还是他名义上的恋人。她也和他参加一些朋友之间的活动，让他在朋友圈子中赚足了面子。单位里很多人对他比以前尊重多了，也是因为他有叶婉这样一个女友。几乎每次都会有朋友直截了当问他："你凭什么能找到这样的女朋友？"而他也总是那句话："这是命，没办法的。"当然他说这话的时候，心里虽然酸酸的，但外表总是装出一副很骄傲的样子。

他感觉到自己不知不觉进入了一个死亡圈子，死亡的阴影从四面八方笼罩着他，使他压抑、郁闷、心悸。他想突围，想摆脱，但又觉得无能为力。他知道，往前走，监狱在等着他；往后走，杰克在等着他。他只能寄希望于菩萨保佑，一切神不知鬼不觉，等那个该死的杰克过几年回W国去了，他就安然无事了。不过有时候他也安慰自己，我自己不去机场，自己不去搜集空F师的情报，最多只介绍几个人给杰克，或者做一个牵线者，就算是犯了事又有多大呢？况且杰克还给了他那么多钱，那么多钱是能轻易得到的吗？有索取必得有回报，高索取必得有高回报，这就是社会的法则。

这样想时，他的心情一下子好了许多。

29

茶艺一条街。这是南湖市喝茶最集中的一个地方,早晚都很热闹。南湖人收入普遍不高,但历史上就很讲究“做派”与“味道”,按现在的话说就是讲究“生活质量”。家里可以省一点,可在外面是要注意形象的。喝茶是其中的形象内容之一。朋友来了,除请吃个饭外,还得请喝个茶。所以南湖的茶馆多,就如同四川成都的小吃店和湖南长沙的洗脚店,星罗棋布。

车强与我把车停在离街一公里以外的路边,步行去了“曲香”茶馆。

郝雄是打车过来的。他戴一副墨镜,穿一件竖领的衣服,这件衣服平时他是不穿的。我们已在最里头那张小桌子边坐着等他。杯子里放了茶叶,但没上水,等郝雄到了的时候,旁边的茶童就高高举起了长嘴茶壶,为我们表演倒茶绝技。车强很喜欢郝雄。他年纪轻,学历高,素质好,而且反应特别快,虽然从没有搞过侦查和情报,但悟性极强,一点就通。什么事不需要多说,他就能领会你的意图,并很圆满地富有创造性地把它做好。在这一段时间的工作里,他有时做出的效果,甚至连车强都预料不到。

车强这次没叫曾牛,他对我说,要我慢慢学会独立接待关系,

独立布置任务，独立思考问题。我说谢谢老领导培养。我知道他是想亲自带我教我。

没有打招呼，坐下后各拿了一支烟点上就开始说话。话说得很轻，我们的头也挨得很近。

郝雄说，电子通讯公司的西院非常可疑，中国人都进不去，不知道那里面在搞什么名堂。听杰克讲，里面的基建进展缓慢是因为地下有古暗河，但据我到地质部门查资料了解，那里的地质结构并不是古河道，说明杰克在说谎。而且我观察到，西院前一段时间白天总是轰轰隆隆的，只有晚上才运土，这一段时间白天竟连大的声音也没有了，可是每过几天，深更半夜却要运几十车土出去。有几次我打的跟踪到他们送土的地方，发现土质干燥坚硬，根本就不像是从古河道里挖出来的。我不解，白天没什么声音了，这几十车土从何而来？杰克到底在里面干什么？

本来最初给他的任务是接近杰克，监视杰克，但他天生有一种发现疑点、追踪疑点的潜质。他进去后，感到西院里面有很大的蹊跷，在一次见面的时候，便向车强做了报告。车强很满意，这是提供了新的情况，也是扩大了新的线索。他说："谢谢你给我们做了这么多工作。上次你提供了一些情况后，我们当即对那一片地区进行了电子侦测。但那里没有什么异常的无线电信号，估计现在对我们的重要目标还构不成什么威胁。前几天，我们在附近一个村委会的楼顶上用高倍望远镜观察，看到西院内的楼房建到了第二层。整个基建工地都用篷布遮得严严实实，运土车都停在远处，只有晚上才用。工地上也很少见人，吃饭全是食堂的人送到门口，里面有 W 国人接。"

"对，我注意到那几十个 W 国人都是很早就进去，到傍晚才出来，然后到他们单独的食堂就餐。他们好像有规矩，不能和中国人接触。所以我现在不敢贸然行动，毕竟我进去的时间还不长，弄得不好会引起杰克怀疑的。"

"是啊。所以我们得想办法接近杰克,接近那些W国人。通过对人的控制同样能搞清他们在进行什么样的阴谋。现在的问题是,你们那个公司很难进去,把守很严。政府也有政策,不能随意对外资企业开展检查。稍有不慎,就可能涉及两国关系,造成国际影响。W国人也是铁板一块。现在只能靠我们自己了。你先说说里面的情况看看,我们在晚上能否进人公司的办公楼特别是接近杰克的办公室?你发现里面有无空子可钻?"

他想了想,为难地摇了摇头:"确实很难。门口有保安日夜守护,办公楼四周有两条狼狗巡逻,只要有一点动静就会引起狗叫,引来保安。我还真想不出什么好办法。"

几个人端着茶杯喝着,脑子也在飞快地转着。

郝雄想了想说:"要不这样,我在公司里很熟悉了,我可以把我的微章给你们,一个一个进来。"

车强说:"不行,如果有一个人被发现了,弄到杰克那里,会出大事的。这样做没有百分之百的把握。"

突然,车强的脑子一亮,一个主意浮上心头。他放低了声音,如此这般地对他吩咐了一番。郝雄说,这个办法可以试试。

郝雄临走时说:"我等你们的电话。"

30

叶婉经常参加空F师的一些活动，可她和吴伟又没有任何情报整理的举止。但是，吴伟与杰克却是时有联系。那么，他们这样做是为了什么呢？这让我们有一段时间很是琢磨不透。

有一天，我突然想起，叶婉和吴伟的身上是不是藏有窃听器呢？如果是那样，他们不也可以搜集情报吗？他们可以将窃听的东西交给杰克呀。这样一想，我立即出了一身冷汗，马上就报告了车副局长和曾牛处长。他们二话没说，就肯定了我的推测，同时指示，即刻召集技术部门的同志上案，务必弄个水落石出。

那天正好部队有一个接待活动，请了叶婉参加。我们获得这一消息后，火速与保卫部门作了联系，请他们配合。并要求他们不要请吴伟参加。我们的想法是一个一个测试。我出于回避的理由，没有去现场，找了个借口在保卫处的办公室等候结果。

他们吃饭是在部队的招待所。房间是我们指定的，因为我们事先已在里面安装了检测设备。人员陆续进来后，我们启动了装置，果然有明显的信号反应。我们的人一个个就神情严肃起来。这是一个严重的隐患！本来单凭这一点，我们就可以马上把叶婉抓了。但考虑到整个案件，现在还不能动。目前的问题是窃听器放在哪里？是在叶婉的身上还是在她随身带的包里？怎么把它弄掉？

技术部门的同事想了个办法，让部队一位搞接待的同志把叶婉叫出了房间，说是商量晚上的文娱活动。叶婉一出去，房间内的信号立即就消失了，说明窃听器在她的身上。

信息我很快就得到了。几个同事即刻开始碰头研究对策。大家认为，公开搜身是不可能的，也是不允许的。只能用别的办法。我提了一个建议，虽然这个建议有些卑鄙，但要在很短的时间内除掉那个隐患，可以说别无他法了。而且干我们这一行，不要问手段，只要求效果。

我说，要么在晚上的活动中把叶婉灌醉，要么赶快回局弄安眠药放到她喝的茶里。曾牛同意第二个建议。

特制的安眠药很快就取来了。一行人陆续进了三楼一个KTV包厢，叶婉唱了第一首歌《青藏高原》，引出掌声一片。但不一会儿，她就觉得头有些昏。旁边一位女军官问她，她只说了声有点不舒服，女军官便报告了首长。首长说那你带小叶去二楼招待所开个房间休息一下吧。

叶婉进了二楼一个房间，倒头就睡了下去。

我们的检测仪器迅速展开了工作，结果令我们非常惊异，窃听器竟被人植于叶婉背部的皮下。那东西很小，手几乎摸不着；手术也非常精巧，伤口只有一道好细好细的纹线，粗看根本就看不见。怎么办？是取掉吗？那可是一次手术，不仅会惊醒叶婉，同时也会惊醒敌人，那样的话，我们的整个计划就会半途而废。如果不弄掉它，一些军事机密还会泄露，更令人后怕的是，我知道郝雄有一个计划，就是想接近叶婉，并想做她的工作以为他服务，那杰克就会全知道，那后果真的不堪设想。

车副局长很快传来了指示，并又派来了专业技术人员。他的意思是使用激光，将窃听器破坏，既不惊醒叶婉，也不惊动敌人。

他分析认为，叶婉很有可能只是一个被运用人员，自己并不知情，如果是这样的话，让她不知情下去，对我们开展工作有利。另外，敌人也会很快知道这一情况，但他们肯定只会认为是技术上出了故障，要取出来维修并不那么容易。这是一项高难度的技术工作。况且，就算他们修好了，由于我们发现了这一秘密，我们也会第一时间知道。敌人想再利用这一伎俩窃密，几乎已不可能了。

一个小时后，经反复测试，窃听器被我们弄掉，中止了任何信号。在场的同事都不约而同地长长嘘了一口气。

杰克发现窃听器出了问题是在十天以后的一个晚上。他反复调试了近两个小时，弄得满头大汗，仪器上就是没有任何反应。他又轻轻地用手捏了叶婉背上那个位置，感觉到窃听器还在，再拿出放大镜仔细观察，手术的痕线并没有动。他想，肯定是那家伙出故障了。他没办法修，那几个技术高超的同事完成这件事后就回国了，而且这家伙也用了好多年了，估计也到了出事的时候。

他也并不想再请那班人过来在叶婉身上动次手术，那样太危险了，因为涉及要取出老的装上新的。叶婉现在对他死心塌地，她不会再跑，所以也不需要那个定位仪了。而且，技术情报终究不如人力情报。只是可惜吴伟不争气，他花了那么大的精力，那么多的金钱，到目前为止还看不出他有转干与提拔的迹象，要靠他深入空军的核心部位几乎是没有可能性了。看来，他得另想办法，他得让吴伟再推荐个人。

于是，他当晚去了领事馆，给总部发了个加密传真，报告了这一情况并提出了自己的下步意见。

总部同意了他的建议。

在一次和吴伟吃饭时，杰克把自己的想法就告诉了吴伟。他说："吴伟先生，感谢你前一段时间为我所做的工作。为减轻你的压力，我想你能否再给我介绍一个朋友。这个人最好是在你们那里当领导的。当然你放心，我答应给你的补助一分也不会少。"

吴伟也是个聪明人,一听就知道杰克对自己并不是很满意。他清楚自己的能量,内心里也求之不得。因为他知道拿人家的钱是不可能白拿的,而且这个钱有危险,如果他推荐个人给杰克,那他就只是个中介人的角色,即使有个什么三长两短,也不至于那么严重。所以,他非常愉快地接受了任务。他表态道:“您放心,我会很快给您介绍一个朋友。”

杰克说,只要他的工作有进展,工资还会增加。吴伟想,干吧,也许有生机,因为毕竟反间谍部门的人不是神仙,哪能什么事都知道;不干吧,要走回头路,杰克就在后面要置你于死地,这才是看得见摸得着的危险。先保命搞钱再说。吴伟顿然抖擞了精神。

他想到了一个人,战斗机专门保养组组长姜波。对,就是他。他比齐晖的位置可重要多了,而且人看来也要比齐晖灵活得多。把这个替死鬼介绍给杰克吧,自己就少了很多风险。

31

叶婉是个相信一见钟情的人，骨子里崇尚浪漫。她屈服于杰克，是由她的社会地位与经济状况决定的。当然，其中不能不说也有报恩的一面。她不得不温柔、乖巧、献媚、含着泪笑。其实她并不喜欢杰克，更谈不上爱。两人在语言交流上不很顺畅，在思维方式上不尽相同，就是在身体接触上也很不舒服。杰克身上满是毛，每次一接触，叶婉就浑身起鸡皮疙瘩，觉得恶心，而且他还有 W 国人特有的狐臭，常常令她晕眩。

所以，她见了郝雄，就有一种说不出的愉快的感觉。他是那么英俊、清爽，从她身边走过，微微夹带着一股淡淡的香气，让她回味。这才是她心目中的白马王子。有时，她一个人在办公室就幻想与构思着未来：她依偎着他，拖着白色的裙裾，走向结婚的殿堂；然后建一幢带有草坪和钟楼的别墅，生两个孩子，一儿一女；然后她在家当太太，有一个伶俐的保姆，郝雄成为名律师；然后两人常常在草地上散步，在梧桐树下拥吻……

不知不觉，叶婉虽然表面上装坚定，装镇静，但内心里却是得了相思病，只要见到郝雄，她就情不自禁地快乐，希望他能在自己身边多待一会儿；而如果一天不见，她就有些神思恍惚，茶饭不思。

为此,叶婉陷入了深深的痛苦。

一天下午,杰克出去办事未回,打了个电话给叶婉,说他暂时回不来,又问她是否在吴伟那边有应酬。她感觉到杰克想她今晚陪他,就说空F师那边有一个活动,吴伟已经和她约了。杰克就说那你去吧。

叶婉觉得自己憋不住了,应该表白,应该行动了。如果再这样憋下去,她感到自己会精神分裂。于是,她就挂电话叫郝雄来秘书室,说有一份文件要看。他便上来了。

"叶秘书,什么文件?"郝雄进门就问。他这一段时间也习惯了,脸上没有笑容。

叶婉嫣然一笑:"没什么文件,就是想请你过来坐坐。不行吗?我的郝大律师。"

郝雄说:"叶秘书,请你不要和我开这样的玩笑。要知道,我消受不起。"

叶婉说:"郝雄,从现在开始请你不要叫我叶秘书,多难听。叫我小婉好吗?"

"小婉?噢不不,还是叫叶秘书好。要是让老板知道了,我就成了鱿鱼。"郝雄的脸上开始有了高兴的表情,而且是一副受宠若惊的样子。

"放心,我不会为难你的。我是说私下里,我们单独在一起的时候。答应我好吗?"叶婉露出了恳求的眼神。

郝雄点了点头。

叶婉说:"今晚我想请你吃个饭。就在你住的外企服务中心旁边的粤菜馆吧。你方便一点,而且离公司比较远,不会有人看见。你有车吗?"全是肯定的不容商量的口气。

郝雄当然求之不得,他已经等候多时了,便说:"我骑摩托。"

"我自己开车过去。那好,谢谢你接受我的邀请。我们不见不散。"叶婉说完,高兴地站了起来,向他伸出了手。这是她与他

第一次接触。握着他的手，她突然有一种从未有过的晕眩的感觉。这就是小说里说的触电吗？

叶婉开的是那台崭新的本田。下了班后，她推迟了二十分钟才出办公楼。保安都认识她的车，向她敬了个礼。她打开了车内的CD，将一张黑鸭子的唱片放了进去。她喜欢那几个女孩的歌。她们的歌能让人轻松、欢快和浪漫。车子径直向外企服务中心驶去。

郝雄已在那里订了个小卡座，并点好了菜，叫了一瓶长城干红。叶婉一坐下就说："酒少了，至少一人一瓶。你知道吗，我这是第一次和一个男人喝酒，而且是和我们的郝大律师喝，一定要喝个痛快，最好是似醉非醉，那种感觉肯定非常美妙。"

郝雄也惊了一跳。他也是第一次见一个女人这么主动要酒喝的。以前一直以为叶婉只是一个漂亮的小女人，一个外国人的情妇，这才发现原来她还有豪爽的一面。他就莫名地有了一种好感。于是他又把服务小姐叫来，说再加一瓶干红。

叶婉不要郝雄给她倒酒，她自己倒了满满一杯，竟然一饮而尽，然后说："郝雄，真不好意思，我事先没有征求你的意见就请你出来。没耽误你谈恋爱吧？"

郝雄笑了笑道："你是故意讽刺我没能力吗？"

"什么意思？"

"我还没对象呢。今天你约我出来是不是给我介绍女朋友的？来，那我先谢谢你，敬你一杯。"他也一饮而尽。

叶婉看来是真喝不得酒，一杯下去脸就开始绯红。她直直地望着郝雄说："给你介绍对象？可谁给我介绍对象？"

郝雄就说："你不是杰克的女朋友吗？"

叶婉一下子就阴了脸。她的眼睛开始红了："你为什么不说我是杰克的情妇呢？是照顾我的面子？是啊，我是外国人的情妇。有谁会喜欢我会要我？但你知不知道，我并不喜欢他！"说完，她咕咚咕咚又一杯喝下去了。

她明显就有些喝多了。橘黄色的灯光下，红了脸的叶婉，略现醉态，眼神迷离闪烁，更显妩媚。

突然，外面滚过几声闷雷，竟下起雨来了，而且越下越大，雨点打得窗外的梧桐叶淅淅沥沥，仿佛在替叶婉诉说心灵与爱情的孤苦无依。

平常能言善辩做事老练的郝雄此时居然束手无策。他没想到叶婉把他叫出来是说这番话的。这些话在公司谁敢说？只有她自己敢说。而且说给他郝雄听，意思再也明白不过。但他轻易不敢接这个话头，这个题目未免太沉重。

“你知道一个女孩最宝贵的东西是什么？你知道在我们这样一个社会一个女孩子失去了最宝贵的东西意味着什么？”

这两个问题就是当年对我提的，把我问得哑口无言。这一次同样把郝大律师问得不知如何回答是好。他支吾着说：“来，叶秘书，噢不不，小婉，喝酒，我敬你一杯。”

叶婉与他轻轻碰了一下，又一口干了，接着把自己的杯子再倒满说：“你是个律师，你能帮很多人打官司，但能帮我打官司吗？能救很多人，但能救我吗？是的，你有权利瞧不起我，但我还是要说，我喜欢你！谢谢你的酒，没有你的酒我真不敢说出这样的话。酒真是个好东西。以后还愿意与我喝酒吗？”

郝雄知道她已经醉了，就把她的酒倒到了自己的杯子里。叶婉不干，又把它倒了回来，说：“你能不能让我醉一回？我算理解你们男人了，醉酒的感觉真好。”说着说着她兀自趴在桌上哭了。那种哭既不是号啕大哭，也不是轻轻抽泣，而是一种受了极大痛苦与委屈的伤心哭泣，不大不小，不高不低，听了直让人心揪与怜悯。

这时的郝雄显得有些手忙脚乱。想劝，又不知如何劝为好；想安慰，也不知如何安慰才妙。他只好傻傻地坐在对面望着她。

那晚他们都没回去，就在饭店那个卡座里。饭店老板也不错，

还为他们拿来了毛巾被，并轻轻地给他们盖上。

拂晓时分，整座城市还沉浸在无边的静谧之中。郝雄点燃一支烟，推开窗户，窗外细雨霏霏。他不禁站了起来，长长地吸了一口带着花露清香的空气。

叶婉也醒来了，她擦了一下脸，揉揉眼睛，问："我，我们在这里呆了一晚？"

他点了点头。

叶婉看了一下表说："我得先走了。记住，下次我们还来这里，我埋单。"

叶婉开车走了。郝雄感到有些失落。本来他是想问问公司特别是杰克的情况，以及存于心中的一些谜，但一切都被叶婉搞乱了。叶婉的话开始令他心绪不宁。

按照线人管理的规则，他每次接触尤其是每次和工作对象像样的谈话，都必须告诉我。所以，郝雄第二天就把昨天与叶婉的谈话情况全部向我作了反馈。

我从他们的谈话里明显感觉到，郝雄对叶婉真的动了感情，而叶婉也是如此。这是非常危险的，这种危险不仅是工作上的危险，还有生命上的危险。我怎么劝他呢？又要怎样才能劝服他呢？我真的不知道要用什么样的办法。

最后我说："郝雄，你一定要清醒地认识到，你到W国电子通讯公司去的目的是什么。你不是去谈恋爱的，而是有任务在身。你去的不是浪漫的公园，而是处处充满杀机的狼窝。你千万要克制住自己的感情。你可以谈恋爱，但一定要明白那只是个手段，而不是结果。所以你绝不能动真感情，而且还要十分隐蔽。弄得不好，你的任务完不成，影响我们对W国间谍情报机关的工作大局，还可能给你的人身安全带来不可预料的后果。"

郝雄想了想，似乎有所悟，道："我明白，放心，我会把握好分寸的。"

他起身走的时候，我从他的表情中还是很强烈地感觉出，我并没有说服他，他也并没有完全清楚我的意思。我的心情就有些沉重。在这个时候，我可以坦荡地说，我绝无私心，虽然我仍然喜欢叶婉，但我的那番话纯粹是从工作的角度出发的。

我只能在心底里祈盼郝雄不要陷得太深。我当然也同样地希望叶婉不要陷得太深。

32

“鲨鱼”发了一条短信给亨利:“船长,老板交待的事情进展很顺利。鲨鱼。”

亨利非常高兴,也回了一条:“很好,祝贺你。我等着你的货物,老板不会亏待你。船长。”

“鲨鱼”这一段通过特殊的技术手段确实收获颇丰,得到了不少文件资料,当然也拿了 W 国的不少经费。不过,越往深走,就在背叛祖国的路上越走越远,他也越来越害怕。他不知道,这条路何时才是尽头。与所有干间谍的人一样,他清楚自己上了船,并驶到了深处,要想下来,不是被船长干掉,就是自己淹死。他的内心其实非常痛苦。

痛苦也还得干,因为自己有一根命脉掌握在别人的手里。这是由不得他做主的。所以,有好几次,他拿了对方的钱后,就一个人找个小餐馆喝酒,一直要喝到醉眼蒙眬才打的回去。那样他才能暂时忘记一切,睡个好觉。

姜波是战斗机专门保养组组长,四十多岁。这一段时间情绪低落,神色郁闷。以前碰到吴伟总要笑着打个招呼,现在却总是低着头,好像怕别人看到似的。吴伟注意到了这一情况。他记在心里。

一次和杰克吃饭的时候,吴伟向他提到了姜波。杰克听了眼睛为之一亮。他说:“吴伟,你就把他攻下吧。人在思想有问题、生活有困难的时候是最脆弱的。这是个很好的人选。你抓紧去接触接触,摸摸他到底是什么原因,然后对症下药。只要用钱能解决,那就再简单不过了。我希望你能很快把结果告诉我。”

吴伟想了想,问:“他是我们的组长呢,还是共产党员。你不怕他比齐晖更正统更顽固吗?”

杰克连连道:“NO,NO,你不明白。共产党员就不是人吗?他最近肯定是遇到了不顺心的事,肯定需要人理解和帮助。在这个时候,你就要主动与他联系,当然不要太殷勤,但一定要体现出你对他的关注与关心。先请他喝酒,再问问他这段时间为什么不高兴,遇到了什么伤心的事。我想他肯定会说的。因为你要知道,这个时候他最需要有人听他诉说,替他排遣。只是还没有人走进他的心。”

吴伟说:“行,我先找他聊聊,有什么情况我再向您报告。”

“先不要急于暴露我们的意图,交往一段时间再说。等时机成熟,我会出面和他谈。”杰克最后说。

那天快下班的时候,吴伟到姜波办公室,把门关了。姜波正在望着天花板发呆。

吴伟说:“姜组长,还没回家呀。”

姜波长长地叹了口气道:“小吴啊,坐坐,我现在还不想回去。”

吴伟说:“那正好,我也不想回去。走,喝酒去。”

姜波抬头看他道:“你请我喝酒?”

吴伟就说:“我是工人,你是干部,我就不能请你喝酒?你看不起我?”

“不不,我不是这个意思。我是说你的工资不高,应该是我请

你喝酒。好,我他妈的还真想和人喝酒。”姜波第一次露出了笑容。

吴伟在心里不得不佩服杰克对人的那种了解和判断。他说:“哎呀,喝个酒要多少钱?这点钱我还是拿得出的。走。”

两人出门往东,那里有一条小吃街。他们叫了瓶老白干,点了卤牛肉、酱板鸭、猪尾巴一类的下酒菜,便喝将起来。

几杯酒下肚,吴伟就开腔了:“唉,如今这社会是有钱人的社会,我们这样的人生存是越来越成问题了。你看,火车上设软卧,飞机上设头等舱,还有什么贵宾房、会员卡、歌舞厅、高尔夫,哪一样不是供有钱人享用的?什么三个代表,都是假的。我就是一个普普通通的群众,得到了什么?谁又来代表我?就是因为穷嘛,到现在还娶不起老婆。谁管你?我不是说你们当干部的,我干的事比你们一些人多得多,但我的工资比你们却低得多,这公平吗?”

姜波听了连连点头说:“看不出你还是很爱思考的。是啊,人生来就不是公平的。怎么能公平?公平了,谁还愿意去当总统、总理、部长、厅长?谁还愿意去追名逐利?其实我的命运和你一样,你不是没老婆吗?可有老婆又怎么样呢?你以为幸福吗?钱钟书老先生真说得绝,那是一个围城,里面的想出来,外面的想进去。”说完,他又喝了一大杯。

吴伟听了就感觉到姜组长很有可能是家里出了什么问题,便道:“姜组长一直春风得意,嫂子听说也非常贤慧漂亮,怎么说出这样的话呢?”

姜波说:“老弟你不知道,那些都是表面上的。什么贤惠,屁!她竟在外面偷野汉子!我先还不相信,后来我跟了几次,是真的!老弟,你说我成了什么?成了绿乌龟!我堂堂一个军人,叫我把脸面往哪儿放?虽然在法律上有军人配偶的保护条款,但我还做不得声,说出来谁丑,是我丑啊。老弟你理解我这种难受的心情吗?”

吴伟说:“啊呀大哥,我还以为是什么鸟事呢,这算什么?如今女人多的是,和她离了不就得了吗?现在离婚的多哩。为了这样的事伤心伤神不值得。”

“对那个女人我已经无所谓了,我舍不得的是儿子。他还小,我怕对他的成长不利。”姜波还是摇着头说。

“活人还怕被尿憋死?我有一个办法不知你同意不同意?”

“请说。”

“她在外面偷汉子,你就不能在外面包二奶吗?婚可以不离,表面那个家也维持着,但各玩各的,谁也不管谁,现在这样貌合神离同床异梦的夫妻还少吗?有的人台上大谈家庭美德,振振有词,台下却是偷鸡摸狗;有的在家当演员,严父慈夫,在外却到处拈花惹草。没关系的,如今社会就是这个样子。何况你还只是个小小的组长呢。”

姜波对此似乎心有所动,但想了想说:“包二奶都是大款与大官们的专利品。我等小民既无权又无钱,谈何容易?”

吴伟说:“大哥,小弟不是批评你,你真是个死脑筋。你就不能想办法赚钱吗?小弟虽然不行,但我也不能总靠工资活呀。俗话说得好,人无横财不富,马无夜草不肥。我有一班朋友混得不错,我伴着他们也做点生意,所以日子不像你想象的紧巴。这样吧,下次方便我介绍一个外国老板给你认识。那真是一个豪爽的老板,出手大方,为人义气,很够哥们儿的。”

“你怎么认识外国老板?”姜波问。

“你这是官僚主义吧,我女朋友在 W 国电子通讯公司当秘书啊。”

“噢对对,我记起来了,记起来了。”姜波拍着自己的脑袋说。

酒喝完了,时间也到了晚上 8 点多。

吴伟说:“姜组长,反正我们都没事,你是有家不归,我是无家可归,出去玩玩吧。今天由我请客。”

不胜酒力又加上心情本就不好的姜波此时有些醉意。男人喝多了酒,就有了无限的想象和欲望。他兴奋地瞪着眼睛说:“好啊,去哪儿玩?玩什么?”

吴伟说:“现在好玩的地方和好玩的东西多呢。要不去醒醒酒怎么样?”

姜波说:“还有醒酒的地方?”

“对,去洗个澡。有盐浴,桶浴,盆浴,泥浴,什么鬼浴都有,到时看你喜欢哪一种,很有味道的,都是女孩子给你洗。”吴伟眼睛亮亮地看着他。

姜波心态怪怪地说:“好,老子也开开眼界去。”

两人打的去了南湖一家最大的洗浴中心,叫“太平洋洗浴城”。大厅内挂了一些牌牌,对各类浴法作了介绍。姜波选了盐浴,他说他一辈子只用水洗过澡,不知用盐洗澡是何感觉。吴伟就对服务小姐说:“两个盐浴,叫38号与45号。”

这两个洗浴小姐吴伟比较熟悉,也比较满意。引道小姐就把他们带到三楼的房间,一人一间,里面有按摩室与洗浴室。姜波进了一间。

吴伟在走廊上对38号说:“那位是我的老板,你要想方设法让他尽兴,他如果满意,你以后跟着他就衣食无忧了。懂吗?”

38号个子高挑,长得清纯,大概十六七岁。她点点头,说:“先生放心,我保证让您老板开心快活,忘不了我。”

“对对,小狐狸精,就是这个效果。”吴伟用手指戳了一下她的脸蛋,挤巴着眼睛调情道,“我也忘不了你,你就把当初侍候我的那一套拿出来侍候他就行了。”

33

听了吴伟的情况介绍，杰克对他的创造性发挥非常满意。杰克说，好好，就这样做，钱的问题尽管说。

就是那一晚，姜波对吴伟也彻底改变了看法。他以前总认为吴伟只是一个乡下人，一个普通的管理员，想不到他其实是一个聪明灵活、善解人意、人缘甚广的小灵通。真是人不可貌相。不过也是，吴伟如果不聪明灵活，他能找到叶婉那样的女朋友吗？前段时间，他们两个经常请客，成天把一些领导搞得晕晕乎乎的，真是风光。当然也请过他，但他没去过几次。因为他心情不好，心里也不舒服。然而最近吴伟对自己如此真心热情，还能拒绝吗？于是，他与吴伟的交往也就多了起来。那一段，他们常常出入酒馆饭店和娱乐场所。人一旦走出去，一旦步入外面的花花世界，真有点别有洞天的感觉。

一次，吴伟问姜波："组长，怎么样，现在心情好些了吗？"

姜波容光焕发，道："谢谢你的开导，好多了。你说得对，她过她的，我过我的，井水不犯河水。那个 38 号叫小青的，真的不错。那真是个迷死人的狐狸精。"

吴伟说："大哥喜欢的话，就包在我身上了。你什么时候想她

去就是，或者把她叫出来也行，反正记在我的头上。我和她们老板很好的，一个季度埋一次单。”

姜波说：“老弟，这哪儿行？你如果真正关心大哥，就介绍些老板给我认识。你手头不是有个外国老板吗？我必须得自己做点事赚点钱，不然，我还是你的大哥吗？”

见鱼儿上钩，吴伟高兴地说：“行，没问题，过几天我就把他约出来。今晚有空吧？”

“有空呀。”

“那我们再去一次太平洋，顺便也和小青谈谈，要她也有个心理准备。”

“什么心理准备？”

“组长，不瞒你说，我有一个想法，就是要小青别在那里干了，干脆就和你住到一起算了，也好在生活上对你有个照顾。你不要多说，一切我来安排。”

姜波听了很激动。他一句话也没说，只拍拍吴伟的肩膀，点了点头。

那晚他们又去了。我和几个同事对他们进行了全程跟踪。那次他们没有玩多久，大概十一点多就出来了。我们紧接着也跟了出来。不料，那天我老婆小箐正好加晚班，就在太平洋对面转车。她看到了我，就大叫我的名字。我必须要跟着吴伟两人，没有理他，在那个场合更不好解释，就急急地上了车。

在车上就接到了她的电话：“原来你的工作就是在那样乌七八糟的场所呀！你不是抓间谍的吗？我看你是抓小姐的吧？”

我放低了声音：“小箐，你别乱说好不好？我确实是在工作，我的同事可以作证。但现在我没时间和你解释。待会儿有时间我回家对你说好吗？”

“你不用回来解释，耳听为虚，眼见为实。我早就听说过，你们嫖娼都是工作需要。这今天算是真正领教了！”

“小箐,你别说得那么难听好不好?”

“难听?你也知道难听?我不欢迎你回来,这个家有你没你一样!”说完,她把电话挂了。

我们几个人对姜波两人的活动全程作了录像。回到办公室后,我们简要地总结了当天的工作,已是很晚了。但我还是硬着头皮回去了。

我轻轻地用钥匙打开了门。我知道这一段时间岳母在这里帮忙带儿子。我这套房是一室一厨的,岳母睡在厨房,用的是折叠床,白天收起,晚上架着。

我蹑手蹑脚就进了卧室。小箐带着儿子睡在床上。我坐到小箐的身边,用手拍了拍她。

她没睡着,睁开眼睛望着我,问:“干什么?”

我说:“我想和你解释一下。”

她说:“我不想和你吵架,影响儿子和妈妈睡觉。做了什么亏心事明天再说吧。而且我告诉你,从那样的场所出来,你不要睡在家里,去办公室吧。我还要告诉你,你在外面乱搞,就不要怪我也乱搞!”

一股怒火直冲脑门。但我能发作吗?夜已经很深了,四周都是安安静静的。我只得强压住心里的怒气,把声音压低了说:“好,我走。”又轻轻地开了门离开了家。

郝雄一直没有停止他的秘密调查行动。在上班的时候,他利用一切机会熟悉办公楼的情况,并记在心里。他发现,四楼有一个小门通向楼顶,楼顶是一个水泥平台。他想那里肯定能看到西院内的动静。因为那里白天几乎是悄无声息,只有晚上才有灯光,才有活动。

有一天下了班后,他对同事说,晚上要加班,审核一份法律文书,晚饭就在食堂里吃。同事们就走了。他把门关好,一个人悄无声息躺在沙发上等天黑。

7点半，天完全黑了下来，办公楼内静悄悄的。按照管理规定，公司一般情况下是不允许加班的，而且工作人员会把楼内所有的电灯关掉。所以，郝雄一直没有开灯，他从办公室轻轻出来时，整个大楼里一片漆黑。这是他第一次在办公楼里留夜，心里还是有些紧张。走廊上能听到电流“丝丝”的声音，下面偶尔传来一两声狗叫。一会儿，西院就有了一些声响。但那些声音是闷闷的。

郝雄的办公室在二楼。他蹑手蹑脚地上了三楼，接着又上了四楼。他感觉到此时办公楼里可能就只有他一个人。他的心跳不由自主地加剧了。

他终于上了顶楼。天很黑，只有几颗星星很遥远很遥远，时隐时现的。顶楼非常平整，只有一个用于接收卫星电视的大锅灶。四周立了不高的防护铁栏。他个子较高，不敢直着身子走，怕门口的保安看见，便猫着腰来到了最西头的顶沿，匍匐着观察西院。

西院占地大约三十亩，地势较平，四面有高高的围墙，与东院有一个小门相接，西面有一个大门，作运输之用。院内堆了很多红砖、钢筋、水泥之类的建筑材料，停了十台东风大货车。主体建筑到了第二层，但一直再没有上升。建筑被篷布遮掩得很严实，可从透风的缝隙里还是能看到里面渗出的灯光，据此可判断里面在进行晚间作业。但靠东院的那一面被高高的围墙挡住，看不清楚。真是在搞地下工程吗？应该不是，因为主体建筑已拔地而起。他暗地里观察了两个多小时，不见有人出来，也不见有人进去。

到凌晨一点，他看到了杰克掀开篷布出来，回了东院公寓。接着，建筑西面的篷布打开了，里面钻出十个W国人。他们迅速跑向了大货车，轰隆隆一阵响声过后，那些大货车就一字排开了队。这时，令郝雄惊讶的事发生了，建筑里突然伸出一只巨大的机械手臂，将大货车吞了进去，不一会儿，那只手臂又从建筑内伸了出来，车子就装满了土。然后，其他的车子依次被吞进去，依次被送出来。就像一个装啤酒的生产线。等全部装满后，十台车列队出门，消失到了院外的夜幕里。

他看得目瞪口呆。他不解，基建没有任何进展，为何来那么多土？小小的两层建筑内为什么能容纳那么大一个机械手和一台大货车收放自如？他感觉自己好像是在看一部科幻电影，西院里面在活动的人不是地球人而是外星人。杰克说是商业秘密，那么他们是想在下面建一个巨大的地下商场？或者，是搞一个巨大的地下停车场？因为南湖市的建设也在如火如荼地开展，南湖人的收入越来越高，买车的，购物的越来越多。而且，南湖市政府有一个规定，凡建大商场或大社区的，一律要建配套的地下停车场，否则不予批准。所以杰克说建停车场也不是没有可能。但他又想，如果是这样，用得着这么神神秘秘吗？

正在想时，他的背突然被人轻轻地拍了一下。尽管只是轻轻地一拍，郝雄的魂魄还是被拍到了九霄云外。他的脸倏地变得煞白，浑身瘫坐到了地上。他看到一个高高的黑影站在面前，抬头一望，竟是周浩！

"是你？你怎么在这儿？把我吓了一大跳。"他见是老同学，才定下神来问，边问边擦着脸上惊出来的汗。

"你问我？我还要问你呢，深更半夜的，你在这里干什么？"

"加班，累了就上来看看，走走。而且我也和你说过，我对西院很好奇。"他终于把魂魄收了回来。

周浩也坐了下来。他轻轻说："郝雄，你这样做是非常危险的。我早提醒过你了。可你为什么不信呢？我现在很怀疑你，当初苦苦求我要调过来，到底是想来干什么？"

郝雄说："老同学，我真的是在加班，到 11 点多累了，就想上来吹吹风，清醒清醒脑袋。"

"别骗我了。我下班的时候本想请你吃饭，正好碰到你办公室的同事，他们说你今晚要加班，在食堂吃。我就没有打扰你。晚上我就过来想找你聊天，可你根本就不在。因为我听到过你说对

西院有兴趣,就想你是不是上来了呢。果然你在这里。我盯你很久了。郝雄,如果今天是杰克或是其他人看到你在这里几个小时,你应该知道后果。希望以后不要再发生这样的事情。走吧,和我一起出去,保安不会怀疑的。”

34

郝雄异常的行为被周浩发现,也吓了我一跳。因为我并不知道周浩骨子里是一个什么样的人。以前我们是朋友,他没有问题,这可以肯定。但他到了杰克身边工作以后,到底发生了变化没有?我不清楚。虽然我,也包括我们处对他的总的看法是,他只是杰克公司在中国的商业代理人,历史上没有任何问题,现实生活中也没有被杰克利用的任何迹象。但我仍不能肯定他是否还接受过杰克的其他任务。我告诉郝雄,冷静对待这件事,不要有任何不同的表现。然而一定要注意观察与体会杰克的反应。杰克的反应能看出周浩的真实面目。同时,我也提醒他,务必注意安全,以后最好不要再发生类似情况。遇到什么紧急的事,立即向我报警。我说在这件事上,宁可暴露,也绝不能危及他的生命。

郝雄听了后,感动地点点头说,谢谢,我以后一定注意,这次确实太危险了。

此后几天,郝雄仍旧照常上班,他并没感到有什么异样。他觉出周浩那晚对他的提醒是出于好意的,他没有向杰克告发。但郝雄觉得他还是不能把自己来电子通讯公司的真正意图告诉周浩,那样会让他不安的。毕竟他是杰克非常信任的重臣。所以从现在

开始，他的秘密调查活动要更加谨慎与隐蔽，因为弄得不好，作为介绍人，他会连累周浩。他不想看到这个结果，更不想让周浩重蹈齐晖的覆辙。

那天快要下班的时候，郝雄正要走，办公室电话响，是叶婉。她说上次真不好意思，明明是她请他吃饭，却没有埋单。今天她要补回来，问他有空不？他连忙说有，她就说那还在老地方。他说行，说自己就直接去。

他对叶婉如此主动又喜又怕。喜的是他来的目的就是要弄清好朋友齐晖的真正死因，他需要叶婉的帮助；怕的是叶婉年轻漂亮，接触多了，自己会不会对她产生感情？特别是那天她酒后说了一些心里话，完全可以听得出她的丘比特之箭是对着他射来的。他能接受她吗？况且，现在自己有任在肩，叶婉又处在那样敏感的位置，弄得不好，饭碗是小事，齐晖的死因就会成为千古之谜。他良心会安吗？不过赴约是肯定要去的，不入虎穴，焉得虎子？他只是在心里告诫自己：谨慎、克制、保持清醒！

他骑摩托先走，一会儿，一辆白色本田从身边呼啸而过，绝尘而去，一句话飘了过来："你慢慢骑，我先点菜去。"

等他放好车，找到那个卡座，叶婉已端坐在位置上了。她笑得很灿烂："对不起，没经过你同意我就把菜点好了。这次只喝一瓶酒，我想我们得清清醒醒说说话。"

郝雄说："对，我们确实还没有好好说说话。在公司你是一人之下万人之上，我只能敬而远之。"

"别讽刺我了。臭知识分子都是这样的吗？"

"好了，你也骂了我了，我们互相抵销了。小婉，你比我先来公司，按大学里的规矩，你是师姐。你要多关心和帮助我呀。"他转移了话题。

"我一个小女子，能关心你什么呀。你又是大律师，还有周总那样优秀的同学，用得着我吗？"叶婉蛾眉轻挑地说道。

“当然用得着,你是杰克身边的人,说话有分量嘛。”

叶婉一下子就不高兴了,她脸带愠怒道:“以后我们两个在一起时请你不说他好吗?真扫兴。上次我和你说了,我不喜欢他。我现在的情形是没有办法。我想,不要多久,我会离开他的。到了那个时候,你还愿意与我交往吗?要说真话。”

郝雄见她一脸严肃的样子,不像开玩笑,就说:“当然愿意。和漂亮的女孩子交朋友,生活也会变得漂亮。但我想问你,在公司条件好,收入高,你舍得放弃?”

“没工作的时候想工作,没钱的时候想钱,这是每一个正常人正常的想法。但有了工作后,有了钱后,我想得更多的是,我值得吗?我舒服吗?我愿意吗?我开心吗?你可能到目前为止并不理解我的心情。我感到非常遗憾。”

“不,我理解。”他也很认真地说,“一个人在某一个环境里他的性格完全可能是双重的多重的甚至是分裂的。这不奇怪。我想请问,杰克这么优秀,有高学历,人也潇洒,又非常有钱,来中国办企业办得很红火,产品在半个中国流通,应该算是一个有成就的男人了。可你为什么要离开他,是他对你不好吗?”

叶婉没有马上回答。她倒了一满杯酒喝了才说:“能说他不好吗?他给我钱,给我车,给我舒适的工作条件,而且还给我的家庭帮了不少忙。但我可以告诉你,我只是他的一个性工具而已。他精力充沛,老婆在 W 国,在这里需要女人。别看我在公司是总经理秘书,但他规定我不能过问公司的事情,不能过问我有疑问的事情,不能过问他与别人交往的事情,一句话,我的任务白天是给他泡茶送文件,每个月还要抽出几天陪他睡觉。更可恶的是,他还把我的男友也拉了进来。他硬要我介绍他们认识。原先我不知道他与我男友在干些什么,问他,他警告我不要过问。问我男朋友,他不敢说。有一次,我逼他一定要说出来,不然我就辞职。他才说他为杰克拉皮条。原来,杰克带的那三十个 W 国男人要找女人发

泄性欲,否则他们就要怠工。杰克便找了他,要他每个星期从一些夜总会带些三陪女过来,就在他们的公寓楼内进行肮脏的交易。你不知道,我在他们W国人的食堂里吃饭时,看到的是一双双性饥饿的眼睛,像狼一样发着绿光。他们恨不得把我撕碎,然后吃掉。你想想,我现在生活在一个什么样的环境里,生活在一些什么人的身边。想起来又恶心又害怕。你明白吗?"

"真的?我倒是从没看见过有女人被带进来。"

"你怎么看得见?他们就用公司的面包车出去拉,直接到公寓楼。那里没有中国员工。然后完事后,又用面包车送回去。谁能看得见?"

郝雄没有再继续这个话题,他话锋一转问:"你知道公司西院在干什么吗?"

35

一听问这个问题，叶婉的眼睛立时瞪得很大，怪怪地望着他："全公司的人都不准问这件事，你难道不知道吗？周浩没告诉你吗？这是杰克心里最大的商业秘密。"

郝雄不以为然地说："真的是商业秘密吗？"

叶婉说："不是商业秘密又是什么呢？难道还有别的？"

郝雄就有些不高兴："你不是说要离开他，离开公司吗？还有什么不能说？而且，说不定我也会走呢。"

"你也要走？"叶婉一下子又变得神采飞扬，她笑着问："是因为我要走你才决定要走的是不是？到时我们一起走好不好？"

他犹豫了一下，敏感的叶婉赶紧说："对不起，我是开玩笑的。郝大律师怎么会和别人的情妇走。"

"不不，我不是这个意思。"他连忙声辩。

"不要说了，我又没怪你。我只是觉得这个世界太不公平。二婚三婚甚至老掉牙了的男人能娶少女，为什么一个少女走错了一步就再也找不到一个好男人呢？"叶婉又一杯酒下了肚，脸色明显多了些忧伤。

郝雄因话题发生偏移急得手足无措，真不知再说什么好。他

闷闷地也为自己倒了一杯酒喝了,眼睛望着窗外。

叶婉见状,连忙又转到了上面那个话题,说:“郝雄,西院真的对你那么重要吗?”

郝雄点点头说:“是的,它决定我来公司是不是有价值,有发展,还决定我到底留多久合适。”

“为什么?”

“因为它关系到公司的前景。要知道,我们还年轻,我们必须把自己的命运维系在一个有发展前景的公司身上,否则就要及早抽身,越早越好。”

叶婉就说:“如果你是这样认为的话,我建议你留下来。因为那个项目是一个很有前景的项目。杰克只告诉了我一个人。我想周浩都不一定知道。他担心一传出去,别的公司也会搞,他就占据不了优势了,并且可能把他的计划搞乱。他想搞一个大规模的地下超市,已经和一家国际知名企业秘密商谈了两次,签了意向合同,双方投资分别占51%和49%。地下两层是商场,地上三层是停车场。这种构思是新颖且超前的。他的投资理由是,南湖市的发展非常迅速,GDP与个人收入都增长很快,汽车量以每月一千的速度猛增。他说不需要多久,现有的星罗密布的各类小商场与小超市难以满足市民的更高更全更优的需求。而且以后没有停车的地方就没有生意。”

听起来是很美好,也似乎能自圆其说。但有两个疑问,第一,既然已经签了合同,有必要还这么鬼鬼祟祟吗?如果是真的,把它搞得大张旗鼓,政府还会出面支持甚至投资呢。有哪一家外资企业不想得到当地政府的扶持呢?第二,这么大一个基建工程,就那三十个W国人日夜劳作能行吗?要何年何月才能完成?杰克没有算过这个成本吗?第三,如果没什么问题,地下那么艰巨的工程为什么不能请中国的工人去做呢?

但他没有把这些疑问告诉叶婉。他不想让她察觉到他来公司的真正目的。同时,通过这两次谈话,他发现她并不知道她男友与杰克之间合作的真实内容,拉皮条如果是真的,也只是一个很小的方面;她也不知道齐晖的死;她更不知道杰克到底是一个有着什么背景的人。所以,他不想把她拉进来要她与自己合作。从这个角度来看,叶婉要走是明智的,而且走得越早越好。因为他强烈地感觉到,杰克在西院不是在搞一个巨大的工程,而是在搞一个巨大的阴谋。至于是什么阴谋,他想他会慢慢搞清楚的。事情发展到这一步,他就开始反问自己,和叶婉深交还有用吗?他忍心要叶婉冒险去闯禁区吗?

于是他说:"感谢你把我当做你的好朋友,更感谢你对我的信任。"然后他话锋一转,问,"能说说你的家庭吗?"

叶婉说:"我的家庭很简单,父亲和我,现在还有一个男友,在空F师当工人。跟你说实话,我不喜欢他,我们迟早会分手。大律师,有兴趣到我家去看看吗?"

他当然不能去,他认识吴伟。吴伟要是知道他来了电子通讯公司,他会怎么想?他肯定会把他的这次调动与齐晖的死联系起来,进而告诉杰克,那不全完了?他躲还来不及呢。所以郝雄笑了笑说:"现在不行,不方便,从某种角度讲也不安全,不过以后我肯定会去。因为那个时候我们的交往会自由多了。"

叶婉就大胆地用小指头勾了他的手指,含情脉脉地说:"这可是你说的,我们一言为定。"

他也很郑重地点点头:"一言为定。"

两人的拇指就重重地按到了一起。

外面的夜又很深了。出了饭店门,叶婉问:"你就住在这里吗?"

郝雄说:"对,我就住在后面的宿舍。"

"能去看看吗?"叶婉的眼神逼着他问,但她又马上转口道,"算了,不为难你了郝大律师。下次吧,等我成为自由人以后。"说完,她钻进了车里,发动车,一溜烟走了。

郝雄怔怔地站在那里。

36

有一段时间,儿子发烧咳嗽。带他看了多次医院,就是不见好转,医生说是支源体肺炎。看他可怜的样子,我推掉了几次加班,手中的案件也暂时放下,天天按时回家陪他。岳母尽职尽责,包揽了所有的家务。就是那几天,我的直觉告诉我,小箐有情况。如果我没猜错的话,她应该是有外遇了。

有一天晚上,她没回家吃饭,只打了个电话,说她单位有事。我没说什么,饭后带儿子玩耍,又哄着他睡觉。等儿子睡了后,我才拿出纸和笔,写前一天还没有写完的那篇文章。

大约到了凌晨3点,小箐才回来。我只问了一句:“怎么搞到这么晚?”

她也只答了一句:“加班。”

我们那时说话已经很少了,除了儿子的事,几乎没有了任何交流。第二天晚上,她又说要加班,不回家吃饭。我仍没想什么,她是办刊物的,或许这几天要出刊吧。那天她又到凌晨3点才回。

到第三天,她再次打电话说要加班的时候,我就有些怀疑了。这也许是职业病在提醒我。因为这么多年,她从来没有这样过,何况现在儿子有病在身,作为一个母亲,如此加班加点可能性不大。

而且她那时已是一个副主编,有了一定的领导权力。我没作声。我当即决定,把用于对敌斗争的那一套用一次来处理人民内部矛盾。她打的电话是办公室的。我就对岳母说,刚刚单位打电话要我去有点急事,我办完就回来。

岳母是一个通情达理的人,她点头道,去吧。又问,不吃饭啦?我说单位吃。

我出门就打了个的,直奔她的办公地。时候正掐得好,小箐出来了。她挎着一个包,头发看得出做了认真梳理,脸上的表情也很快乐,整个人特精神的,根本就不像在家里那个无精打采死气沉沉的样子。

她到了马路对面,我看到有一个男人在等她。那人四十岁光景,比较老气,因天已近黄昏,我看不清他的模样。他们接上头后就去了附近一家饭店,在一楼大厅找了个两人座。落座时,小箐并没有坐在那男人对面,而是坐在那人身边。点完菜,小箐竟然抓着那人的手,很出神地听他说话。

看到了这一序幕,也就没有必要再看下面的节目了。

我走了,回家。

儿子已经吃了饭,我说我也吃了,就陪着他玩。看到儿子,想到即将要发生的事,我的心好酸。为什么会走到这一步?为什么会发生这样的情况?我在心里问着自己。我当然有责任,而且从某种角度讲,我也理解她。作为一个女人,她这些年过得也不容易。但她如此这般就是对的吗?她为什么不找我好好谈谈,提出自己的想法?实在过不下去了,可以友好地分手,为什么要背着我在外面找人?

她凌晨3点回来时,我已悄悄收拾了我自己的衣服。我对她说:“小箐,我们离婚吧。你自己心里清楚,无须向我解释。我去办公室,你什么时候想好了就打电话给我。我签字。”

她望着我,没有说一句话。一会儿,她就进了洗漱间。我则开

门去了办公室。

在姜波多次催促下，吴伟终于将杰克约了出来。杰克说见面最好放在酒吧，那里人多，安全些。

吴伟就早早地和姜波去了红太阳酒吧，订了座位，等待杰克。

姜波这一段日子过得有声有色五彩斑斓。那个叫小青的女孩对他真个是抚慰有术体贴有加，让他欲罢不能。小青提出，她自遇见他以后，就再不想和别的男人打交道，把姜波喜悦得要死。他顺势就说："那你就干脆跟了我吧。到时我条件好一点，就以你的名义买一套房子，每月生活费由我出，当然还有工资。行不行？"

小青说："女人一辈子就是想找个依靠，有您这样的大哥疼我，我还求什么呢？这是我的福分呢。"

他本想把买房的事交给吴伟去办，但考虑到面子，就没有对吴伟说。他想，反正吴伟会给他介绍一些老板，能做得几笔生意，钱就出来了，没有必要欠他太多的人情。况且现在的房子是吴伟替他租的，家具齐全，他还真不好再开口提别的要求。

记得租房的第一天，他就急急地把小青安置了进去。当晚他就以加班为名与小青住到了一起，乐了个天昏地暗。第二天去上班的时候，他交给小青一千元。他说他正在做一笔生意，等生意成了，再给她奖励。小青睡在床上没起来，只抓着他的手，说舍不得他走，说以后不跟那些姐妹们在一起了，会很孤独的，希望他多陪陪她。又说她不在乎钱，而在乎有一个温暖的依靠。姜波是第一次见到如此温柔缠绵的女人，第一次听到如此富有女人味的话语，他感觉到了自己的强大、权威和责任。

他一把又抱住了娇柔的小青说："放心，我会的。以后中午我都过来吃饭，睡午觉。晚上我也会争取多过来陪你。"

但毕竟是拿工资生活的。那一段除了吴伟请客外，姜波也花了不少钱，特别是把小青接出来专用，他明显感觉出了手头的拮据。所以，他必须得催促吴伟给介绍老板做点事情，不然他真的吃不消。而这种日子一旦过上，他就真的不想再回到从前了。“那是万恶的旧社会。”有一次，他这样对吴伟形容自己过去的生活，恨恨地说。

杰克来了。杰克就是这样善于选择时机。他非常清楚这个时候是姜波最需要、最盼望和最急于想见到他的时候。所以，在此前，吴伟多次约他，他都以没有时间为由推托了。

姜波赶忙站了起来与他握手。杰克的表情很冷峻，没有任何笑意。姜波心里就有了对杰克的敬畏。

“你就是吴伟先生经常提到的姜波先生?”杰克问。

“对，我就是姜波。”这可是财神爷，怠慢不得。姜波恭敬地答道。

“听说你在空F师战斗机维护组担任组长?”

“对，一个小小的组长。”姜波弯了弯腰，以示谦卑地说。

不料杰克很不高兴地说:“不不，我不喜欢您这样亵渎自己的职位。要知道，每一个职位都是有必要才设置的，都是神圣的。而且每一个职位都是迈向更高职位的基础。在我的公司，任何一个职位上的员工如果不热爱这个岗位，只有两种结果，要么是永远提升不了，要么就是请你走人。今天我来见姜波先生，也是因为你的职位。虽然你只是个组长，但这说明了你以往的能力与成绩得到了上司的肯定，说明你是一个认真负责勤奋工作的人。你一定要珍惜和当好这个组长，以此为基点，向副厂长、厂长乃至更高的职位发展。”

姜波心里嘀咕，这个外国佬怎么一上来就给自己一顿训斥，上的政治课比单位政委还正统？到底是什么意思？不是说来谈生意的吗？听他的口气，好像并没有这个意思。他望了望吴伟，脸上呈现出尴尬的表情。

吴伟假装没看见，他在心里笑着，他和杰克的第一次见面几乎也是这样。

杰克看在眼里，他喝了一口红酒，停了停，说：“姜先生，你可能还没明白我的想法。作为吴伟先生推荐的朋友，我是很看重的。我希望你不仅要当好组长，还要努力当上副厂长和厂长甚至更高的职位。今天我郑重表个态，姜先生如果当上了副厂长，本公司给予奖励十万元，当上了厂长，奖励二十万元，也就是说每升一级加十万元。而且从现在开始，考虑到必须的应酬开销，每月给你发补贴两千元。你看行吗？”

这一下令姜波始料不及，他一瞬间就喜笑颜开了。他没想到这个外国佬的葫芦里原来卖的是这样的药。我升官，他出钱；他花钱，我爬官，真够朋友，真够朋友！

姜波激动地站了起来，端着满满一杯红酒还觉不够，又倒了一杯，说：“杰克先生，我不善言辞，但我确实非常非常感激您。我一定照您说的去做，一定不辜负您的期望。我两杯敬您一杯，先干为敬。”说完，他一仰脖就干了。由于太多太快，酒顺着下巴流了下去，把他的衬衣领子都浸成了红色。

杰克满意地点了点头，又说：“我们 W 国人很同情你们中国人。你们聪明、勤奋、肯干，但你们得到的实在太少太少。既然成了朋友，我不会坐视不管。钱算什么？钱只是一个工具，用来实现理想成就事业的工具。如果姜先生实现了自己的目标，那点钱不就花得值得吗？另外，姜先生，你也别客气，生活中还有什么困难的话，可以跟我说，也可以跟吴伟说。我会尽力帮助你的。”

这几句话把姜波的眼泪说了出来。他工作了那么长时间，接触过那么多领导，有谁说过这样贴人暖人的话？于是，他模糊着双眼说了一句：“杰克先生，从今往后，您就是我的领导。您说什么，我就干什么，决不含糊！”

杰克要的正是这种效果。因为他知道，“釜底计划”是一个长期计划，是为 W 国的长远着想的。他当初对齐晖就是太急了一点，差点酿出大祸。这是一个下不为例的教训。所以，对姜波就得长期打算。他要姜波爬到副厂长、厂长的位置,这样就在空F师内部牢牢锲进了一个"钉子",就可以对整个空F师的飞机数量、型号、武器载量和功能、机场大小及设置、跑道方位等进行全面掌握,特别是能够对空F师的发展趋势及时了解。而这些情报对于W国实施"釜底计划"密切相关。他估计,只要姜波好好干,再加上他的经费保障,在如今的位置上再升一级问题应该不大。

于是,杰克端起了酒,对姜波说:"姜先生,谢谢你对我的信任。祝你早日高升,支票就在我的口袋里等着你。"

分手后,姜波有一种平步青云的感觉,脑袋兴奋,身子很轻,几乎是飘回到了小青的住所。

等稍稍清醒过来后,他突然想起来不对,我做官他出钱,天下哪有这等好事?毛主席说得好,世界上没有无缘无故的爱,也没有无缘无故的恨。杰克凭什么要这样对我?是他的钱多得没地方丢吗?是他慈善吗?还是另有目的?他一下子想不通,也一下子想不清。

小青问他:"大哥,在想什么呀?一回来就发呆的。不是碰上为难的事了吧?"

姜波忙说:"没什么。可能是酒喝多了点。"

小青说:"来,大哥,我帮你脱衣服洗个澡吧。洗了澡早点休息。以后少喝点酒吧,让小妹好操心的。"

姜波听了一阵感动,任小青为他宽衣解带,像小孩一样享受着她的服侍。待衣服全脱了后,他一把把她抱起,边咬着她的嘴唇,边进了浴室。

小青唔唔地叫着:"轻点,轻点嘛。"然后又说,"放我下来,我还没脱呢。"

37

那天大约是8点40分，叶婉闲得无聊，就又拉开抽屉，拿出了俄罗斯诗人莱蒙托夫的诗集。她喜欢莱氏的诗，说他的诗有一种韵律美，朗朗上口，而且很有情感，很有意境。她翻到了《无聊又忧愁》。她喜欢这一首，几乎能背下来了。她轻轻念道：

无聊又忧愁，当痛苦袭上心头，
有谁来向我伸出援助的手……
期望……总是空怀期望有什么用？
只见岁月蹉跎，韶华难留！

爱……去爱谁？钟情一时何足求，
而相爱不渝又万万不能够。
反顾自己吧，往事消逝无踪了：
欢乐、痛苦，一切不堪回首……

激情是什么？这病态的沉迷啊，
迟早烟消云散，只消理智一开口，

如果你向周围冷冷地扫一眼，
人生似儿戏，空虚、愚蠢真少有……

联想到自己的人生际遇，她再一次被诗人的情绪所感染。她正暗暗叹息与自怜，电话响了，把她吓了一跳，接了，是郝雄。

郝雄问她，老板来了没有。

她说，噢，老板有点事，说要9点半才能来。

他就说他有一份文件要给老板看，他想放到老板的办公室，因为他还要出去办点事。

叶婉就说，好吧，你来，我去开门。

郝雄就上去了。叶婉把杰克的门打开，说："你放进去吧。出来记得关门。"说完她便走了。

在办公室，她一副公事公办的样子，这是郝雄交待她的。郝雄说，千万不能让别人看出你眼睛里的心事，那样会很危险的。她说她能理解，会听他的话。

郝雄把文件放到杰克的写字台上，同时迅速从身上取出一个玻璃瓶，倒出一粒很小的药丸放在桌上的台灯旁。那药丸太小了，几乎看不见。然后，他又把门关上，才离开办公室。

杰克9点准时来到了办公室。他看到桌上有一份文件，就坐着看了起来。一会儿，他咳嗽了几下，但没在意，只喝了一口水。可没料到，紧接着他越咳越厉害，竟有些控制不住了。他用劲地拍打着胸部，很吃力地打了个电话给叶婉，叫她把公司的医生请过来。叶婉问怎么回事？他说没什么大事，只是咳嗽不止，可能是急性感冒。

叶婉就带医生上来了。

医生先探了一下他的脉，然后就拿出了听诊器。他听得很仔细，越听越眉头紧锁。他说："老板，我怀疑您不是感冒，而是急性肺炎，肺部的声音不对头。建议您去医院再检查一下，我估计不是

普通的感冒。”

杰克就笑了，说：“不可能呀，刚刚我来时还好好的。肺炎就没有一点先兆吗？”

医生说：“应不应该有先兆我不敢肯定。但我分析，您可能是感染了一种病毒，这种病毒我也说不清楚。为慎重起见，我还是劝您去医院检查一下。”

杰克在说话的时候一直没有停止咳嗽，他确实感觉到自己的肺部极不舒服，喉咙里的呼吸也越来越不顺畅。于是他说：“好吧，叶婉，你开车，不要叫别人了。”

三个人就出了门，直接去了市第一人民医院。经检查，杰克患的确实是急性肺炎，而且确实是病毒性的。医生的意见是马上住院，查清病毒，对症治疗，否则病毒会扩散，不仅增加治疗难度，而且还可能危及生命。

医生最后板着脸说，这可不是开玩笑的。

杰克一听，耸了耸肩，摊了摊手，做出一副无可奈何悉听尊便的样子：“那好，住吧。”又咳了几声，“叶婉，你回去向周浩说明一下，要他这几天对公司的事多费些心。然后你再给我带点日常用品和书报过来。”

叶婉说好，便对随行医生说：“你就在这里给总经理办手续吧。”

等他们走后，杰克给西院一个 W 国人打电话，说自己得了急性肺炎，可能要住几天院，要他们不要受此影响，继续按原计划工作。同时，西院的防范要和以前一样严密，24 小时必须有人值班，决不允许闲杂人等进出。他说他会打电话抽查的，如出现疏漏，他将严肃处理！

对方说，老板放心，一切都会照旧。

就是那天深夜，天气预报说有暴雨，果然一阵雷声过后，雨就哗哗啦啦地下了起来。雨声很大，就是西院往日闷闷的掘土声也听不见了。保安躲进了值班亭。两条狼狗在屋檐下耷拉着湿漉漉的脑袋,一边巡走,一边瑟瑟地抖着。

郝雄下了班后没有回家。他就坐在办公室等候。到了约定时间,他打开了窗户,把几个含有安眠药的肉包子向狗扔去。两条狗迅即扑了过去,张开大嘴,一眨眼就把包子吞进了肚里。也就一会儿,它们趴在地上不动弹了。

此时,市局的几名反间谍技术侦查员搭着人梯越过了高高的围墙,进入了办公楼,直奔杰克的办公室。郝雄在走廊上望风。他们运用技术手段打开了门,并戴上了特制的红外线眼镜。接着他们在杰克办公桌旁的墙壁与他卧室的墙壁上各钻了一个小洞,安上了微型窃听器。当然,他们没有忘记用特制的反探测盒将窃听器套上。这是杰克的探测器发现不了的。在天衣无缝地恢复原样后,几个人又悄悄地爬出了围墙。整个过程不到半个小时。

等这些人离开不久,两条狗才醒来,它们各打了几个喷嚏,甩了甩脖子上的雨水,懒洋洋地围着办公楼又转了起来,开始履行它们的职责。

38

第二天上午，市局车强副局长带曾牛处长和我去了空 F 师。我们与师领导石炯以及保卫处的领导交流了有关敌情和工作情况。

车强最后说："石副师长，我们认为 W 国电子通讯公司的西院有重大间谍行动嫌疑，但由于对方防范非常严密，市里也有政策，我们不便贸然采取行动。我们这次来，具体有一个想法，就是想借用一下你们的直升机。你们的直升机每个星期都有空中训练任务，不会引起对方的怀疑。我们想派干部用高倍数码摄像机对西院进行全方位拍照，然后再进行分析研究，看看里面到底在搞什么名堂。不知是否方便？"

石炯听了满口答应："这没问题，你们定时间吧。"

车强说："这两天杰克正好住在医院，我看就今天下午 1 点吧，那个时候光线最好，拍摄效果也最佳。"

"行，就这么定了。你们派谁来？"

"就我们曾牛处长，他可是个多面手，摄像技术也是专业水平的。"车强介绍道。

石炯说："那我就带你去飞行班认识一下飞行员。你得熟悉一下飞机,找准最佳拍摄位置。”

中午12点半,一架草绿色直升机起飞了,它照例在空中划了几个圈后,便开始做着升降旋转的训练动作。曾牛穿着军用草绿色迷彩服,戴着特制眼镜,把自己绑在起落架上,用微型摄像机对西院进行了全方位拍照。这是他第一次在空中作业,他以前在汽车里拍过,在轮船上拍过,在高层建筑上拍过,就没在飞机上拍过。轰隆隆的巨响,机身的颠簸,割脸的气流,高空的惧怕,使他领会到了电视台记者空中拍摄的艰巨与不易。而且,飞机速度很快,必须聚精会神,抓住机会,否则真是稍纵即逝,一闪而过。更重要的是,飞机不能老是在西院上面徘徊,那样目标太明确,肯定会引起对手怀疑。整个空中飞行只用了二十来分钟,曾牛就通过无线话筒对飞行员说:“OK。”

直升机稳稳地降落在空F师的停机坪。

车强与石炯等人就在下面迎接。把曾牛放下来后,车强问:“怎么样?”

曾牛说:“拍摄本身没有问题,但我发现他们防范得非常严,主体建筑都用大篷布遮住了,只能看到一些建筑材料和汽车。院内几乎没人活动,估计都在地下。”

“没关系,我们回去再好好看看分析分析。”车强又转过头对石炯说,“谢谢你石副师长。”

石炯笑了笑,说:“一家人别说谢谢,下次有用得着的尽管说。目标一致嘛。”他还拍拍曾牛的肩膀,“曾处长真了不起,像你的名字一样真牛!”

我们几个人回局里后,去了侦查指挥中心,把摄像机与大屏幕数码电视联了起来。一会儿,西院的情景就展现在大家的眼前。车强看得非常认真仔细。他没有放过任何细节,时而叫操作员定格,时而又指示把有些镜头拉近放大。这样反复看了几遍后,他谈了自己的看法。

他说:“虽然拍摄的照片是平面的直观的表层的,看不出什么实质性内容,但我认为至少有以下几点是肯定的。第一,院内有十台大货车,与内线提供的相符。据掌握,这十台车已经连续拉了三个多月的土,平均每天二十至三十台次,运土按最低估计也在两万吨左右。但从照片上看,基建的出口很小,里面应该很大。杰克可能是在搞一个地下而不是地上工程。第二,运土不在白天而在晚上,说明里面已经挖了很深或很宽,因为它白天挖出的土必须要有地方堆放,需要有很大的容量。第三,用那么大一块篷布把主体建筑严严实实遮起来,而且几个月了天天如此,说明对方一定有不能见人的意图。看来,不入虎穴难得虎子。我考虑了一下,想借市长一用。”

曾牛问:“借市长一用?怎么用?要市长进去看个究竟?”

车强说:“对。你记得吗?W国电子通讯公司是上年度南湖市的优秀外资企业和诚信纳税大户,还是市长亲自颁的奖呢。”

“是有这么回事。您的意思是?”曾牛还有点没明白过来,又问。

车强诡秘地笑了笑,用手把大家招到了身边,把自己的想法如此这般地说了。大家又你一言我一语地对他的想法作了补充和完善。尔后,侦查员们离开了指挥中心,各自按照分工开始了行动。

39

“鲨鱼”叫司机把车开到鸿运超市就停了下来。他要司机先走。他说家里来了客，要买些菜和食品，等会儿他自己打的回去。

司机非常谦恭地说：“没关系，我可以在外面等您。”

“鲨鱼”挥了挥手道：“不用，你走吧。”

司机说：“那好，您如果东西买得多，要我接的话，就打我手机。”

“鲨鱼”点点头说了声谢谢。等车走后，他进了超市。那天是周末，购物的人很多。“鲨鱼”从入口进去，并没有拿篮子，因为他并不想买任何东西，而只是在里面到处转了转，眼睛时而望望两边，时而望望后面。不一会儿，他才出了门，沿着马路来到了附近的一个休闲广场。广场上也有很多的人，小孩居多，有的在放风筝，有的在溜旱冰，还有的在散步。

“鲨鱼”走走停停，不时地用眼睛观察着周围。有一会儿，他甚至坐到了一级较高的台阶上，那里视野很好，可以把整个广场的情况尽收眼底。确定没什么可疑情况后，他才下来，从口袋里拿出一副黑色墨镜戴上，走到那个最大的垃圾箱旁边。垃圾箱的造型是一条巨大的鲤鱼，口子就是鱼的嘴巴，腰部是可以打开的门。这

是他们以前定好的 11 号情报交接点。原来,他事先已和“船长”约好,在这里交接录有空 F 师有关文件资料的微型磁带。他把磁带放在一个快餐盒里,在上面做了记号。他神色从容地将快餐盒丢到了垃圾桶里。然后,他离开了广场。途中,他掏出手机发了一个信息给船长,说:“货放在鱼里,请速拿。鲨鱼。”

其实,亨利就在远处看着。他是外国人,不敢随意走动。他戴了一顶布制的太阳帽和一副茶色太阳镜,把棕色的头发和蓝色的眼睛遮得严严实实。按规矩,他们是不能直接见面的。那天人很多,丢垃圾的也多,所以他并不知道“鲨鱼”是什么样子。鲨鱼也不知道亨利的庐山真面目。他们都通过代号、记号以及情报交接点来发生联系。

亨利马上给他回了一条信息:“很好,你可以走了。酬金放在 13 号点。船长。”

亨利很快就去了垃圾桶旁。他假装丢垃圾,从桶里取走了那个标有特殊记号的快餐盒,并打出租回了领事馆,他必须马上处理这些情报资料。

13 号点是河边桂花公园内一棵树的代号,那也是一个情报交接点。“鲨鱼”接到指令后,叫出租司机把车开到门口,他独自进去,但不敢直奔主题。他在远处一条石凳子上坐下来,阳光很好,一群小孩正在那棵树边做着丢手帕的游戏。他饶有兴趣地看着。

一会儿,他站了起来,仍然戴着墨镜,假装欣赏阳光和周围的景色,看看这儿,看看那儿,发现并没有人注意自己。于是,他慢慢挪到了那棵树的旁边,脸上带着微笑,好像很喜欢小孩子们的游戏。在树旁的一块草皮下,他触摸到了一个硬物。他很快把手从缝隙里伸了进去,拿到了一个塑料包,里面是厚厚的钞票。他迅速把它放到随身带的包里,又走出了公园,钻进了出租车,回到了单位。

亨利这一段时间可谓春风得意,上午他还接到了国防部情报局的嘉奖令，军衔也升了一级。这些业绩都是因为他手头有了“鲨鱼”这个情报线人。他报回国内的情报被评价为“又准又深”。他在近期的工作总结上说，实战表明，搞情报并不在人多，而在人精；特别是线人，不仅目标部位要选准，而且身份一定要隐藏深。他知道，针对中国南湖的空F师，国内有多家情报单位派了人。有的依托使领馆，有的借助办企业，有的则是在空F师旁边建立观察哨等等，情报的竞争，部门的竞争，业绩的竞争都相当激烈。而到目前为止，他是最有成绩的。嘉奖令上就说他为W国的安全，为国防部的情报工作作出了杰出的贡献。他知道这两句话的深层含义与分量。

嘉奖令是指名要他亲收的，领事并不清楚。这也是国家对使领馆工作的基本要求。每个人各负责一摊子事，互相之间不能打听，有的事情连大使、领事也不能过问。简芳妮捧着嘉奖令兴奋异常。她知道这一张纸的分量。她和亨利毕业于同一所大学，又同时被国防部情报局招募。两人在国内干了多年，虽有成绩，但也只是普普通通的，并没有引起高层重视。这次来中国，夫妻可谓配合默契，相得益彰。她的想法是，为国家再服务几年，就光荣退役。这份工作虽然刺激，但也颇有风险。她是搞历史研究的硕士。她还是想回学校干老本行。在W国，在国防部情报部门，你得到的荣誉多，级别高，不仅收入丰，而且退役快，只要你愿意。所以，那天亨利特别高兴，两口子晚上专门准备了好酒好菜请领事一班人吃饭。大家问他有何喜事。他只是说：“没什么，晋升了一级军衔，高兴。”大家就都举杯向他表示庆贺。

饭后，他就进了专门的一间密室，整理今天“鲨鱼”提供的情报资料，并连夜通过加密传真发回了国内。

40

在医院只住了三天，杰克就神奇地好了。医生说这种病毒来得快去得也快。

杰克很快就办了出院手续。回到办公室，他立即叫来了一个W国人。两人把门关了，从他的铁皮柜里拿出了一个仪器。这是W国情报部门研制的专用于查找窃听器的探测仪。杰克有一个职业习惯，只要离开办公室三天以上，回来他必须得对整个办公室包括里面的卧室进行一次认真检测。两个人一声不吭，只是打着手势，从房顶到地板，从床上到床下，从桌里到桌外，地毯式地测试了一遍，没有异常反应。杰克这才松了口气，开始说话："工程这几天应该结尾了吧？还顺利吗？"

那人说："放心，一切顺利。明天只需要再巩固一下就可以封口了。"

"好，要弟兄们再辛苦几天。搞完后你们就可以回国去了。明天要厨房多弄几个好菜，大家痛痛快快地喝一杯。"

"是，谢谢老板。"

这时他接到一个电话，是叶婉打来的。她告诉他，明天市长和市报、市电视台的人要来公司，说是感谢公司为南湖的建设与发展所作出的贡献。市长要看望他和公司的员工，顺便也有现场办公的意思。

杰克说了一声“我知道了”，就把电话挂了。

对这种情况他早有准备，也早有方案。因为他的电子通讯公司作为外资企业，无论是规模、税收还是解决就业人口及市场影响，在南湖都排在前十位。他每年都要参加两次由市长出面召开的外商座谈会。作为外方老总，可以说他是市政府的座上宾。市长每年至少要来公司考察一次，这已形成惯例。所以，为应付这种情况，杰克在实施“釜底计划”过程中便充分考虑了应对措施。当然，市长不提出来看西院更好，如果提出来要看，那也没问题。

他拿起了电话，又把刚刚那个 W 国人叫了上来，说：“你通知工地的人，情况有变，今晚务必把相关设备封存，把洞口封好，不能有任何破绽。同时，把地下工程全面开放。从明天开始，拉掉篷布，对外招标。”

“是，老板。”那人就布置去了。

然后，杰克叫来了周浩，要他安排人把会议室搞好，把介绍性的资料准备好，把水果摆好，同时明天上午从上班开始就要保持与市长秘书的联系，市长快到的时候，他和公司的领导都必须到大门口迎接。具体的事务性工作由周浩、郝雄、叶婉负责。周浩接令也走了。

到了晚上，杰克仍有些不放心。他在 9 点钟时又去了工地亲自检查。工程人员向他作了汇报。他发现封口做得非常坚固和隐蔽，而且封口的上面就是基建工地监理室，在以后工程进展的全过程中，这里都由 W 国人 24 小时监守，绝对安全。见状，杰克相当满意。毕竟都是总部经过严格挑选的，个个精干利索，素质全面，做事像模像样，而且富有创造性。虽然只有三十个人，但他们这几个月所做的工作量，所干出的业绩，大大超过一百个普通人。对此，他感到很欣慰。他想，他得向总部报告，为他们请功加薪晋级。

第二天上午市长来的时候，因为是熟人，双方都没有什么客套，就直接上了会议室。

一落座，市长就说："杰克先生，今天是突然袭击，不介意吧？"

杰克忙说："哪里哪里，市长大驾，请都请不来呀。"

市长就说："你这是批评我嘛。好，我接受。今天我来，就是市政府一个政策实行的前奏。昨天，我们开了一个会，决定从今天开始，市长、副市长要真正关心外资企业和民营企业，要把这两类企业作为我们南湖市经济发展新的增长点。而且市领导深入企业不能搞花架子，要切实解决问题。政府还规定，市领导去企业，不能索取和接受礼品，不能在企业吃饭。今天我是带个头。因为贵企业一直是我的联系点嘛。"

杰克一听，竖起大拇指，连连说："OK，真是太 OK 了。"

市长接着说："我这次来主要不是来听贵公司的业绩介绍的，因为你们的业绩我心里非常清楚。我时时关注着呢。我就是来听意见听问题听困难的。杰克先生，我们也是老熟人了，今天就有话直说吧。"

杰克就把准备好的资料放到了一边，说："市长先生，如果您是来听这方面情况的，我可能会令您失望。我是 W 国人，没有必要无原则地奉承贵政府。我真的提不出什么意见，也没有什么困难。因为在贵市投资经营的过程中，我有一个很深的感觉，就是这里的投资环境好，政策宽松，政府各职能部门对企业的服务意识很强，服务质量也很高，基本上有什么问题，有什么困难都及时得到了解决。我还真想为有关职能部门请功呢。"

市长听了很高兴，哈哈笑了起来："今天变成表扬会了。好，这也是一个方面的意见嘛。这样吧，既然没什么别的情况，我看就不谈了。我听规划部门说，你们在公司大院的西面想搞一个大型的项目，不知进展得怎么样了？还有没有什么困难？如果方便的话，我想看看，心里有个数，也许我能帮上忙呢。杰克先生，你看这样行吗?”

杰克就站了起来,很爽快地说:“行,市长现场办公,我求之不得。走,我这就带您去。”

那天我没去,是我自己提出不去的。因为我和周浩、叶婉认识,怕引出不必要的麻烦。我当然没说叶婉,我只是把我和周浩的关系向领导作了报告。车副局长同意。曾牛参加了,他的身份是市报摄影记者。他戴了一副眼镜,穿着有很多口袋的摄影服,脖子上挂着一个先进的数码照相机,在市长的身前身后忙于拍摄。另外,我还有一个同事参加了,他的身份是市政府办公厅工作人员。一会儿,一行人就进了往日把守森严的西院。

杰克边走边向市长介绍道:“这个项目把您都惊动了,真不好意思。其实严格意义上讲,这个项目还没正式启动。因为我们只做了一些前期基础性工作,所以并没有向外公布。到现在为止,可以说基础性工作已经做完。我向市长正式报告,公司决定明天就对外公开招标,承担整个项目工程建设。”

市长饶有兴趣地一边听一边点头。他问道:“你打算做什么项目呢?规模有多大?”

杰克说:“我的想法是做一个大型的综合性地下超市,因为南湖的超市虽然多,但没有一家有规模的。地上工程就做停车场。因为这两年我有一个感觉,南湖的经济真可谓突飞猛进,公车与私车也越来越多,所以我觉得花大面积建停车场很值得,也是立足长远。上面停车,下面购物,这种设计在南湖是独一无二的。据我所知,在全省也没有第二家。”

市长想了想,说:“是的,这种做法很有创意,也很有远见。再过几年,停车的问题很有可能会是我要考虑和面对的大事难事了。”

杰克接着说:“我的超市实行 24 小时营业,市民购物会非常方便。当然,我们也提供送货上门服务。既然市长来了,我有两点

请您关照。一是要马上动工的话，我们国内总部的资金划拨到南湖要一段时间，贵方银行能否先为本公司垫付一部分。二是请市长给本公司提供一个技术力量雄厚且非常诚信的建筑企业名单，供我们参考。”

“这两个问题都不是问题。”市长走到了以前用篷布遮住的主体建筑那里。篷布已经拿开，有一个 W 国人在前面引路，杰克跟在市长的身后，曾牛紧跟着杰克，一行人就都顺着走了下去。

庐山真面目很快就要呈现在人们面前了。曾牛说当时他的心跳不由自主地加快了。

41

市长一行人下去后,曾牛说不看不知道,一看吓一跳。里面还真的挖出了一个有几千平米的大厅。临时灯光照耀着,明明暗暗,相当空旷,十多个W国人有的在引着路,有的在远处游走。

市长认真地看着,并赞叹道:“杰克先生,你们W国的工程技术人员了不起,就那么几十人,在短短几个月里竟然完成了这么大的工程量,而且挖得如此工整规范,好啊。不过杰克先生也太残酷了一点,那么一点人做那么多的事,未免太辛苦了,为什么不到我们市里招一些工人呢,也可以帮我们解决一部分就业问题嘛。”

杰克解释道:“市长,这个问题说起来就有些见笑了。本来地下工程完全可以在市里招标。我也可以图个省事。但总部有要求,一是我们W国有先进的掘土和防震技术,这个技术必须保密;二是如今国际恐怖主义活动频繁,地下这么庞大的工程要有防恐反恐的措施,这些措施也涉及到技术,必须保密。基于这两点,一些前期工作就由我们自己负责了。现在这些问题都已解决,后续的工程就可以在此基础上开始了。这一点请市长务必谅解。”

市长听了点点头:“你们这样做也是对的,保护知识产权嘛,我深表理解。另外呀,杰克先生,我看地下的面积还可以扩大些,

可以延伸到公司的东部。眼光要看远些。我的想法是,要把这个超市建成全省最大的,以后条件成熟了,可以在其他各市建连锁店。要有品牌意识,要打出我们南湖的品牌。杰克先生放心,市政府对这样有前景的项目会全力支持的。”

杰克连连称是,又连连致谢。

这时,曾牛走近杰克问道:“总经理先生,我可以拍照吗?”

杰克笑容可掬地说:“当然可以,你尽管拍。市长先生来了,没有照片,明天你们报纸怎么报道?”

曾牛说了声谢谢,就到一边找角度拍照去了。我那个同事始终不离市长左右,像秘书一样跟着他,以便适时提醒他哪些地方要看,哪些地方要仔细看。

周浩、郝雄就在不远处,他们也是第一次进来,感到很新鲜,到处张望。

这是一次绝妙的配合,也是一次成功的探底,可以说没有引起杰克半点怀疑。但是,现场看的与照片上显示的东西,对了解西院里面的秘密并没有什么帮助,就是一个巨大的地下商场,只是没有装饰而已。这到底是怎么回事?

车强也觉得大为不解。从侦听的情况来分析,杰克说要他的手下把封口弄好,把相关的设备藏好,这个封口是什么?在哪里?干什么用?设备又指的是些什么东西?藏在哪儿?难道真如杰克对市长所说的,这些都是用于反恐与防恐?而这个技术或者这些设备是保密的?大家把照片互相又传看了一遍,都只是摇头,确实难看出个究竟。过去怀疑的问题现在似乎都不是问题了,比如拖土,它的下面确实挖出了一个大厅;比如它神神秘秘,那是因为他们出于保密。车强感觉到,杰克像是一个高明的博弈者,他早就看出了对手的第二步棋、第三步棋怎么下,而他作好了充分准备,且做得不动声色,完美无缺,让你找不到还击的机会。

侦听那边的情况也不是很理想。杰克看来还是一个反侦查的高手,尽管他知道他的办公室很安全,没有被窃听的危险,但他在那里几乎不说什么涉及西院的事情,更没有涉及搜集空F师情报的话题。谈所谓"封口""设备"的话也只此一次。

对吴伟的侦查工作基本上也处于停滞。虽然发现他最近与姜波接触频繁,杰克也与他们多次见面,但他们到底谈了些什么,不清楚。在电话通联中,杰克常常是鼓励姜波要安心热爱本职工作,要搞好领导与群众的关系,不要辜负朋友们的期望等等,也无什么特别敏感的东西。

通过对前一段侦查工作的总结与反思,大家都感觉到有点找不到方向了。难道杰克不是间谍而是一个真正的商人?以前对他的怀疑难道是错的?车强也陷入了沉思。不过,郝雄给我提供的情况和那个所谓封口却又否定了他的疑虑。可是,要再侦办下去,切入点与突破点又在哪里呢?这种状况使所有人再次面对着那个原始的问题:这个杰克到底是个什么人?他在空F师的附近开办这个公司的真正意图到底是什么?为什么在吴伟提出要空F师的情况后不几天,齐晖突然意外身亡?

侦查工作遇到瓶颈。

42

然而就在这个时候，南湖市公安局反间谍侦查处接到了省厅的通报，是国家安全部转来的。内容是，据海外情报组掌握，空 F 师的有关情报已外泄到 W 国的空情局，这说明南湖市已被敌人安了钉子。部和省厅责成南湖市反间谍侦查部门务必深入加强敌情基础调查，排出重点人员，协助空军部队强化内部安全防范，尽快揪出隐藏在我内部的奸细，切实维护我军事目标的安全。

真是“屋漏偏遭连夜雨”。接到这份通报，具体负责空 F 师反间谍侦查工作的我深感汗颜，车副局长与曾牛处长也感到了巨大的压力。

在局务会上，局长非常严肃地批评了我们，说空 F 师是我们军队的脊梁，是我们对 W 国的杀手锏，如此重要的目标，其情报竟然被人窃走！这不仅是一件严重的事情，还是一桩重大的案件，不仅只是目前几份情报的问题，如果不尽快破案，还关系到长远的国家军事安全。他指示我们处，要立即调动手中的一切资源，排查一切可疑的线索，调查一切可疑的人员，争取早日破案，把损失降到最低点。同时他要求我们迅速与部队联系，协助部队加强内部防范，特别是对重点要害部位的人员要进行一次深入的教育和检查，对空军的所有技术设备要进行一次细致的检测。最后,他给我们提出了明确的完成时限。有几个兄弟处比如刑侦处、治安处、政保处等部门的领导还对我们冷嘲热讽,说空 F 师就摆在那里,几家外资企业也摆在那里,几个外国人都心里有数,有的还是老熟人了,那还查不出名堂,反间处就不如叫废品处算了。要不,就把这个任务交给他们,把我们撤了。他们保证抓出内奸。我知道同事们说的都是些激励的话,但当时听起来还是脸颊发烧,耳根发热。我看到曾处长的脸更是一阵红一阵白,很不好受的样子。我还从没有见过他的表情那么难看过。

散会以后,我们处马上召开了紧急会议,车副局长参加。他看到我们一个个狼狈的样子,就笑着安慰道,别人议论几句没关系,关键是我们自己要不乱阵脚,不乱分寸。我们要振作起来,扎实工作,打一个翻身仗,打一个漂亮仗,以此证明我们反间谍侦查处的同志没有一个是孬种。他说,他其实也不好受,他是管这方面工作的。但他相信我们会给他争气的。于是,全处干部都抬起了头,一个一个发言,查问题,找原因,说建议,提思路。

我在会上也说了自己的想法。我说:"我建议向省厅汇报,请求部里查一下,到底空 F 师被窃的是哪一个方面的文件资料,越具体越好;查到了这方面的情况,我们就可以进一步查到这些文件资料是哪些部门起草与保管的,能接触这些资料的人员范围就可以呈现出来;进而我们就可以把相关人员锁定。这样既能节省时间,更能提高效率。当然,在这一过程中,要特别注意内紧外松,必须请部队内部派出靠得住的专门人员协助我们清查,范围暂时不能太大。否则会打草惊蛇。"

车副局长与曾处长都同意我的看法。于是,会议就转到讨论我的意见,并制订落实方案。

会议开到很晚,外面都有了隐隐的光亮。为不耽搁时间,车副局长、曾处长和我简要地作了一下准备,就草草地吃了个方便面,

驱车去了空F师，找到了石副师长。这么早找他，石副师长已然知道了我们的来意。我先向他通报了严峻的敌情以及我们处准备如何在部队秘密实施调查的方案。

石炯听了后，神色冷峻。他倒是没有想到敌人的手已经伸到了他的鼻子底下。他是部队分管内部安全保卫的领导，出了这么大的事，他深感问题的严重。我看到他的脸上不停地渗出汗珠。他感谢我们在第一时间给部队提供如此重要的情况，并同意我们的方案。接着又表示，他本人以及师党委一定会全力支持我们的行动。他说今天上午就召开党委会，先在主要领导间通一次气，心中都有个数。然后他等我们部里反馈回情况后再布置专人清查。在这一段时间，对所有的文件将全部实行集中保管，对需要打印的文件全部统一到一个办公室进行，并由专人监督。

两天后，部里就发来了一份绝密电报，上面列出了一个文件清单。我马上就去部队直接找了石副师长，把清单交给了他，并就如何清查与他做了更细的研究。

于是，秘密清查行动就悄悄在部队展开。

43

杰克的地下大型超市正式动工兴建。为保密起见,他自己起草了一份报告,在公寓的一间屏蔽房,用加密传真发到了总部,直送蒙巴将军亲启。

上面写道:“釜底计划前期工程基本完成,只等国内货物送到,即可安装调试。现地下超市工程已经开始,基建队伍已大举进驻,为了保证釜底计划不外泄,本人建议,此批三十名工程技术人员尽快悉数回国,另派十五名同样得力的人员前来接班换防,其中请配一名空情局中校级人员负责现场监督和保卫,以协助我完成整个任务。”

蒙巴将军很快复电。他说,同意杰克的建议,国内十五名人员来中国的手续正在办理,一个星期必须交接完毕。最后,他说,总部对杰克及另外三十人前一段的工作非常满意,已在档案记功,并每人晋升一级;下一步要继续努力,再立新功。

几天后,十五名 W 国人如期来到南湖市。其中一个叫劳斯的就是空情局中校级情报官。他们到来的当天晚上,杰克在屏蔽室召开了一个“迎送会”。

他们其实都是军人,虽然没有军服,但开会的时候却一个个神

情严肃,坐姿毕正,整个会场鸦雀无声。杰克首先代表W国电子通讯公司以及他本人对即将离开的三十名同事表示感谢,对刚来乍到的十五名新同事表示欢迎。然后他说:"这个公司是我们空情局在中国南湖的一个掩护性机构。而之所以在这里建这个机构,是因为中国的空F师对我国的空军乃至整个国家安全都是一个极大的潜在危胁。我们必须对它有所了解,否则,到了关键时刻我们就会处于被动挨打的局面。现在,前一批同事已经完成了我们计划中的一个重要部分,取得了非常重要的成果。新来的同事主要任务就是要保护这个成果,适当时候再扩大这个成果。总部要我转达对你们的问候与敬意。我这里要特别强调一点,那就是保密。回国的人员在离开中国以后,要自觉把这一段日子和这段日子所干的事情彻底忘掉,绝不能和国内无关的人说起在中国的工作;新来的人员要在劳斯先生的领导下,负责对整个工程的监督和管理,尤其是对设在基建工地的监理室要坚持24小时值班和守护,我要告诉大家,那一间房子就是我们前一批人员的成果所在,也是我们国家的秘密所在!因此,你们在中国期间,不能随意和中国人打交道,更不能与中国人交朋友。那是非常危险的。因为我们是在敌人的地盘上,我们在明处,对手在暗处。大家要出去玩,或者购物,必须两人以上,不能单独活动。这一点务必记住。以后,凡涉及谈机密的事情,必须到屏蔽室来,禁止在公共场所和办公场地谈论机密事项。保密是我们这一行的生命,在这个问题上出了问题,我们就全玩儿完。"

接着,他起身到保险柜前,按了密码后打开门,取出了三十本护照与三十张返国机票。他一一分发并一一拥抱,祝他们一路顺利,平安回国。

最后他说:"今晚食堂里准备了一些好吃的东西。大家散会后就去聚一下,痛痛快快喝一顿,痛痛快快醉一回。这是一次难得的机会,因为有的明天要启程回国,有的明天就要正式开展工作。

我还有些事情要处理，全权委托劳斯先生主持今晚的聚餐。明天我会去机场送你们。再见。”

说完他就去了办公室。他这几天很高兴，事情完全在按他的设想在进展。他想今天得轻松一下了，便想起了叶婉。他对叶婉有一种彻彻底底的拥有感，他知道叶婉在等候他，即便人不在办公室，她的电话也总是开着的。

然而，他在办公桌上看到了一个信封，是叶婉的字迹，他认识。他就有了一种不祥的预感。因为在此之前，叶婉是从不用这种方式向他传话或转达什么意思的。他小心地拆开了信封，轻轻地读了起来：

“杰克先生，请允许我这么称呼你。我走了，永远离开你。也许你不理解我为什么要离开你，因为你对我好，喜欢我，并且给了我那么好的待遇和条件。但我并不快乐。我的心情和感受你是不会知道的。请不要找我，也不要逼着吴伟来找我。你们找不到的。尽管这样，我还是要感谢你，并祝你生意兴隆，事业辉煌。叶婉，即日匆草。”

杰克看完后的第一反应倒不是马上要去找，或托人去找叶婉，而是迅速在头脑里过滤了一遍他与叶婉交往的过程，看是否自己泄露了什么秘密，或者叶婉掌握了什么秘密。这是最重要的。他闭着眼睛在桌前整整回忆了近一个小时，包括叶婉的阅读范围，他与叶婉说过的每一句话，叶婉陪他参与过的每一次活动等等。回忆的结果是，叶婉并不知道他的真正身份，更不知道西院里隐藏的秘密。她可能是因为别的原因，比如中国人最喜欢的名分思想，还有民族人种之间的观念差别等等之类的因素才离开他的。

他就感到轻松多了。说老实话，要是他在与叶婉的交往中有什么不慎的谈吐，她这一出走，他肯定得把这次事件的危险性定为A级。那他只有一条路，就是赶快回国，负荆请罪。如今他只是失去了一个女人，虽然心里很不舒服，但比起生命来，那又算什么呢？

当然他还是有很深的失落感，因为叶婉是他所遇见过的女人中最温柔最乖巧最顺从的一个。她给了他从未有过的欢快与享受。只要想起她的眼神，想起她在床上的神态，杰克就会产生莫名的冲动与向往。

他于是挂了个电话给吴伟，把情况说了后，嘱咐吴伟一有她的消息，一定要立刻告诉他。并且杰克还许诺，他在中国期间再不会找女秘书，这个位置始终为她而留。他让吴伟有机会务必把这句话转达给叶婉。

杰克在管理层也通报了这一情况。但他只是轻描淡写地说，叶婉前些时候工作太累，想休息一段时间。在此期间，他提议由郝雄暂时代替总经理秘书职位。

周浩把这一任命告诉了郝雄。他意味深长地说："郝雄，叶婉走了，你知道吗？"

郝雄对叶婉的走有感觉，但并不清楚具体情况。他摇摇头："不知道。"

周浩微笑着问："我想应该只有你知道。你可以不说真话，我理解。因为如果连你都不知道，那叶婉是死是活就只有天知道了。我想提醒你一句，到了那个位置，要格外小心谨慎，千万不能再轻举妄动。在这一点上，我对你有些不放心。"

郝雄点了点头："谢谢师兄提醒，放心，我会注意的。"

其实，叶婉肯定是走了，而且为什么要走，整个公司可能确实只有他清楚。但他没想到叶婉会这么快这么急。他感觉到了这个女孩身上有一股子倔劲，更有一股子豪气。他更感觉到，叶婉肯定会和他联系的，不仅是因为她喜欢他，而且他们之间还有个约定。但这个约定他会遵守吗？他拿不准。叶婉他确实喜欢，她不仅美丽，而且单纯善良。然而，他现在唯一想的就是如何能完成他来时的任务，别的他真的放在其次了。

44

叶婉并没有离开南湖市,她在城边租了一套两室一厅带家具的房子住了下来。她想先清清静静休息一段时间,理一理自己走过的生活轨迹,再规划一下未来的路。她也没有告诉父亲,怕他再为她担惊受怕。如今父亲在她的心里就像一棵脆弱的小草,经不起任何风吹雨打了。

这是一个很精致的生活小区,有菜场,也有商店,有电影院,也有网吧,非常方便。在最初的一个星期里,她谁也没联系,她知道杰克会找她,吴伟也会找她。她其实最想见的就是郝雄。她的出走与他有很大关系。但她也不敢随便联系,怕暴露自己的行踪。

一个星期后,晚上,她在电影院门口一个公用电话亭给郝雄挂了手机。

通了。"是郝雄吗?我是叶婉。"

郝雄每天都在等她的电话。他知道她会找他的。他压住自己内心的激动问:"是我,你在哪儿?我过来看你。"

叶婉一听这话,眼泪止不住流出来了。他还等着她,他还想着她。他的话让她在这样一个特殊的时候,在这样一个安静的夜晚,感到特别温暖。她告诉了他详细住址。郝雄说你等我,就骑了摩

托,很快就找到了她住的房间。

两人的见面,没有想象中的热烈场面,只是心照不宣地笑了笑,随意地拉了拉手,就坐到了客厅的茶几边。叶婉已有准备,在茶几上摆了两瓶长城干红,还有几个卤菜,说:“来,先喝酒吧,这些都是你喜欢的下酒菜。”

郝雄就夹了几片猪耳朵吃了,然后独自喝了一杯酒,说:“小婉,你走的时候,为什么不和我打个招呼?让我好急好担心的。”

叶婉很高兴,说:“真的?你真的好急?”

“当然是真的。我担心是不是杰克对你做了什么。”他本想说他担心杰克对她下毒手,但话到嘴边又咽了下去。

叶婉就抱住郝雄,并亲了一下。但郝雄没有热烈地回应。他又闷闷地喝了一杯,问:“叶婉,你还准备躲多久?”

叶婉反过来问:“你说呢?”

“问我?我怎么知道?”他瞪着眼睛望着她。

叶婉也逼视着他,一字一顿地说:“你什么时候离开那里,我就什么时候公开活动。你不是说过也要辞职吗?不是说过喜欢我吗?我等着你。”

他当然想过这个问题,但一想到她与杰克的关系,心里就总是怪怪的,甚至有隐隐的痛。叶婉的初恋为什么不属于他呢?他为什么不是叶婉的第一个男人呢?他就移开话题,说:“我现在还没有很好的基础,至少在短时间内不能离开公司。我们先不谈这些事好吗?”

叶婉一点也不放过,问:“我们不谈这些事,那谈什么呢?而且要什么基础?我有钱,你有本事,我们还担心没有事业吗?”

是啊,还能说什么呢?能言善辩的郝雄一下子被堵住了喉咙。来之前,他想好了要问问叶婉关于西院的事。因为他感觉到叶婉和杰克这么亲近,不可能不知道那里的真实情况。只是她在公司不敢说而已。现在出来了,她一定会说的。但没想到谈话一开始就陷入僵局。能和她说自己是为了朋友的死才来公司,目的就是要查她的男友和杰克,揭穿公司的幕后阴谋吗?能说自己就是要利用她了解西院的内幕吗?特别是能告诉她自己还是公安局反间谍侦查部门派来卧底的吗?

郝雄就像一个有一肚子话要说可却说不出来的哑巴。他又灌了一大杯酒,低下了头。

见状,叶婉突然哈哈大笑,说:"什么是假男子汉?我今天算是见着了。敢讲敢说,但不敢作敢为。就是你这个样子!"

他从没有受到过如此奚落,血性一下就冲了上来。他呼地站起,一把把叶婉抱起,摔在沙发上,并扑了上去,又吻又咬,且语无伦次道:"你说我不是男子汉,我就男子汉给你看看!"

不料叶婉坚决反抗,又捶又打,最后拼力把他推到了地上,骂道:"我不需要你的赌气,更不需要你的怜悯。起来,坐下,把酒喝完你就回去。放心,我不会自杀,也不会就这样下去。我明天就去找工作。我一定会活得好好的!"说完,她就伏在桌子上呜呜地哭了。

郝雄本来还有一个想法,就是想劝叶婉重新回到杰克的身边,协助他完成对杰克的调查任务。他差点就要说出朋友齐晖的死,就要说出吴伟,就要说出杰克,就要说出我,但理智还是让他控制住了自己。他觉得不忍,把叶婉再送入狼口,再送给杰克做一个性工具,再伤害她对自己的感情,他感到了良心的疼痛。在这个问题上,为什么要靠一个女人呢?作为一个男子汉,这件事没有她真的就做不好吗?他不相信。但到了这份上,他真不知道说什么好。

于是,他默默地端了酒杯,把杯子里的酒全部满上,一口就干了。然后,他轻轻地关了门,骑上摩托,回到了自己的宿舍。

那天晚上,叶婉伤心地哭了很久很久,而郝雄则是一会儿想着杰克和他的西院,一会儿想着叶婉,也一宿没有睡着。叶婉这样做有错吗?她因为爱而紧紧逼他有错吗?他觉得世界上最折磨人的莫过于感情。

45

吴伟那几天怎么也安静不下来。他像一只无头苍蝇，到处乱窜。

叶婉自出走以后，好像从人间蒸发了一样，没有了任何消息。她这一失踪，让吴伟诚惶诚恐。她为什么要走？为什么事前毫无征兆？杰克给她钱，给她车，让她过上了以前梦想的日子，而且，在家里，他也从没听她说过杰克不好的话。可她为什么就这样说走就走了呢？别的倒无所谓，因为他知道叶婉并不喜欢他。他最担心的是，叶婉是否发现了他们合作的秘密？如果是那样，叶婉是否会去反间谍机关报案？这几天，他每天都去叶婉的家，问她父亲叶婉是否回来过或打过电话。她父亲听多了就反过来问："吴伟，小婉到底怎么啦？是出什么事了吗？"

吴伟忙说："没什么没什么，我只是想小婉为什么这么久不回来看看您？"

父亲叹了口气道："唉，这个小婉，自小没有母亲，独立惯了，也不知道她什么时候才能安定下来。你这段时间也没看到过她吗？"

吴伟忙安慰说："不不，我前天还看到她呢。我和她、杰克在一起吃晚饭。只是昨天我们为了一点小事吵架了。她很生气。”

父亲就说:“是这样啊,那没关系的,她就是这个性子,很快就会好的。”

吴伟当然知道,叶婉不可能给他打电话。但她会去哪里呢?他也找过在南湖的亲戚,都说没有她的消息。无奈,他不得不给杰克打了电话报告了这些情况。

叶婉走了,姜波也联系上了,而且他的作用和潜力要比吴伟大得多。毕竟他有技术,素质要高一些,发展势头要好一些。只要自己努力,再加上金钱的辅助,不能说他没有再往上爬的机会。而吴伟呢,可能再怎么弄,估计也难弄出什么名堂。因而在杰克的心中,吴伟这样一个小瘪三已经没有什么用了。所以,接到他的电话,杰克的态度很冷淡,语气也很轻漫。

他说:“我没想到你连这样一件小事也做不到。你是她的男朋友,你就没有一点办法吗?没找到叶婉,你就再不要见我了,每月的补贴嘛,我想你也不好意思再拿,是吗?”说完就把电话挂了。

这一挂,就把吴伟所有美好的梦想与憧憬都变成了烟云。他一屁股坐到了地上,竟抱着电话筒埋头哭了起来。

他发誓一定要找到叶婉,一定要重新抬起头做人。从第二天开始,吴伟每天下了班就去叶婉的家等候。他想,叶婉和她的父亲很有感情,现在他们是一种相依为命的关系,叶婉再怎么样,不可能不和她父亲联系,不可能不回家看看父亲。他回家以后,就积极地做家务活,陪着老父聊天散步逛商店。

有一次,他问:“爸,小婉很孝顺的,为什么这些天不和您联系,也不回家?”

父亲叹了口气道:“唉,小吴,看来这次她是真的和你生气了。”

吴伟逐渐感到了绝望。他不再去叶婉的家。

吴伟又回到了工资族,额外的收入断了。他确实有一段时间

不好意思和杰克联系。他每天下了班就神情沮丧地坐在宿舍发呆，没有底气再像过去一样潇洒、逍遥。有好几次下班，他看到姜波在路边拦的士出去，心里那种感觉不是能用痛来形容的。更有甚者，姜波对他的态度也有了明显变化，对他爱理不理的，有时连一句招呼都不打。他知道，如今姜波是杰克的红人了，而他成了被别人丢掉的垃圾。人啊人，也太势利了！

他越想越气，买了一箱红星二锅头放在家里，每晚睡之前喝一瓶，借以麻醉自己。过了一段时间，小瘪三的心态重新浮了上来。他觉得他不能就这样任人宰割，坐以待毙。他更不能让别人踩到自己的肩膀上。他要变被动为主动，哼，你杰克是什么人我还不知道吗？你的小命攥在我手里呢。

于是，在一个中午，他挂通了杰克的电话，神秘兮兮地说有要紧事向他报告。杰克以为是关于叶婉的事，或者是关于空军的事，以前他就交待了吴伟，在电话里不谈重要敏感的事情，所以他就答应了。两人约好当天晚上在梦湖咖啡厅见面。

46

吴伟早早地去了咖啡厅，在一个角落订了桌子，并叫了一瓶红酒和几个点心在等候。只要杰克能来，就是好事，他就有希望。吴伟的心情非常激动。

杰克姗姗来迟，他还是保持着绅士风度，有礼貌地点了一下头表示道歉，但转而又冷淡地问："有什么事？快说，我还有一个重要活动。"

吴伟一见他这个样子，高兴的心情立即化为乌有，气也不打一处来，但他还是压抑住了情绪。他知道，现在是自己有求于人。他说："杰克先生，你真的不念旧情，就这样对待我吗？你觉得公平吗？"

杰克冷笑了一下："吴伟先生，在如今这个社会里，讲报酬就要讲贡献，讲投入就要讲产出。你说说，我现在还和你交往，还给你报酬，意义何在？"

吴伟说："你认为我对你真的没有意义了？"

杰克点了点头说："是的。你找到叶婉了吗？机场你是不是能进去了？你是不是转了干有了当官的希望了？"

吴伟说："不错，这些我都没达到你的要求。但有一点对你应

该是非常重要的，它关系到你在中国的安全。”

杰克噢了一声，问：“你有何高见？”

吴伟笑了笑，说：“我掌握了你的秘密。我只要捅出去，你想到过后果吗？”

杰克哈哈大笑起来：“你掌握了我的秘密？笑话。你最多只能说我对空F师感兴趣，但那有什么？我从小就喜欢飞机，特别是对那些具有先进性能的飞机，我尤其好奇。而且，中国现在也讲法律了，法律是讲究证据的。你能拿出定我罪的证据吗？我喜欢飞机也是犯罪吗？”

吴伟说：“这只是一个方面，我怀疑我以前的同事齐晖是你派人杀害的。我现在还怀疑你是在拉姜波窃取空军的情报。所以你最好要识相点，不要得罪我。你无情，就别怪我无义。中国有一句古话，叫人急了骂娘，狗急了跳墙。请别把我逼急了，人到了走投无路的时候是什么事都会干得出来的。你相信吗？”

杰克一听，脸色更为冷峻，眼睛里露出了隐隐杀气。毕竟是职业特工出身，他一会儿转冷为热，很亲近地拍拍吴伟的肩膀道：“吴伟先生，我们W国人最欣赏你这样直爽的人，好，你痛快，我也痛快。刚才就只当是玩笑吧。你想怎么样？直说。”

吴伟一见，脸色也随即云开日出。他说：“杰克先生，你了解我的，我其实并没有过高的要求。叶婉的出走和我无关，我也花了很多力气找她；你认识姜波，我是有功劳的。我真的是对你没有二心啊。我只要你还是和以前一样对我就可以了。”

杰克一听，心中暗笑。他看不起吴伟，更觉得吴伟就是自己的掌中物，随时可以置他于死地。我从后来对杰克的讯问案卷中得知，他就是在这个时候对吴伟透露了齐晖之死的秘密。他已有了一个计划，吴伟已死到临头。所以，把这个秘密告诉他也无所谓了。

他说：“吴先生，你放心，我以后会和以前一样对你好的。明人不说暗话,既然你说出来了,我也不想再隐瞒你了。齐晖确实是我杀的。我在他的房子里施放了一种我国情报部门最新研制的毒气,无色无味,法医是鉴定不出来的。等他死后,我们的技术人员打开了煤气,制造了一个迷惑警方的假象。只是很可惜,那天没想到还有一个女人和他在一起。那个女人是无辜的,我们深表遗憾。干我们这一行,必须讲究忠诚。不忠诚的人,他要么远远地离开,要么就永久地消失!"

听了这一席话,吴伟的背上冷汗涔涔。

杰克见状,就站了起来,从袋子里拿出一沓钞票放到桌上,说:"我相信吴先生是忠诚的。这是你这一段时间的补贴。前段时间我只是对你考验考验,实践证明,吴先生是靠得住的,你并没有出卖我嘛,对吗?好了,有事和我联系,我得先走了。"

吴伟连连点头:"您放心,我不会和任何人说半句的。"他收了钱,还抢着埋了单,接着一个人打的回了宿舍。

有了钱,吴伟又可以吃喝玩乐了。一天凌晨,他喝了酒后去了"碧海蓝天"洗澡,蒸了个桑拿,还叫了个温柔的小姐作了一番按摩。只觉神情气爽,就一个人走了出来。路上的人寥寥无几。他在路边走着,边走边回头望,看有没有的士。

突然,从一个拐角处,一辆卡车裹风而至,直向吴伟冲去。他来不及叫唤,就被强大的冲力撞出了二十多米。

有人看到了这一幕,当即报了警。警察赶来时,那人说:"是一辆大卡车,没有牌照的。"

警察问:"是东风还是黄河还是别的?"

那人说不知道。

警察摇了摇头说:"这可能又是一个冤鬼了。"

原来,因为南湖市建设如火如荼,基建工地到处都是。市政府为此专门发文,规定工地拖土车辆白天不准上路,只能在晚十点到晨六点营运。这些车辆五花八门,大的小的,新的旧的,有牌无牌

的，什么都有。而那些司机因为晚上人少，速度是一个比一个快，简直是横冲直撞，如入无人之境。有几次晚上加班后，我们几个同事出去吃夜宵，在马路边上走，一辆辆拖土车从身旁呼啸而过，尘土飞扬，真的吓人。全市这几年就有几十号人是被这些车撞死的。交通部门无能为力，至今还有好几起肇事案挂在记录本上，没有任何线索。

他们从吴伟身上找出了工作证。于是，几个人一边把尸体送往火葬场停尸房，一边与空F师维护厂联系认领事宜。

杰克还没有睡。他在等电话。一会儿，电话打进来了，那头的人用W国语说："老板，事情搞定了。"

杰克问："车呢？"

那人说："正在洗，牌照也上好了。放心，这样的车在南湖市有上千辆。"

杰克说："干得好，休息吧。"他和往常一样，对这一行动的整个过程又回忆了一遍，确证没发生纰漏，才如释重负地上了床睡觉。

几天后，杰克给了姜波两千元钱，请他转交吴伟的家属，说代他向吴家表示哀悼。

叶婉得到这一消息，当即打电话给父亲。在电话里听得出，父亲很悲痛，一度还泣不成声。叶婉知道，父亲是把吴伟当做亲生儿子看待的。她的心情也非常复杂，不管怎样，他在最困难的时候帮助过父亲，虽然她对他没有什么感情可言，但他对自己是好的，是真诚的。她觉得她应该去见吴伟最后一面。

于是，她约了父亲，两人一同去了殡仪馆参加了吴伟的追悼会。叶婉站在那里，望着吴伟的伯父伯母，看着他严重变形的遗容，一声未发，但眼泪一直静静地流着。

47

对吴伟的死,我的直觉认为,并不像交警部门说的那样简单,基本可以肯定有杰克插手的背景。因为从技术部门的侦听情况来看,吴伟的用途已不是很大,杰克有了更有利用价值的姜波。而且这一段,叶婉已经出走,吴伟和杰克的关系露出了裂痕。吴伟属于那种混混无赖型的人,他掌握了杰克的一些情况,稍不如意,他就会做出鱼死网破狗急跳墙的事来。但高明的杰克绝不会给他这样的机会。

局处领导都同意我的看法。但是,没有直接证据,就像齐晖的死一样,如今还是一个谜。我们也只能任凭吴伟的尸体被送去火化。

空F师那边的秘密清查结果也已出来,泄露的文件资料主要集中在研究处与战训处,而据了解与考察,这两个处的十一名干部都经过严格的政审,没有海外关系与海外背景,八小时以外也没有不正常的活动和交往,收入与消费基本吻合,他们都没有任何出卖情报的动机与疑点。那这些文件资料又是怎么出去的呢?我们分析还有两个可能,一是网络不安全,敌人可以攻进来窃取;二是这两个处最近是否把所用的电脑拿到外面去维修过?如果是,又是

在哪家公司哪个店维修的？之所以这么分析，是因为当今各国情报间谍部门逐渐把先进的科学技术用于情报窃取，毕竟直接派人要危险得多，成本要高得多。特别是W国情报部门，其“黑客”技术非常高超，曾经攻破了很多国家的国防部网站，获取了不少情报资料。

对此，我局立即要求技术检测处派出得力技术干部进驻空F师，协助空军保卫部门对该师的运行网络进行安全检测。同时也对第二个问题予以调查。

一天后，结果又出来了，又把我们搞得悻悻然。空F师的整个工作网络非常安全，防范非常严密，特别是对一些机密以上文件的阅读与传输，基本上做到了物理隔离，封闭运行，外面是攻不进的。而这两个处的电脑在近三个月里都没有进行过维修。

当然，我们对这一结果并没有灰心，因为不管怎样，文件资料主要是这两个处的，问题肯定在这两个处里，这一点是毫无疑问的。我们是唯物主义者，我们不相信那些文件资料会自己不翼而飞。为此，曾处长提议，要我第二天陪他去那两个处的办公室实地察看一番。

“我就不信敌人的卫星能透过墙壁和柜子拍到那些文件！”曾牛自言自语道。

第二天，我们就去了空F师，对研究处与战训处进行了具体的走访。在走访中有一位干部提供了一个情况，使我们的调查工作拨云见日，看到了曙光。

他说：“电脑我们确实没有拿出去维修过，按部队保密规定，电脑出了问题，只能到外面请人上门来修，并且不能固定专人；同时，在维修过程中，我们有专人在现场看护，整个过程不能出现失控。但有这么一个情况，两个月前，南区区委副书记刘之光受区委委托，赠送了我们几台碎纸机和扫描仪，师里就全部给了我们研究处和战训处。最近安达公司一个技术维护员，说是受刘之光副书记的委托,倒是来过几次,问我们的使用情况和设备的运行状况,每次来都很热情,很细致,都要对设备进行检查并登记。别的,就没有什么情况了。”

曾牛一听,他特有的职业神经顿时活跃起来。他事后说,那几句话突然间给他注入了灵感。他在想,线索只能在这里,也肯定在这里。但他也犹豫过,那可是刘之光受区委委托赠送的呀。堂堂一个区委会有问题吗?区委副书记会有问题吗?他会是一个间谍吗?真不敢想象。然而现在这是唯一的疑问和线索。

曾牛当时没有吭声。他叫人搬来了一台碎纸机和一台扫描仪,用车载回了局里,并把自己的想法报告了局领导。技术部门几名高水平的技术人员很快赶到了我们处里,并立即对两台设备进行了检测。同时,细致的曾牛又打了电话给南区区委书记,说有一个重要事情要向他单独当面报告。书记答应了。曾牛就如此这般地吩咐我去汇报。

他告诉我,要我当面问书记,区委是否委托过刘之光向空F师赠送过这些碎纸机和扫描仪,如果是,另当别论;如果不是,要书记务必保密,绝不能向刘透露。

我去了,书记很认真,就在办公室等我。我按曾处长提示的说了。书记当场就予以了否认。而且他还严肃地表态,一定配合我们做好相关工作。我请他一定要保密,这可是国家机密。他说放心,他以党性担保。

这边的技术检查也有了眉目。那些设备存在严重的窃密问题。每台设备的端口都被人安装了非常先进的窃照仪器,很小,不易发现,但功能特别好。只要设备启动,它马上也进入工作状态,凡从端口经过的文件,它都会自动拍下来,并自动存入微型磁盘。

真相大白。敌人终于露出了尾巴,一个隐藏很深的内奸也呈现出来了,我们的心情都异常地兴奋。于是,我们即刻开会碰头研究。车副局长说,暂时不要打草惊蛇,刘之光很可能只是一条面上

的鱼,我们的目标在于揪出他幕后的主子与黑手。一个行动方案很快形成。

设备又原封不动地送回了空 F 师。我们和师领导立即出面,召集那两个处的工作人员作了精心的动员与安排。我们总的要求是,一切好像都没有什么变化,一切也都不能有什么变化。

48

叶婉的出走，叶婉的现状和叶婉的感情，我都了如指掌，因为郝雄都原原本本地告诉了我。我好几次都产生了去找她的冲动，但最后还是克制住了自己。在这个时候，我决不能出现，更不能让彼此间的情意重新燃起。

当然，我还是好几次偷偷去过叶婉住的地方，远远地躲着，看她出来散步，出来买菜。她其实并没有多大变化，仍是那么美丽，散发着贵族气。我这才理解，郝雄为什么不顾我的多次提醒而执迷不悟。

期间，我两次碰到郝雄与叶婉同进同出，似乎很亲热，叶婉好像找到了真爱，头靠着他的肩，手挽着他的臂，很幸福的样子。

但我的责任告诉我，必须得再次警告郝雄不能和叶婉有什么瓜瓜葛葛了。因为一旦被杰克知悉，那他现在这个位置就立刻会化为乌有，我们的工作意图就会全被打乱。要知道，物色这样一个人，打入这样一个位置，是多么的难啊。如今，郝雄正逐步进入杰克的核心，逐步取得杰克的信任，如果这个时候因为这件事，一切都将前功尽弃。我和我的同事谁也不愿意看到这种结局。

为此，我约见了郝雄，并给了他必要的提醒。

没有料到的是，郝雄拒绝了我的好意。他说："对不起，要我不和叶婉来往，我已经做不到。她现在离开了杰克，可以说她和那个公司没有任何关系了，我为什么不能和她交往呢？我声明一点，这是我的私事，你不要干涉了好吗？不过，在和她的交往中，这一段时间我会注意不让杰克发现。同时，你和你的同事放心，从大的方面说，我是一个中国公民，你们交给我的任务，我会尽力去完成，而且事实上我也在尽力做；从小的方面说，为了我的朋友齐晖，我也会去全力掀开那层黑幕，为他讨一个公道，好让他在九泉含笑。"

话说到这份上，我真的不能再说什么。我知道，这个时候如果再说大道理，再说些他不愿听的话，不仅毫无意义，弄得不好，还会起相反的作用。而且，从工作的角度来说，他既不是我的同事，我更不是他的上级，我还真的没有什么好办法去制止和制约他。我们就那样默默地喝了一会儿酒。为了免除尴尬，我推说还有点事，两人就分手了。

临走，我拉住他的手说："兄弟，为朋友两肋插刀，你真够义气。一切小心！还是那句话，有什么事，一定要告诉我。我是真心为你好，绝没有其他意思。"

他点了点头，说知道。

郝雄继续敬业地在 W 国电子通讯公司工作着。由于他位居总经理秘书，虽然是中国人，但毕竟到了核心的外围。他获得情况的渠道以及情况的深度明显比以前有了很大的改变。据他的感觉，他认为杰克的任务重点就在公司里的西院，搞空 F 师的情报应只是他的副业。那个地下超市里肯定有不可告人的名堂。而一切的秘密很可能在那间所谓监理室。因为那里 24 小时都是 W 国人值班，有一次他向杰克提出，考虑到 W 国人太辛苦，是否可以换一换中国人值班，遭到了杰克的断然拒绝。杰克还直截了当地告诉他，以后再不要提这样的建议，并且说，这不是秘书的职责。

他也就再不便吭声了。不过郝雄总有一种预感，那就是杰克说过的“封口”肯定在那间监理室里。而那间监理室里肯定藏有不能见人的秘密。

有一次，W 国派了一架“外交”包机飞到了南湖。W 国领事馆用专车拉回了两个大木箱。那天晚上，为不引起中国反间谍部门的注意，杰克特意派郝雄带了几个中国工人开货车去领事馆拖回了木箱。木箱就放在东院的仓库里，有专人看守。

郝雄下班就没走，他想看看那两个木箱里到底是什么东西。一直到超市那边的基建工地下班了，郝雄才看到几个 W 国人打开了箱子，杰克和劳斯在旁边指挥。郝雄的 W 国语还算过得去，他断断续续地听到杰克在说：“小心，这是总部运来的尖端设备，绝不能碰坏！”

然后，郝雄看到那几个人把里面的东西搬到了监理室。监理室马上拉起了厚厚的窗帘，除了灯光，什么也看不见。郝雄算了一下时间，那些人在里面足足弄了一个多小时。

郝雄不解，如果是普通货物，为什么不能在白天运送？为什么要在晚上，还神神秘秘偷偷摸摸的？为此，郝雄向我建议，要我提醒公安局的领导，下次如果 W 国还用所谓外交包机的形式运送设备，一定要联合机场、海关等部门，找个借口开包检查，看看里面到底是什么。

我觉得这个建议很好，就报告了车副局长和曾处长。他们也认为建议不错。我们就花了两天时间，起草了一个方案。我们行动的前提是，W 国用包机形式运送了对我国家安全可能造成危害的货物，决不能让他们得逞。我们的请求是，下次如再发现这种情况，以海关的名义对其实施检查。

这个方案很快得到了市委的同意，并报送到了省国家安全厅与国家安全部，不久又到了外交部。一个月后，北京方面答复，同意我们的意见。

49

空 F 师研究处的扫描仪又出现了故障。一个干部打了个电话给维修公司。那个常来检查的维修技术人员接到电话，很快就骑了个摩托来到了部队。

他非常热情，技术也不错。他修好扫描仪后，热情地说："反正我来了，我再看看其他设备的运行情况。"

他于是就到几个办公室，像往常一样，对另外的扫描仪和碎纸机进行了认真检查。

那天局里派出了一个精干的侦查小组，开了两台状态很好挂着军牌的黑色轿车守在空 F 师的大门口。不一会儿，那人出来了。我们就跟在后面。

那人叫谭威，二十八岁，安达维修公司的技术员。

谭威骑了摩托径直回了公司。我们的外线也下了车，把整个公司的前后门都作了严密控制。

他并没有马上出去和人联系。我们在外面等了很久，不见他出来。天已经黑了，我有些心急，这个公司应该不会有其他通道吧。外线一位同事说，他这几天专门到附近做了了解，除了前后门，再无其他出路，要我放心。一直到晚上 7 点多，谭威才终于露面。

这时，技术侦查部门的同事打电话告诉我，刚刚谭与刘之光通了话，他们约在南湖市大剧院门口见面。

我立刻安排了一部分负责外线的同事撤离现场，赶往大剧院，选取最好的地理位置，做好秘密拍照与秘密录像的准备。我们几个很快上了车。

谭威在路边打了辆出租。我们在后面紧紧跟着。

他果然是去了大剧院。那边外线悄悄告诉我，刘之光已经到了。

按照局领导指示，这一次不能在现场抓捕他们，而要放长线。下一步要看刘之光拿了这些资料到底送给谁，也就是说刘的后面到底是什么大鱼。

剧院正放一部美国大片，门口人头攒动，确实是一个接头的好地方。

谭威在人群中穿插着，漫游着，慢慢走到了剧院门口的大狮子旁边，他拿出了一根烟点着，眼睛四周扫视，看是否有人盯他。一会儿，他可能感觉到很安全，就把一个小盒子放到了狮子的爪子下，然后迅速离开了那里。

大约过了五分钟，刘之光也走了过去，也是四周望了望，见无异常情况，他取了盒子放到包里，同样很快地离开了剧院门口。当然，这一切都被我们秘密拍录了下来。

原来刘之光就是我们经常在侦听中熟悉的“鲨鱼”。他当然不知道，他此次拿的资料都是经过我们处理了的很普通的材料或假文件。

从那天起，刘之光就彻彻底底纳入了我们全天候的侦控之中，包括刘洋，包括周浩，包括那个代号为“船长”的使领馆武官亨利。通过侦控，我们发现刘洋和周浩是完完全全的不知情者。很有可能是刘不愿意，也清楚不能把他们拉进来，这说明他还有起码的理

智。至于他为何会走到这一步，我和曾处长多次进行了分析，认为其中肯定有难言之隐。因为他的家庭其实很不错，他本人是区委领导，老婆在南区的工商局，女儿在留学，周浩在外企。如果是政治上有问题，比如政治立场发生了变化，政治信仰出现了动摇，那他早应该变了。但据我们掌握，以及调阅相关的侦控资料，他的变化或者说明显的出卖情报动作是在他女儿出国以后。这就是说，他有可能是出国送女儿时被W国情报部门的人策反，也有可能是他为了钱，为了让女儿在W国过得舒服，就主动投敌。车副局长和刘之光还比较熟，知道这一情况后异常痛心和惋惜，他说，刘其实本质是不错的，多年来工作也非常勤奋，对党和国家也很有感情。因为他是一个外地农村的穷家子弟，恢复高考以后才得以有机会出来读书，后来分配到城市工作。车副局长说，他不相信是刘主动投敌的，肯定另有原因。为了挽救干部，他说我们不能见死不救，不能让他越陷越深。

为此，他建议，找一个适当时机秘密拘传刘之光，做好他的工作，让他戴罪立功，争取一个好的处理。不然的话，车副局长长长地叹了一口气道，他就只有死路一条了。

我们听了也觉得心情很沉重。我的内心里还有一个考虑，我和周浩是好朋友，他帮过我，帮过叶婉。我真的不愿意周浩还没结婚就死了岳父，而且死得还很不光彩，不愿意那个美丽的刘洋还没步入社会就背上一个终生难以去掉的沉重的包袱。我几次从郝雄的口中得知，周浩在电子通讯公司表现非常优秀，是一个值得信赖的非常敬业的小伙子，而且从客观上也支持了我们的工作；他和刘洋的爱情也是幸福甜蜜的。我真的不忍心改变这种局面，那是一个多么美好的家庭啊！

于是，我们按照车副局长的指示，对这一段时间的侦控工作做了一个小结，对一些证据作了归纳，同时拟定了一个对刘之光的收网方案。

有一段时间,我请求局里派一位同事负责监视叶婉。目的有二,一是考察郝雄对我们的忠诚度,看他是否沉迷于感情,而忘了我们交待的任务。二是保护郝雄。因为如果杰克发现了他与叶婉的交往,不排除杰克会加害于他。局领导同意我的看法与建议。

监视表明,那一段时间,郝雄几乎天天去叶婉租住的地方,两人俨然成了同居关系。听到这一情况,我的心情异常地沉重。倒不是别的,而是我太了解叶婉。她从内心深处,需要的是一个丈夫和一个温暖的家。但郝雄能给她吗?我感觉到,郝雄迷恋的是她的美貌与她的气质,他能接受她曾经是杰克情妇的事实吗?以后他还能接受她曾经被强奸过的历史吗?沉重的另一个方面是,叶婉的变化居然如此之大,用情居然如此之滥,出乎我的意料。

我对他们这种生活状态,感觉非常不安。因为这肯定又是一个无言的结局,而这一次的结局给叶婉带来的伤害将会比前几次更大,毕竟她的年纪大一些了。面对这样的伤害,历经磨难苦觅真情的叶婉将会采取什么报复措施呢?所以,我对他们两个的这种状态真的非常担心,担心他们彼此的伤害会变成彼此的仇恨,而一旦有了仇恨,什么情况都会发生,这肯定是不以我们的意志为转移的。

一个月后,负责侦听的同事提供了一个最新信息,说叶婉又和杰克联系上了。在电话里,叶婉说她还是想回电子通讯公司工作,请求杰克原谅她。杰克竟然很爽快地答应了,并说总经理秘书位置仍然为她留着。

这一信息让我们措手不及。叶婉怎么还想回去?她为什么要这么做?她不是好不容易才离开那个地方吗?我们做了认真的研判,但并没研究出一个大家都能接受的结论。叶婉的这一着确实令人费解。

车副局长说,走一步看一步吧。

事后我才知道,原来郝雄是实实在在陷入了情网。他为了表

达自己的爱，更为了使叶婉相信他是真心的，就把自己来公司的目的全讲了出来。幸好他没把我和我们反间谍部门的意图与情况出卖，那样的话，后果更不堪设想。他说，叶婉，我请你再回去吧，回到杰克身边，算是为我，也是为我死去的朋友齐晖，为你死去的男朋友吴伟，行吗？我把我的生命都交给了你，你还不相信我？

当时，叶婉听了感到非常震惊。杰克杀人？杰克为什么要杀人？她不相信。

郝雄告诉她，他怀疑杰克是 W 国的间谍。他的目标是空 F 师。这一说，叶婉似乎对以前的一些疑问有了比较清醒的答案了，难怪杰克当初那么喜欢吴伟，难怪那个时候他花那么大的本钱让她和吴伟经常去空 F 师活动。她当初去应聘，杰克一眼就看中她，是否也有吴伟的因素？她想不下去了，也不愿再想下去。一切都过去了，对于她还有什么意义呢？

叶婉感动的是郝雄对朋友的仗义，同时也对杰克的阴险残酷感到非常愤怒。但那些事情并没有真正打动她，齐晖也好，她不认识；吴伟也好，她不爱，这些人在她的心里都是别人，和她无关。她凭什么要为他们去牺牲自己？她倒是很快悟到了一个机会，就说，我可以回到那个狼窝里去，也可以想办法帮你，但我决不是为了他们，也不是为了国家去抓间谍。我纯粹只是为了一个人。你要答应我，事情办成以后，也就是把杰克抓了后，你要娶我，要好好爱我，不准嫌弃我。

郝雄就非常郑重地向她发了誓。就这样两人一拍即合。紧接着他们还制定了一个自以为周密详细的专门针对杰克的计划。他们背着我所做的这些事情，特别是郝雄的所作所为，那个时候我一点儿也不知道。郝雄作为我的线人，忘记了线人起码的纪律和基本的要求，终究他要自食其果，并为此付出代价。

50

叶婉回到 W 国电子通讯公司后，杰克真的没有食言，他仍然提议任命她为总经理秘书。郝雄则又回到了法律顾问室。

郝雄前一段代理秘书期间，由于工作关系，与 W 国的劳斯先生有所接触。劳斯温文尔雅，谈吐风趣。有一次杰克出门办事去了，劳斯要找他没找着，就在秘书室和郝雄攀谈起来。劳斯的中文水平较高，表达能力也强，而且还能背很多唐诗宋词。

他说他最喜欢李白的诗，豪爽意气，磅礴大气，也喜欢王维的诗，诗画意境，清新恬淡。他说他不喜欢杜甫的诗，暮气沉沉，读了难受，用现在中国人的话说是不能让人积极进取，奋发向上。但总的来说，他认为唐诗是后代中国人再也无法逾越的诗歌巅峰，它创造了太多的形式、太多的韵律和太多的意境，至今读来仍使人感怀不已。

这一番议论让当年语文课的佼佼者郝雄都有些汗颜。这老外还真要刮目相看，他在心里骂道，他妈的对唐诗的研究比我还精！

不过，那次他们谈得非常开心，颇有一种一见如故相见恨晚的感觉。劳斯说，他毕业于 W 国的国际关系学院，在外语上他主修的就是中文。他还说来中国之前，专门拿了地图对南湖做了一番

研究，又找了历史书作了一番考察，但那都是中国人喜欢说的纸上谈兵。当真正来了之后，他才发现南湖比书上说的要美一百倍。他一来就爱上南湖了。他把南湖比作是一颗珍珠，虽小巧玲珑，但却闪烁着耀眼的光芒。

郝雄连连向他表示感谢，说至今还没有哪个人是如此恰如其分慧眼识珠地赞美过他的家乡。郝雄通过观察，觉得劳斯在W国人中是一个小头目，而且他经常出入西院的基建工地特别是那个神秘的监理室，他一定知道西院隐藏的内幕，就邀请他出去喝酒。可劳斯拒绝了，他轻轻说，杰克不会同意的，杰克有要求，不准他们与中国人接触。

郝雄就问，为什么？

劳斯摇了摇头，笑着说，对不起，这个是国家机密，不能告诉你的。

郝雄就笑，一语双关地说，这里难道还有贵国的机密？哈哈，我怎么感觉不到？

劳斯也笑着说，如果连你都感觉到了，那还算国家机密吗？

由于叶婉的突然变故，我紧急约见了郝雄。我问他为什么叶婉又回去了？他承认说是他要她回去的。

我再次问，为什么？

他就说是为了工作，要我暂时别管这事。然后，他把话题引开了，向我介绍了劳斯上述情况，且说，他想和劳斯交朋友。他感觉到劳斯在公司里的地位相当于二把手，在现在的西院，特别是那个神秘的监理室，他是出入自由的。他肯定知道所有的内情。郝雄又说，他想拼尽全力攻下劳斯。待到一定时候，他会向劳斯打听西院的情况，最后一定要打听到齐晖是否就是被杰克害死的。基于这个考虑，他说他就不能再兼秘书一职，那样精力太分散，到时什么也干不成做不好。他最后说，李警官，以后他和叶婉个人之间的关系以及他们之间所发生的事情，他不想什么都对我说。他说他也需要有一个自己的隐私空间;但工作上的事,他会一事不漏地向我报告,绝不会隐瞒半点细节。

我那天听后没有表任何态,我得回去向领导报告。这是一个重要情况,但很有可能成也劳斯,败也劳斯。我只是说,郝雄,与外国人特别是与杰克身边的W国人打交道,一定要注意。据我们了解,杰克是有内部规定的,弄得不好,就会前功尽弃。你暂时先不要主动,待我报告领导后你再行事。

郝雄答应了。

离开以后,我的心情异常复杂。我想到多年以前的周浩以及在深圳天龙时我和他的那一番对话。其实我和我的单位现在不正是在利用叶婉的情感与身体吗?不也是认为她是在为国家服务吗?当初我那样费劲地阻止她、帮她,不就是想让她清清静静地拥有一份好的工作、一个好的环境和一个好的男人,过一种幸福快乐的生活吗?但如今呢?眼看她在这个游戏里越玩越深而她却浑然不觉,我真的有一种内心深处的痛。这时的我,一点办法也没有。在国家机器的面前,我真的感到了自己的渺小。我苦笑了一下。我还得去把郝雄的"妙计"向领导报告,还不能说郝雄与叶婉微妙的关系,更不能说他还在擅自利用和发展叶婉。在我的内心里,我不否认郝雄是一个优秀的男人。但叶婉现在是这样一个角色,他会好好爱她吗?他真的会不嫌弃她而娶她吗?我感觉不会。他如果真的是发自内心爱叶婉,他会再把她送到杰克的床上让他每天蹂躏吗?我成了一个吃了黄连的哑巴,有苦无处说,只能在心里痛,在心里急,为叶婉感到悲哀。

听了我的汇报,车副局长与曾牛几乎都认为这是一个好机会,一定不能放过。他们说以前根本就没有和W国人接触的机会,现在有了,要抓住。但是,在刚开始的阶段,千万不能随便去套取情况,而要建立感情,摸清对方意图,再相机行事。同时,要提醒郝雄,他们的交往不能让杰克觉得别扭和担心,要让他看不出什么破

绽,更不要引起他的怀疑。比如可以在办公室,自自然然,大大方方,即使杰克看到了,也没有多少话说;也可以在业余时间把劳斯约出来,因为劳斯天性有诗人气质,喜欢游山玩水,摄影吟诗,就算杰克知道了,你也只是尽地主之谊,做个导游而已。同时,在适当时候,要郝雄把曾牛和我介绍进去,营造一个氛围,共同开展对劳斯的工作。

我在次日的下午就把上述意见转告了郝雄。他很聪明,一听就懂。临走时,他说放心,他感觉到劳斯和其他W国人不一样,很特别,应该是W国人中的一个缺口。他相信从这个缺口可以得到我们感兴趣的东西。

和他分手后,我就去了民政局。

小箐约我去办离婚手续。她和我约了几次了,但都因为我没有时间而未办成。协议是我们两个用电话谈好的,文字我已经看过,都同意,所以办得很快。儿子归她带着,我出生活费,并负责儿子今后教育、医疗费用的一半。我们是有说有笑进去的,把办离婚手续的干部都弄得莫名其妙。

他反复问了我们两遍:“你们是来办离婚的吗?”意思是我们是否走错了地方。

我们说是的,是来办离婚的,他才给我们递出了两张申请表。

出了民政局,小箐说:“我们吃顿饭吧,算是告别仪式。”

我说:“有必要吗?”

她说:“以后我们还是朋友呀,何况我们是有一个共同儿子的朋友。”

我想了想,也对,夫妻不成情义在,今后经常还要见面呢,就说,行吧,希望我们以后是亲戚。

那晚的饭倒是吃得很温馨。我们都做了比较深的情感解剖与自我批评。她说的几句话至今仍让我感怀。

她说:“你很有才,也很懂爱,心地善良,为人诚实,完全具备做一个好丈夫的条件。但很遗憾的是,你入错了行,找错了单位。干你那一行,不应该成家。如果谁嫁给你们这一类的人说幸福,要么是宣传报道胡说八道,要么她就不是一个真正的诚实的女人。"

我当时说:"你说得没错,男怕入错行,女怕嫁错郎,我很理解。但任何一个国家一个社会,哪一行都是需要人去做的,何况是我这一行。"

她笑着说:"我不跟你争了,我们还是老毛病,说不得两句就要吵。来,我敬你一杯,祝你以后找一个温柔体贴的好女人。"

我说:"彼此彼此。"

51

有一天晚上 7 点，我被通知到市局党委会议室开一个紧急会议。

我到会议室的时候，局长、车副局长和曾处长都已经到了。几根烟枪正腾云驾雾，把我的眼睛呛得流泪。大家都好像神情严肃，局长更是眉头紧锁。我感觉到今晚要发生什么大事。

人陆陆续续到齐了，比较多。看这架式，可能是要采取什么行动似的。我们就都望着局长。没想到局长只一句话："局党委决定，对刘之光的收网行动今晚正式实施。请车副局长通报一下行动方案，对人员作个分工。好了，我走了。"

车副局长通报与安排完后，行动组、预审组就开始了准备。

原来，为了行动前的保密，除了局长和车副局长，这一行动没有通知任何人，包括负责这一案件的曾处长和我，其他行动人员就更不知晓了。而且，事前车副局长已与南区区委书记见了面，把市公安局党委的意图做了说明，请求区委给予配合，并把方案的大致内容作了介绍。车副局长最后特别强调保密工作，说此事千万不能走漏半点风声。书记很支持，说这件事只有他一个人知道，只要泄露出去了，唯他是问。然后书记说就按方案办吧，今晚 8 点，他将按我们的计划召开常委会。

我们赶到区委时,常委会已经在开了。我们就坐在外屋等候。大概只等了半个小时,会议就散了,常委们陆陆续续出来了。

按当时约定的信号,只要会议散,我们就进去。因为书记在散会时会说一句,请刘之光同志稍等一下,还有点事要商量。刘之光自然不能走。

车副局长没去,他和刘之光熟悉,就在下面车里和行动组的人等。曾处长和我进了会议室。我在跟踪的过程中就认识了刘之光。

此时,他见我们进来,微微愣了一下。书记见状就说:“老刘啊,我介绍一下,这两位是市公安局反间谍侦查处的同志。他们想和你谈谈。”

这一说不打紧,我看到刘之光的脸在灯光下刷地变白了,随即额头上就布满了汗珠。我还看到他拿笔的手在颤抖。他很勉强地向我们点点头:“你,你们好。”又转头问书记,“您说有事,就,就是他们找我?”

书记此时收起了笑容:“刘之光同志,你做了什么对不起国家的事,你自己心里最清楚。市公安局的领导为了及时挽救你,才在这个关键时刻来找你。他们不忍心看到一个受党培养多年的领导干部就这么在卖国的道路上继续滑下去。你跟他们走吧。我会和各方面打招呼,就说区委给了你一个重要任务出去了。在这段时间里,请你一定好好反省自己,争取有一个好的结果,不辜负大家对你的期望。”

听了这话,刘之光的眼泪一下子就出来了。他砰地跪到了地上:“我有罪,我是有罪!我对不起党,对不起国家!我一定老实交代,争取从宽处理。”

当他抬头时,我发现他的眼泪和鼻涕已弄糊了一脸。那形象真令人遗憾和痛心,也让我终生难忘。

当晚我们就对刘之光进行了突审。

突审非常顺利,他把自己是如何被W国情报部门策反、如何与W国领事馆人员联系、如何传递情报及收取经费等等都作了详细交代。当我们故意偶尔谈到刘洋和周浩时,他就哭得更伤心了,说悔不该一时糊涂,背叛了祖国,他说他以后真的无脸面对他的亲人;而当他看到我们对他的侦控录像画面时,他又目瞪口呆,默默无语。

在整个讯问过程中,他都流露出一个担心,那就是刘洋的生命安全。他说事已至此,再没有办法走回头路了,现在唯一的出路就是尽全力配合组织的行动,把那个“船长”揪出来,把隐藏在南湖的危及我国家安全的间谍网络挖掉。但是他也请求组织救救他的女儿,他会找一个理由让女儿在破案之前回国一趟。他的女儿就可以不去W国了。然后他表示,到了那时,他服从组织的处理,服从法律的制裁,就是死也绝无怨言。

车副局长最后和他谈话。由于是熟人,开始自然免不了寒暄几句。接着车副局长就直截了当地说开了:“刘之光,你现在是戴罪之人,没有权力和我们警方讨价还价。但是,对于你的情况我们是会考虑的,不然,我们也不会在这个时候找你。让你一步一步往深处走,最后就是死路。刚刚你说的我们也理解,并且在方案中做了充分考虑。我们总的想法是,你还和过去一样,该上班时上班,该和船长联系就和船长联系,该要谭威做什么就做什么,该送情报就送情报,当然该收的也照样收。这些我们都会给你安排好。你千万不能露出半点破绽。你一旦露出破绽,不仅使我们的整个计划落空,而且还会危及到刘洋的生命。至于刘洋什么时候回国,我们会通知你。只要你配合得好,我们可以保证刘洋的绝对安全。我们也认识多年了,你应该相信我,相信党组织。”

刘之光连连致谢。仅仅几个小时,我看到他足足瘦了一圈,脸色也明显黑多了。

刘之光被带下去后，车副局长把我留了下来。

他问我："听曾牛说你离婚了？"

我说："是的。"我的心就有些紧张了。在我们这样的单位，是很讲规矩的，包括工作规矩，也包括生活规矩。在当时，离婚无论如何也算不上一件好事。我等着他对我的批评教育。

然而，他既没有问我原因，也没说我任何不是，只轻轻问了一句："有困难吗？"

我忽然很感动，连忙说："没有。"

"睡在哪儿？"

"办公室。"

他就说："这几天你抽时间打个报告。由于国家的住房政策要做大的改革，以后可能要取消公务员的福利房，也就是说不是分房而是按市场价格购房了。局里已经市政府同意，准备在此之前加紧建几栋福利房，算是打个擦边球。但还是不能解决所有同志的问题。按资历，按级别，你肯定难以排上。我会向各位局领导反映，把你作为特殊情况处理，毕竟你一间房都没有，你还有父母亲啊。他们来看儿子，难道还要他们住招待所吗？唉，不安居哪能乐业啊。"

"谢谢车局长。"

车副局长站了起来，对我说："我知道你这一向都很辛苦，看你的眼睛都成了熊猫了。要注意休息，特别是这一段，家事国事太多，身体绝对不能垮。干我们这一行，可能更多的时候得自己照顾自己。"

接下来的几天，刘之光就在我们处里的会议室写清单报告，尽可能地回忆他到底给 W 国情报部门提供了哪些文件资料。他一边写，我就在旁边用电脑整理。领导要求我们尽快上报，以便上级机关和空军有关部门准确做出损失与危害评估。

52

杰克对叶婉的突然归来非常高兴，对她的疼爱也依然如故，但他明显感觉到，叶婉和以前比有了一些变化。至于有些什么变化，他一时也说不清楚。不过，从工作的角度来看，她还是一如从前，仍像往日一样认真热情，周到细致。处理文件、和同事相处的情形，就仿佛前一段只是去外面休了个假似的，没什么两样。

在叶婉走的那段时间，杰克没有和任何一个女性发生过一次性关系。他有洁癖，但他更多的是担心一着不慎，全盘皆输。他在心里认定一点，和他上床的必须是靠得住的女人。他梦遗过一次，在梦里和他交欢的也是叶婉，虽然很模糊，但感觉却很真切。所以，叶婉提出想回来，他压根就没想别的，马上答应了。他当时听到叶婉的声音，下面就有了反应，而且反应很强烈，几乎有些克制不住。他最后用难得一见的温柔话语说："小婉，我想你，想你快回到我的身边来。就回来吧，今晚我在宿舍等你。"

见到叶婉的时候，杰克发现，她还是那么婀娜多姿，性感照人。杰克控制不住自己，一把就把她抱到了怀里狂啃不已。然而那天晚上，叶婉完全没有了以前的柔顺。杰克对她暗示也好，和她明说也好，她就是不肯。在床上，女人不配合，男人就很难做成，或者做成了，也会索然无味。所以杰克不愿意强迫。但他实在太想了，心里有一股欲望之火已经篷勃燃烧了很久很久，他真的已按捺不住。于是他就当着叶婉的面，掏出自己的阳具，疯狂地手淫起来，且一边搓揉，一边怪叫，一会儿，他就脸红脖子粗了，接着那东西就像喷泉打开，一泻如注。杰克倒到了地上，还在呼哧呼哧地喘着粗气。

叶婉只是看着，她觉得非常新鲜，男人的这种状况，她还是第一次看到。她笑了，笑得开心，还拍着手说："杰克，你太棒了！原来你并不需要我，你完全可以自己解决啊。你以前说的想我，看来并不都是真的。"

杰克一听，腾地起身，向叶婉扑了过去。他压在她的身上，又撕又咬，并骂道："你这个妖精，你这个魔鬼，把我害得好苦还要挖苦我！"

叶婉任他放肆，说："我怎么叫害了你？"

杰克说："你不知道我和你做爱是多么快乐和幸福，而离开你，我又是多么痛苦！"

"你刚才难道不快乐吗？你们男人不就是追求这个结果吗？"

"刚才只是生理上的快乐，我更喜欢的是心理和精神上的快乐。而那种快乐只有你能给我。"杰克说到这里，那蓝色的眼睛中就泛出无限柔情。此时他完全安静下来了，只用眼睛望着她，手很温情地为她梳理着凌乱的头发。

叶婉也抱了他，好像又恢复了往日的柔顺。她说："好了，我以后再不让你这样了。我还是你的，我爱你！"

"那你为什么要离开我呢？"

叶婉问："你真想知道吗？告诉你吧，我就是不想做你发泄性欲的工具。是的，我是女人，但我首先是一个人。人是有追求有梦想的。你口口声声说爱我，但你并不信任我。你并没有把我当一个正常的人看待。我跟你在一起过这种日子，太没价值了，真的。

你想一想,做一个玩具,有意思吗?”

杰克说:“小婉,我对你还不信任吗?作为总经理秘书,公司的事务我隐瞒过你吗?”

叶婉说:“反正你在我心中像谜一样,还有很多事情我不知道呢。至于你是否对我隐瞒了什么东西,只有你自己知道。好了,不说了,我现在心情好多了。你还来吗?还行吗?”她挑逗了他一下。她本以为人到中年的杰克肯定没这么快恢复,却没想到这个洋鬼子真厉害。他一翻身就到了叶婉身上,并很快扒掉了她的裤子。

叶婉不想让他就这么轻易得逞,就说:“杰克,你不行了,瞧,软不拉叽的,下次吧。等你行的时候,我们再来一次痛快的。”

这一说,杰克的自信心果然受到了打击,下面就真的打了烊。他往旁边一滚,说:“好吧,我也累了,睡觉。”

叶婉拉了他一下,说:“杰克,我这一段去了一些地方散心,很有收获。人赚钱为了什么呀?还不是想生活过得好一点,心情愉快一点。你现在把西院搞好了,也休息休息吧。我们去西藏玩一趟好吗?那可是我们中国最神奇的一片土地,高山雪域,宗教寺院,我好想去看看。你从没带我出去过呢。你不喜欢两人世界吗?”

杰克扭头看了看她,见她确实是认真的,又想了想,说:“嗯,这个主意好。我看行,这样吧,等我安排好了就走。”

叶婉一把抱了他,狠狠地亲了他一口:“谢谢杰克,我爱你。”

杰克却一下子睡不着了。他既有兴奋,也有理性。他在想,叶婉是真的爱他吗?叶婉这次回来是单纯的吗?她上次出走真的就像她说的理由?如果是,她为什么想了解他的秘密呢?是否后面还有其他的原因?不过,他又想,应该不会。因为从叶婉的历史来看,前几年她的所有行踪几乎都在他的掌控之中。和她的研究生男友、日本老板、天龙公司老总以及夜总会老板等人透露叶婉被轮奸的信息，也都是他打的电话。他在整个过程中，没有发现她与中国官方任何部门发生过联系。他笑了，笑自己搞了多年情报工作，可能是真的犯了怀疑一切的职业病。

于是，他彻底放松了，一放松，就很快进入了梦乡。

53

叶婉回公司后，只有周浩在一次见面时，悄悄问过郝雄："叶婉是你要她回来的吧？"说完还眨了眨眼睛，意思是说你不用解释了，没关系的，他不会出去乱说。

郝雄在心里暗暗骂道，真他妈的，他干的事什么人都可以瞒得住，就只周浩瞒不住。他怀疑这家伙是不是有一双火眼金睛。幸亏周浩没有恶意，不然的话，他郝雄在杰克的公司混不得几天就早走人了。

这个问题他不好回答。他就暧昧地笑了笑："师兄你认为我有那个本事吗？"

周浩说，你没有还有谁有？说完就拍拍他的肩意味深长地走了。

W 国人当中，劳斯是相对自由的。虽然杰克在内部规定，W 国人不要随便去和中国人打交道，更不能交朋友，但劳斯是唯一一个不是很去理会的人。毕竟他是正规的情报人员。从某种角度讲，杰克搞情报是"非法"的，因为他有一个商人的头衔；而劳斯由于是正规情报派遣人员，他就有了充分的理由与"合法"的借口去和中国人"打成一片"。所以，尽管杰克的军衔比他高，尽管杰克有时也提醒他,可他仍有些我行我素。

前段时间,郝雄与劳斯真的打得火热。他们几乎玩遍了南湖的每一个角落。酒吧、歌厅、洗脚城是他们晚上的活动场所;而休息日的白天,他们要么去登山,要么去泛舟,要么就找个茶馆谈诗论画。

在这一过程中,郝雄把我和曾牛很自然地介绍给了劳斯。曾牛的身份仍然是市报的摄影记者,他在那里还确实有一帮朋友;同时,曾处长还喜欢书法、古诗词和对联。他说摄影、书法、诗词、对联是一家人,认识了这个,就得认识那个,它们有内在联系,共父母,有相同的基因。我的身份是南湖大学中文系古典文学讲师。为了扮好我的角色,局里专门出面和南湖大学联系,给我办了教师证和校徽。虽然我毕业于这所学校和这个系,但为了防范对手核查,主管教学的副校长还是专门带我去了古典文学教研室,那里有我以前的老师,还有几个是前后的同学。我自己又翻出了多年以前的课本,特别是把很多唐诗宋词背了个滚瓜烂熟,还查阅了不少对唐诗宋词的评论与鉴赏文章,为的是能与那个劳斯有更多的"共同语言"。所以在隆重登场的第一次见面时,我回避了他擅长的李白和王维,而是大谈初唐四杰,谈陈子昂、孟浩然、高适、岑参、李贺、李商隐等,并当场显得很随意地朗诵了《登幽州台歌》《春晓》《燕歌行》《逢入京使》《致酒行》等代表篇目,把个劳斯怔得目瞪口呆,佩服不已:"啊,中国唐代还有这么多诗人?这么多优秀的诗歌?太美了,我回去还得好好学习。"

我告诉他,李白、王维在唐代,只是璀灿群星中两颗很亮的星星,但绝不是全部,还有很多诗作,无论是文字还是韵律,无论是形式还是意境,都有超过这两位的。

"噢,还有这种事?请举例说明。"劳斯饶有兴趣地说道。

我说,一个时代一个国家的诗歌,是离不开那个时代那个国家的经济文化背景的。中国唐代,在经济上生产力高度发达,国力非

常强盛;在文化上兼容并包,既继承又创新,既讲拿来主义,又搞传经送宝,既光大本土的,又吸收世界的。所以唐代的诗歌就充分反映了这种博大精深的文化气象和泱泱大国的胸怀气度。它是多元的,多元而且齐头并进。说到这里,我问:“劳斯先生,你知道张若虚吗?”

他正听得云里雾里,见我问他,就突然醒过来似的,问了一句:“谁?”我说“张若虚”。他摇摇头。

我说,这个张若虚是唐代诗人里最怪最奇的一个。他仅以一首作品,也就是《春江花月夜》奠定了他在中国文学史上不可撼动的令人仰止的大家地位。我们清代晚期有一个学者叫王闿运的就感其“孤篇横绝,竟为大家”。我们现代还有一个大诗人闻一多无奈地说道:“在这首诗面前,一切的赞叹都是饶舌,几乎是亵渎”。真的,那诗太美了!那种纯净皎洁,那种淡淡的情绪,那种银色的月光以及月光下江天一色的景象,那种如音乐一般的语言,劳斯先生,你如果有时间去读那首诗,一定会为之陶醉,为之倾倒,并终生难忘的,你就会明白什么是“以山水为教堂,以文字为智珠”的唐诗气度和神秘境界。

说到这里,我停了下来。我惊异地发现,劳斯的眼睛异常地亮,那蓝色的眸子异常地深。我停下来了他竟全然不知。他听痴了。同时我也发现曾牛和郝雄也在全神贯注地望着我,那表情好像还沉浸在我所描绘的意境里。此情此景,我也不禁为自己的语言艺术所陶醉。

我继续着自己的思路,一个人注视着远处的灯光,犹如注视着皎洁的月亮,声情并茂地朗诵起那千古绝唱来:“春江潮水连海平,海上明月共潮生。滟滟随波千万里,何处春江无月明……江天一色无纤尘,皎皎空中孤月轮。江畔何人初见月,江月何年初照人……不知江月待何人,但见长江送流水……”

诗还没有读完,我突然听到了一阵哭泣声,是劳斯在哭。他说，对不起，这诗确实太美了！这哪是中国的景色啊，在我们W国也有，我的家乡就在海边；这哪只是张若虚看到的景象啊，我也经常看到。真奇怪，一千多年前的古人写的诗竟然和我的心灵相通，让我想起了遥远的家乡，那里的妈妈和妻子。

他又喝了一大杯酒，又开始抽泣，那样子似乎控制不住自己的情绪。

打那以后，他就不仅视我为知音，而且还当我是老师。曾处长后来表扬我，说那天我的表现真的是超常规超水平发挥，他都没有想到会有那样的效果。我说我也是。我还不忘自我表扬道，其实一个人的潜力真的难以估量，我如果去当文学教授，肯定会深受学生们的喜爱。

根据部里的通报，我们几乎可以断定劳斯是W国空军情报部门的专业间谍。但我们在刚开始的时候，并没有把他当做情报对手去对待。我们首先把他作为一个人、一个诗人、一个有情感的男人，本着这样一条原则去和他交往，让他彻底保持轻松的心态。我们也谈女人和性，在谈到有趣的地方，我们也都哈哈大笑或会意微笑。比如，他说我们中国人在性的问题上很智慧也很含蓄。他举了几个例子，说中国人把新婚夫妇睡的房间叫"洞"房，真的有味道；把盼着妻子回家的神态，叫望"眼"欲穿，非常传神；把新婚之夜叫一针见血，很生动；特别是你们中国人有一句话，说嫁鸡随鸡嫁狗随狗，为什么呢？也有一个成语，叫先"人"为主，真的深刻！我们都被他的这些奇谈怪论逗得大笑不止。

其实我们深知，要策反一个专业间谍谈何容易，而且要冒多大的风险，但我们以纯粹的人性、人情、人格去亲近他、感染他，还是逐渐地让他也显示出了人的本性。

在和劳斯的交往中，我感觉到，W国人包括我们的对手，其实并没有那么可怕。他也是人，也有七情六欲、喜怒哀乐与爱恨情仇。这就是人的弱点。而人的弱点只要你合情合理地加以利用、

延伸和鼓励,它就成了优点、优势,并让人引以为傲。比如劳斯很喜欢中国文化、中国山水和中国习俗,这在情报人员本是暴露了弱点,我们就迎合着他、鼓励着他,一经我们的引导与扩大,它就成了劳斯的自豪之处。他把我们越来越当成了知音。我们经常在一起玩文字游戏。有一次,在酒兴正浓的时候,我提议搞“接字赛”。

劳斯就问:“接字赛?什么意思?”

我就跟他解释说:“前面一个人说一个成语,后面一个人必须用前一个成语的最后一个字开头说一个成语,谁说不出就罚酒。”看他还有点似懂非懂的样子,我就说,“给你举个例子吧。比如我说十全十美,你就说美不胜收,他就说收回成命,就这么连下去。当然,你可以为难下面的人,把最后的那个字说得很偏拗,让下面那个人接不上来。”

他拍了一下脑袋,说:“我明白了,好玩好玩,来吧。”

曾牛说:“劳斯先生,我们中国是礼仪之邦,你是外国人,你先请吧。”

劳斯说:“谢谢。好,中国是礼仪之邦,你们又是有礼之人,我就说一个,礼贤下士。”

曾牛在他下首,说:“我希望我们永远是朋友,朋友之间要多理解和帮助,我接,士为知己者死。”

下个是郝雄,他想了想说:“我接曾记者的意思,为了朋友,死而无怨。”

轮到我了。怨字开头的成语较多,怎么才能迎合他们的意思,适合此时此地的气氛?我理了一下我脑袋里知道的怨字头成语。我想到了一个,说,有这么好的朋友经常在一起是一件幸福的事情,但礼贤下士也好,士为知己者死也好,死而无怨也好,朋友终有分开的一天。但愿我们在分手的时候能做到,怨离惜别。

这一轮大家都说接得好,可又都觉得太伤感。我们三个人就怪曾牛不应该说“死”,弄得后面的不是“怨”就是“别”。

曾牛说:“好,好,我自罚一杯!”又说,“下面要说些阳光一点开心一点的。”

我们都同意。

那天,劳斯玩得非常疯,可以说是玩上瘾了。我们好几次说要回去了太晚了,他就是不肯。他说求求我们帮帮他,他觉得这种训练可以大大提高他的中文水平。

一天,杰克把劳斯叫到了屏蔽室。

杰克说:“劳斯,我明天带叶婉去一趟西藏。公司的事特别是西院的管理就由你负责了。请你一定要严加管理,不能出半点问题。”

“去多久?”劳斯问。

“十天半个月吧。看情况。”

“好的,您放心,我会履行好职责。”劳斯表了态。

杰克停了停,又说:“劳斯,我们是同一个学校毕业的,我是师兄。有一句话我还是要提醒你一下。听说你最近和郝雄以及几个中国人来往密切,经常在一起喝酒游玩。你得注意注意。你我的身份是非常敏感的,我不希望发生你我都不愿意看到的事情。”

劳斯似乎是有备而来。他说:“杰克,你我都是情报人员,搞情报的多交朋友,只要自己能把握得住,利总大于弊。你知道,玩情报就是玩人性,谁最抓得住人性,最会利用人性,谁就是最高明的情报员,谁就能弄到最好的情报。郝雄是您亲自挑选的,应该没问题吧?那几个中国人,一个是市报的摄影记者,听他说还跟着市长采访过您,就是那一次采访,负责接待的郝雄认识了他;一个是搞中国古典文学研究的,我们在一起就谈些那方面的话题。我们从不谈敏感问题。而且,”他说着从包里拿出了一些照片,说,“您看,这是我和他们出去玩的时候要他们拍的照片。从上面可以看出南湖的地形地貌和空F师的地理方位。这就是情报,还是总部非常感兴趣的情报。总部派我来南湖协助您工作,我深知责任重

大,同时我也知道我是有任期的,干一段时间我就会回国。您还担心我会出什么问题吗?”

杰克说:“那倒不是。我主要考虑你这次的任务不是搞情报,而是协助我完成釜底计划。作为你的领导,我觉得有必要善意地提醒你一下而已。好了,我得去准备行李了。一切就拜托你了!”

54

刘之光按照我们的部署,继续以“鲨鱼”为代号与“船长”亨利周旋着。他还在区委,还是副书记,一切如常地工作与生活着。从侦控的情况来看,刘之光确实没有丝毫二心,确实有立功之意。

有一天,他打电话给我,口气特别谦卑:“李警官吗?我是刘之光啊,你有空吗?”

我问他有什么事?他说:“我有点事想向你们汇报。有关我女儿的。”

我想了想,说行,就到天龙宾馆一楼的茶座吧。他说好,他就去。

我马上和曾处长作了联系。按我们的规矩,接待重要关系必须两人,一个人出面是不行的,违反纪律。于是,我们立即驱车赶到了天龙。原来,刘洋这个学期要放假了,她想回家看看。刘之光还没有答复,他想征求我们的意见后再告诉女儿是否可以回来,什么时候回来。

曾处长想了想,联系到这个案件的进展情况,说:“可以回来。但你千万不要和她说什么。她回来时,该带的东西就带,不需要带的东西就不要带,免得W国人怀疑。尽量像一个普普通通的放假

回家探亲的留学生。你回去告诉她,说家里不需要什么,要她不要带太多的东西,路上太辛苦。说家里人都在等着她回家。”

刘之光非常感谢,他的眼泪都出来了。他说:“曾处长,我家刘洋回来后,就不去了行吗?那是一个虎口,一个地狱。我宁愿自己受苦受难,也不愿她再陷进去。求求你们了,救救我的女儿。”

曾牛说:“老刘,你放一百个心,我们会做安排的。而且,你也是老党员了,组织上会考虑你的情况的。”

送走刘之光,曾牛对我说:“局党委其实已经决定要破案了,因为有关亨利窃取我情报的证据已经充足,驱逐他出境的手续已报省厅和部里审批去了。我们知道刘洋放假了,但不能急于告诉刘之光,怕他兴奋,怕他和女儿通话时说出什么不合适的话,让W国情报部门的人抓到,那就麻烦了。一切要自然而然,不露声色。你抓紧对亨利的所有情况特别是证据认真整理一下,做好向检察院起诉的准备。这样的涉外案件要快,不能拖,速战速决。”

我说好,我这几天就加班整理。同时我请他和各科室打个招呼,要他们把各个方向所获得的材料立即交到我这里来,我好进行全面系统的综合。

这次收网代号为“捕鱼行动”。为了保护刘之光,我们对这次行动做了精心的设计。

刘洋终于回国了,是刘之光夫妇和周浩去机场接的。周浩买了几十束鲜花,穿着笔挺的西装,很醒目地站在出口处等候。我们事先就特别作了交待,要刘之光心情放松些,脸上要自然,要高兴,不要显得心事重重。因为我们知道,刘洋回国的信息,W国情报部门的人肯定清楚,说不定那边会通知这边的情报人员到机场观察动静,看刘之光有没有什么变化。

刘洋出来了,高挑的个子,姣美的面容,确实是一个很魅力的女孩,而且很洋气。听说她出国时,亲戚朋友都来祝贺,大家一致认为她的名字取得好,也取得绝,刘洋就是“留洋”,出国留学是命中注定的。又说一个人的名字很多都与那个人一生的命运紧密相联，比如毛泽东、刘少奇、朱德、周恩来、叶剑英等伟人的名字是多么大气，和他们一生的事业又是多么相称！听了这些话，当时的刘之光夫妇和刘洋真的是眉毛里、皱纹中都荡漾着笑意。

刘洋隔老远就跑了出来，直奔周浩，一跳就跃到了周浩身上，把一大半的鲜花挤落到了地上。她又亲又吻了一阵后，才拥抱了爸爸妈妈。

我一个同事开了一台挂普通牌照的奥迪车，直接把他们送到了家里。

第二天中午，刘之光按我们的要求发了一个信息给亨利："近段时间的货放五号点。请查收。鲨鱼。"

那边很快回了信息："好，我会去提货。船长。"

五号点是"和盛堂"大商场一楼最东头的垃圾柜。那里每天的客流量大，便于隐蔽。

这次行动必须抓现行。我被安排在行动组。行动组共四人，一人负责开车，三人负责抓捕亨利。考虑到亨利一米八六的身高，虽然不是为了打架，通常这种情况下也不会打架，但为显示我国之国威，局里还是选了三个魁梧的有点基本武术功夫的汉子。我尽管只有一米七八，可我自进了局里就参加了健美班训练，肌肉非常发达，块头还很占地方。我那天还专门选了一双跟比较高的鞋子穿上。

我们早早地到了目标区等候。行动车停在商场外面的广场上。在此之前，我们的技术部门同事已经将多台秘密摄像机安放在不同角度，全方位监控着今天的主角——那个绿色的垃圾箱。

一会儿，刘之光来了，他神色匆匆，但没有忘记到处望望，然后把一个小垃圾袋丢进了垃圾箱，接着又匆匆走了。按当初的计划，也是出于对刘之光的信任，我们没有安排抓捕他的人力与车辆，而由他自己坐车去我们的看守所，等亨利进来后，让他也露一下面，

并一定要让亨利看见。以此告诉亨利，他在中国的“鼹鼠”已经被我们抓获，他不要存有任何侥幸与幻想。同时这样做，也是保护刘之光，说明他与亨利是一同被捕的。

据后来外线跟踪的彭坚、杜林说，亨利与夫人驾车出了领事馆后，为不引起他们怀疑，我们的车像往常一样跟了上去。

简芳妮和往常一样，很自信地笑了笑说：“亨利，充气人准备好了吗？”

亨利点头道：“准备好了，只是你回去的时候没有人和你说话了。”

简芳妮说：“不用了，我等你回家说话。”

简芳妮仍按惯例在街上悠了几个圈，临近“和盛堂”时，她突然加速，拐弯，又一个急刹，亨利迅速开门下了车。仅仅几秒钟，充气人就坐了起来。车子便又往前行进。

我们的车在后面也很快跟了上来，也很快追了上去。亨利躲在人群中看着，再一次得意地笑了。他没停多久，就钻进了商场。

他先在鞋柜看看，又到首饰柜看看，似乎漫不经心，其实他是边看边用眼睛扫视着周围的人。大约过了十来分钟，他终于走到了最东头。

很快，他从口袋里拿出了两张餐巾纸擦拭了一下嘴巴，装着丢垃圾，弯腰从里面取出了刘之光丢进去的小塑料袋，随即就出了门。

我们三个人正等候在那里。我正面拍了拍他的肩膀，说：“您是亨利先生吗？我们已恭候你多时了。”

我们三个人很职业地把他围在了中间。见了这阵势，他显然有些惊讶，但很快就有些明白了，说：“是的，我是亨利。请问你们是？”

我出示了证件，说：“我们是南湖市公安局反间谍侦查处的。我们怀疑你从事了与外交官身份不相符的活动，违犯了《中华人民共和国国家安全法》。请你跟我们走一趟。有关情况我们会及时通报你们领事馆。”

亨利边听边点头。突然,他的手伸进了塑料袋,想把证据毁灭。说时迟,那时快,我的另一个同事一招漂亮的小擒拿就把他手中的塑料袋夺了过来。

我们的车就开了过来。我和一个同事坐在后排,把亨利夹在中间。我把事先准备好的黑色头套套在亨利的头上,说:“对不起,亨利先生,请你委屈一下。”

他在头套里说:“没关系,我理解。”

车子径直向局看守所开去。局长、车副局长和曾处长他们都早已到了那里。

出乎意料的是,刘之光并没有来,而且没有任何消息!

大家一下子都急了。难道他跑了?按理应该不会,但他去了哪里?又是为了什么?局长严肃地批评了我们,说作为反间谍侦查部门发生这样低级的错误,不仅是一个笑话,还是一起严重的责任事故!

他对车副局长说:“你赶快召集一下人马,分分工,立即通知边防、铁路、交通部门,设关守卡,决不能让他跑掉。”

55

幸亏还不到一个小时，我们就找到了刘之光。不然，我们真的交不了差。我们确实没有想到他会制造这么一个小小的插曲。

原来，他并没有跑多远。他从“和盛堂”商场出来后，就坐了的士去了南区他一个很熟悉的且经常去的“农家乐”休闲中心。这里曾经是他的地盘。所以，老板一见是他，就很热情地说：“刘书记，您怎么今天是一个人？钓鱼还是休息？”

他心情不好，板着脸说：“开一个房间，我想休息休息，别叫人来吵我。”

老板说：“好好，这就去安排”。

刘之光进了房间，一个人躺在床上，真的是思绪悠悠，想自己快半辈子了，根正苗红，兢兢业业，仕途顺利，在单位也颇受人敬重，没料到这个时候却落到个这样丑陋的结局，叫自己的脸往哪儿搁？叫自己今后如何面对儿女子孙？这段时间，他为了赎罪，也为了给家人一个交待，他忍辱负重，苟且偷生。如今他的任务完成了，他也应该对自己有一个了结了。

他爬了起来，推开窗户，下面就是一个很大很深的池塘。以前他常来这里钓鱼。他喜欢钓大鱼，喜欢把线用一个小铁螺丝拴住，甩出很远很远，这样钓的鱼确实很大，几乎就没有小鱼。大鱼喜远游深游，结果就常常败在他的手下。他就想到了自己。如果在国内不出去那一趟，他就绝不会出这样的事，绝不会，他有这个自信。当然，他走到这一步，最终还是为了他的宝贝女儿。女儿是他的命根子。他长长地叹了一口气。人生真如一场博弈，更像一场赌博，一着不慎，兵败如山。

他拿出了手机，想最后给女儿打个电话。就是这个电话，暴露了他的行踪，也救了他自己一命。

他告诉女儿，说他马上要出一趟远差，时间也说不清要多久，这个假期可能就不能陪她了。刘洋也没在意，虽说不很情愿，但还是说要他办完事就快点回家。她撒着娇说，爸，我回来您也没好好陪过我，我想您。这一说，刘之光的心揪了一下，眼泪就涌了出来。

他坐到了桌前，拿出事先已准备好的纸笔，想写一封“遗书”。他的想法是，写完以后，就从窗口跳下去，永远离开这个世界。望着窗外的远山，他只觉得要说的话实在太多，不知从何下笔。

想了一会儿，他写下了“亲爱的洋洋”五个字就已泪流满面。

我们技术部门的同事锁定他的方位后，行动组迅即出发，不到十五分钟，就踢开门把刘之光带到了车上。

他当时死死揪住窗户不肯跟我们走，且老泪纵横地大喊大叫：“求求你们让我死吧！我真的不想活了，让我死吧！”

刘之光进了看守所后，按法律规定，我们去了他家作了宣布。

对于久不相见的我突然出现，周浩怔了一下。我没等他反应过来，就神色严峻地说：“我代表南湖市公安局反间谍侦查处到你家宣布一个通知。请你们听好。”我就把法律文书念了一遍。

刘之光的老婆一听完，一下子从凳子上滑到了地上，脸色发白，口里念道：“这怎么办？这怎么办？”

刘洋是第一个哭出声的。她抱住她的妈说：“妈，我爸怎么会是这样？怎么会是这样？我要去见他，我要当面问他为什么要

这样?”

只有周浩神情严肃如雕塑一般地站在那里,一声不吭。我们临走时,他突然情绪激昂地说道:“我去找杰克,肯定是他害的!”

我一听急了,忙拉他到一边轻轻说:“周浩,你不能去找杰克,特别是这个时候!这是法律的要求,你如果找他发生了什么事情,一切后果由你自负!”然后我盯着他的眼睛问,“周浩,你是个聪明人,明白我的意思吗?”

他突然抓住我的衣领大声道:“你口口声声是我的朋友,我也帮了你很多的忙,你为什么不早告诉我,为什么不提醒我?你这么长时间不和我联系,就在干这件事吗?你还是个朋友吗?”

我被他诘问得无话可说。是的,我是可以提早告诉他,哪怕只是暗示他。但是,我能做吗?

他望了望我,又望了望天,看得出他是在强忍着眼泪不让它流下来。他说:“我明白。我强烈要求法律能早点对他给予制裁。”

我说:“这就是我们的事了,周浩你放心吧,危害我们国家安全的,只要发现,无论是谁,我们决不放过。”然后我把他拖到了一边,说,“周浩,对不起,你该骂就骂吧。不过我向你保证,我会尽最大努力减轻你岳父的罪责,并作出最好的处理。我只能这样了。”

周浩对我的脸色才好一点,说:“对不起,其实你也有你的难处。谢谢了。”

考虑到刘之光的特殊情况,局领导同意刘洋第二天上午和刘之光见面。

刘洋早早地就来了,低沉着脸在会面室等。我和另一位同事陪着。按规定,他们必须在警察的监视下谈话。

一会儿,面容憔悴的刘之光出来了。他看到了刘洋,但眼睛不敢直视,只可怜巴巴地望了望,像一个做错了事的孩子。他嘴巴嚅动了一下,显然想说什么。但这时,刘洋等不及了,她没等她父亲落座,就问道:“爸爸,你告诉我,你为什么落到这个样子?”

刘之光的眼睛已经枯涩了。他只是摇头,只是叹气,说不出一句话。我很理解,他此时能说什么呢?一切都能归结于客观原因吗?一切都能归罪于自己的女儿吗?他望着刘洋,眼神里是无奈、酸楚和悔恨。刘洋再次问,虽然声音比较轻,但充满了责怪与怨恨:“你说呀,为什么?你叫我们今后还怎么做人?”

刘之光突然埋下头哭了,那声音很粗哑,很干涩,似乎来自灵魂的深处。男儿有泪不轻弹,只是未到伤心处。刘洋的这句话肯定打到了她父亲的伤心处、痛苦处。他一哭,刘洋也哭了,连我们坐在旁边的人也感到心在揪着难受。

刘之光好一会儿才抬起头。他用衣袖擦去脸上的涕泪,说:“刘洋,一切都是爸爸的过错,是爸爸害了你们,爸爸对不起你们啊!你骂吧,骂得越厉害,我就越舒服。你和我脱离父女关系吧,我愿意,我马上签字,只要对你好。你就当没有我这个不争气的爸爸。但我还要告诉你,你一定要听公安局那些伯伯叔叔的话,回来了就再不要去W国了。那是一个害人的陷阱,是一个要你命的地方啊!”

刘洋似懂非懂地望着刘之光。刘之光接着说道:“洋洋啊,爸爸不是怪你,也不是后悔你去留学,更不是要推卸责任,但有些话还是要对你说。当初我送你去W国的时候,他们的情报部门就盯上了我。他们一边摆着几十万美金说是给你读书和生活的,一边就告诉我,如果不听他们的,你的生命他们不予保障。女儿啊,爸爸怎么选择?”

56

原来，刘洋大学毕业后，不久又“托福”过关，在杰克的帮助下，申请到了去W国的自费留学指标。那一年她二十二岁。漂亮的女孩能读书确实并不多见，所以她是刘之光的掌上明珠。漂亮宝贝一个人远走他乡去留学，他非常不放心。老婆也不放心，一定要他亲自送去W国，把她安顿好才能回来。于是他去了。身为公务员的他哪有那么多钱？同事们赞助他一点，亲戚朋友支持一点，女儿的男朋友周浩也出了一点，才勉强使他成行。

所以，在帮女儿办完一切手续并租好房子后，他也没到W国的一些地方走一走。虽然W国很富裕，很发达，很强大，是世界上许许多多人向往的梦中天堂。但他没有钱，寸步难行。他只能在自己租住的房子里，打开窗户，看看对面一幢幢高楼大厦，看看马路上一溜溜名贵小车，看看人行道上行色匆匆的人们，以此过过干瘾，同时也好回去向家人有个交待，向同事朋友描述描述。于是，他很快就买好了回国的机票。

然而，就在他要走的前一天晚上，一个身穿制服的警察上门了，说有事找他，要他去一趟警察局。他问什么事？那人说他没有办临时居住证，必须去把原因说清楚。他就很紧张，也很害怕。对方看到他的表情，心里就有了底，要的也就是这种效果，便做出关切的样子说："不要紧，没关系的，我们是例行公事，去做一个说明就行了。"

他就随那人去了。

一到警察局，他就被人领到了一个房间，里面坐了两个人，都穿制服，神情严肃。其中一个胖一点的看来官职较高，对他说了一句："先生请坐。"旁边那个瘦一点的原来是翻译，用汉语又对他说了一遍。

随后，胖子开始说话："我们看了你女儿的履历，也了解你的一些情况。我们觉得我们可以合作。我不想拐弯抹角，直说了吧，我们是 W 国情报部门的，你在中国南湖市的党政机关工作，并担任了一定的领导职务，有得天独厚的条件，我们希望你回去以后，能定期给我们提供一些中国内部的文件，机密的也好，当然绝密的更好。放心，不会让你白干，我们会给你丰厚的报酬。据了解，你的经济状况并不怎么好，女儿来留学，你还借了不少钱。喏，这是一张二十万美元的存折，用的是你女儿的名字，她随时可以取用。你同意的话，就可以拿去给你的女儿。另外，你女儿毕业后，留到我们 W 国是没有一点问题的。到一定时候，你也可以到 W 国定居。这些事情我们会作考虑并会妥善安排。另一方面，我们也可以告诉你，如果你不同意与我们合作，或者跟我们要什么花招，那你的女儿在 W 国，我们不能保证她的安全！你自己想想吧。"

在出国前，市公安局反间谍侦查部门的工作人员就找过他，就出国以后要注意的一些事项给他作了提醒。其中就有，不要拈花惹草被人抓住把柄，不要出入复杂场所，不要轻易接受别人的钱物馈赠等等。而且遇到他国情报机关找他时，一定要冷静，不要慌张。这些道理他都知道。可是，现在 W 国情报部门提的两点太打动他的心了。他不得不佩服他们对人的研究非常有针对性。他们太了解人性的弱点了。第一点，给他钱，他确实需要；第二点，不保

证他女儿的安全,这可真是要他的命。女儿如果在W国出个车祸,或者被人杀死,那他还能活吗?这一点可以说是打中了他的要害。他想起了国内的报纸不时登出的一些消息,说某某留学生在公寓被害,某某留学生遇车祸身亡,这些事件中是不是有一些就是情报部门精心“安排”的杰作呢?

想到这里,他就感到不寒而栗。但他心里非常明白,一旦他走上这条路,在国内的日子就不会再平静,且很有可能被押上审判台。要想人不知,除非己莫为。而一旦做了,难道就真不会留一点痕迹?但为了女儿,他不能拒绝。

胖子在旁边不失时机地又说:“先生,其实你不用担心什么。这二十万元存折,你只需要在这张收条上签个名字就行了。谁也不知道。另外,请你把你在国内的手机号码告诉我们,回国以后,有人会和你联系的。我们的人不会和你直接见面,没人会发现的。记住,有一个代号叫船长的人是你的联系人。他方便的话会直接打电话给你,不方便就会发信息。目前来说,发信息比较安全,但也不能在上面说太敏感的事。你只要按他的指示去做就行了。工作的经费他也会按时打到你的账户上。你看这样行吗?”

还有什么好说的呢?一切别人都已安排得这样周到,而且天衣无缝。一边是钱,一边是女儿的安全,他觉得已别无选择。于是,他在对方的收条上签下了自己的名字。他也知道,这一签,就等于为自己签了一张卖命的条约,从此内心不可能再会安宁。那个时候他甚至都有些后悔,为什么要送女儿来W国呢?但事已至此,已没有回头路了,只能往前走,一切只得听天由命了。

回国以后,市公安局反间谍侦查部门的工作人员又找了他,把他吓了一大跳,以为自己在W国的行为已经败露。当得知是对他进行回访的时候,他的心才静了下来。他说,他在W国什么地方也没去,因为没有钱。他只是帮女儿把手续办好就回来了。W国并没有什么人找过他。见没什么情况,我的那几个同事就走了。

回去没几天，果然就有一个自称是船长的人用公用电话找了他，说的是汉语，和他作了第一次联系。然后，对方告诉他交接文件以及接受指示的办法。自此，他在出卖情报的路上一步一步越走越远。

探视的时间到了。刘之光站了起来。这时，刘洋好像突然明白了什么，她扑通跪了下去，抓住了刘之光的手，仰脸望着他。她没有哭出声，但已经泪流满面。

她说："爸爸，您放心在这里改造，争取早日出来，我来接您回家。您永远是我的好爸爸。另外，我会听您的话，就在国内找个工作，我会好好干的。"

刘之光抚摸着她的头发，说："谢谢女儿，谢谢女儿。你能理解爸爸，是我最大的安慰。我也听你的话，会好好改造的。"

他们在最后分手的一刹那，都含泪笑了。

由于刘之光有立功表现，他只服了一年刑就出来了。我们局专门为他写了个报告给市委，希望能贯彻"惩前毖后，治病救人"的方针，给刘之光一条生路。我们建议为他改一个名字，安排一个工作岗位，让他过好晚年。市委同意了我们的意见。

刘之光出来的那天，阳光灿烂，万里无云。周浩和刘洋捧着鲜花来接他。那天就是他们结婚的日子。周浩开车。那时他已不在杰克的公司做事了，他自己开起了中介，当了老板。刘之光在监狱门口站了一阵，眯着眼睛看了一眼太阳，又深深地吸了一口自由而清新的空气，似乎头有点晕眩。但他非常高兴，心情看来也特别好。他接过花闻了好久好久。他们是有说有笑，快快乐乐离开监狱直赴婚宴的。

57

亨利很配合我们的审讯。在进看守所的第二天，他就对我们的犯罪指控全部承认。当然，对我们没有掌握的情况他始终缄口不言。毕竟是一个老奸巨滑的情报高手，在审讯过程中，他竟然和我们探讨窃密与反窃密、审讯与反审讯的技巧来，令我们哭笑不得。面对我们有足够证据的事情，他都承认，他还笑着说，是的，这是我干的；如果他感觉到我们没有足够的证据，他就说，不，你们可能搞错了，这不是我干的。不是我干的就不能承认，那可不是开玩笑的。最后他还赞扬我们南湖的反间谍侦查工作搞得不错。他说，作为同行，他佩服我们的智慧和细致。

那几天，W 国驻华使馆和驻南湖领事馆派了不少人对我国政府、南湖市政府施加压力。不过他们都不得不承认，亨利确实干了危害我国家安全的事情。我们有足够的证据。为了速战速决，检察院很快就对亨利、刘之光、谭威等人提起公诉。法院由于证据确凿，也很快一一作出了判决。亨利本人对判决没有异议。这样，不到一个星期，亨利就被我国法院判处有期徒刑十年，并驱逐出境。

中央电视台报道了这一消息。W 国外交部为此向我国政府提出严正抗议。我们这些“圈内人”看了只是笑了笑，知道那只是一个游戏,一个惯例,是做给老百姓看的,不能当真。

杰克是在去西藏的第四天,正准备去香格里拉的路上接到劳斯的电话,才知道南湖出事了。他立即中止了行程,当晚就预订了次日的返程航班。

这几天,他和叶婉确实玩得痛快,玩得尽兴。他感觉到,男女两人必须要离开自己熟悉的环境,才能体会出两人的感情,两人的关爱和两人的需要。他们有一个计划,就是由近至远地出去游玩,先去了西藏的标志性景观的布达拉宫,参观了半天。接着去了号称"佛之屋"的大昭寺。这座建于7世纪中叶的唐代风格建筑里,有文成公主带去的释迦牟尼等身塑像。他们那天去得很早,人也很多,特别是有些藏民大都手提暖壶,里面装的酥油,都想第一个冲进去为佛祖前的神灯添油,第一个在佛祖前跪拜。叶婉也在佛前跪了许久,口里念念有词。到底求了什么,只有她自己知道。

他们接着又去了"羊八井",那里地表温度四十七度,既有天然的风景,又有宜人的温泉。他们在那里住了一天。他们去得最远的是离拉萨一百公里的"羊卓雍湖",那是西藏三大圣湖之一,在那里可以看雪山,观水色,美丽极了。最令叶婉心灵震撼的是他们还去看了离拉萨不远的闻名中外的"天葬台"。那是杰克坚持要去的。他说他在W国就听说过。因为天葬主要是在天亮以前进行,他们先一天就预租了一台车,次日凌晨出发,但司机只能送他们一程,不愿送到目的地。他们不得不步行了一个多小时才赶到了那里。他们终于看到了一片老鹰在上下飞翔,看到了天葬师的头上和肩膀上站着老鹰。因走路,两人刚刚还身上冒汗,忽一会儿,他们就都感到背上凉飕飕的。叶婉有些怕,就催着回去。两人在路上都在感叹,西藏这地方太古老太神秘了。而叶婉想得更多,她想到了人生的无常,想到了快乐转瞬即逝,想到了自己的未来。时间一天一天逝去,不再回头,但自己的快乐、爱情和幸福到底在哪里?到底要什么时候才能属于自己?她想这次完成郝雄的任务

后，一定要追着他快点决定去留，快点和她结婚。她真的不愿再把宝贵的时间耗费在这些无聊的事情上了。

那些天，他们基本上是白天游览自然风光与名胜古迹；晚上则到处找酒吧和茶座，特别是那些点蜡烛点油灯的地方，他们尤其喜欢光顾，享受着那里的异域风情和习俗。他们经常玩到深夜，而凌晨就是他们疯狂做爱的美好时光。

在这段时间里，叶婉虽然有些许高原反应，有时步子稍微快一点就感到气喘、胸闷、头晕，但她还是极尽温柔、热情、妩媚、风骚，把一个漂亮女人的天性发挥得淋漓尽致以迎合杰克。叶婉几乎每天都要，不管有多累，也不管玩多晚，只要到了两个人的房间，她就黏住杰克要做爱。杰克每一次都无法拒绝，因为叶婉的手法太高明了，叫声太抓心了，那感觉太美妙了。每次他变成一摊稀泥后就说："小婉，你太厉害了，连我都是你石榴裙下的败将，还有什么中国男人能征服你吗？"

叶婉总是笑，说："不管是中国的还是外国的，男人永远也战胜不了女人。你知道中国有一句古话吗，叫以柔克刚。"

杰克点点头，说："你们中国人其实很智慧的。怪不得在历史上，没有哪个民族能真正吃掉你们中华民族。"

叶婉说："是啊，你们W国虽然很强大，但我劝你们千万不要与中国为敌，那样会吃亏的。"

杰克听了一怔。他望望叶婉，若有所思地点了点头。

杰克告诉叶婉，他们必须得提前回南湖。叶婉感到很惊讶："为什么？我们还有好多地方没去呢，才几天呀？"她显出很不高兴的样子。

杰克说："是南湖那边出事了。"

叶婉问："是劳斯出事了？"

杰克说："不是。"

叶婉又说："是周浩出事了？"

杰克说:“不是。”

叶婉有些急了:“是郝雄出事啦?”

杰克摇摇头:“都不是。是我们 W 国的领事馆出事了。我必须得回去。”

叶婉说:“起火了?”

杰克说:“不是,比起火要严重得多。你们中国政府指控我们的一位外交人员是间谍,现在已经把那人抓着关起来了。”

叶婉嘟着嘴:“那关你什么事呀?难道你也是间谍吗?”

杰克听了又一怔,但随即笑着问:“叶婉,假如我是间谍呢?你会出卖我吗?”

叶婉说:“不管你是什么人,我都爱你,怎么会出卖你呢?作为女人,我只希望你能好好爱我、在乎我、信任我。男女之间如果没有信任,彼此不在乎,那还有什么意义?不如找个妓女好了。”

杰克听了似乎有些许的感动。他抱了叶婉,说:“谢谢小婉,你真好。”说完就热吻起来。

叶婉一边用修长的手指在他的中部地区抚摸着,一边发出了轻轻的叫声。她很快就感觉到杰克的心跳在加快,呼吸在变粗,下面也渐渐地开始顶她。她仰头望他,眼神迷蒙,嘴唇通红,问:“杰克,你还行吗?我想你。”

杰克已经被她撩得上了大火,一把将她丢到了床上,口里还急促地喊道:“我要你给我灭火,我要你给我灭火!”

要叶婉把杰克拖去西藏,是郝雄的主意,目的是集中一段时间主攻劳斯。同时,也是要叶婉抓住机会,加深与杰克的“感情”,以弥补那一段出走的空白,看能否松懈杰克的心理防线。我们处里马上同意了他的这一建议。

其实,和劳斯联络感情,只是一个方面;郝雄没有想到的一层是,我们可以利用这一机会在劳斯的身上做点技术上的文章。因为我和曾处长都注意到了,劳斯每次出来和我们一起时,身边总带

着一个小提包。我估计他和杰克商量事情或者他们内部召开什么会议，可能他都会带着这个包。车副局长听了我们的汇报，当即找来了局里技术侦查部门的领导，指示他们和我们共同研究一个工作方案，目的就是在劳斯的小提包里安装窃听器。这是杰克绝对想不到，也绝对防不到的。我们的任务则是想方设法把他在酒桌上灌醉。

事实上，在杰克去西藏的那几天里，我们和劳斯的接触确实更多也更方便了。以前杰克在时，劳斯一个星期只有一两次能出来，而且晚上12点前必须得回去。这是杰克定的规矩。而那几天，我们几乎天天在一起玩到凌晨一两点，甚至两三点。但这家伙酒量很大，我们想了很多办法都没有达到目的。局领导很急，我们也很有压力。

杰克回南湖前的那天下午，劳斯又打电话给郝雄，说晚上他请客，去"临江仙"，一定要把曾牛和我叫上。他称赞我说，那个李教授真有水平，和他聊天是一种学识的滋润与心灵的享受。我们就都应邀去了。去之前，我出了个主意。曾处长同意。我们就临时抱佛脚地做了几次演练。

局里的技术人员提前到了饭店，并换下了几个服务员。我们去时，他们已穿着男服务生的唐装站在我们的包厢门口，很职业地招呼道："先生好，欢迎光临。"

劳斯落座后，第一件事就是把自己的小提包放在屁股后面。

菜上桌了，我就叫着喝酒。今天上的是68度的"苞谷烧"。酒刚过两巡，劳斯觉得光喝酒没意思，提议又要玩上次的"接字赛"。他们两个都同意。我却说，一个游戏玩过几次就没多大意思和激情了，我们能否换一个试试？

劳斯心里很"崇拜"我的，估计我肯定有更好的游戏，就说，行，但要有助于我提高中文水平。

我说，这个游戏就不仅是提高你的中文水平，还能帮助你掌握更多的中国古典诗词。

他一听来劲了,说:“教授,你先解释一下,再举个例。”

我就说这个游戏叫“换句赛”,一个人说一句古诗,当然词也行,后面的人就以第一句为头接,但不能说原诗词后面正确的接句,而要用另外一首诗词里的一句来接,不过意思一定要有吻合之处,不能自圆其说也要罚酒。举个例吧。你说“清明时节雨纷纷”,他就不能接“路上行人欲断魂”,但可以接“故人西辞黄鹤楼”。你想想,清明时节,下着连绵小雨,老朋友和你在黄鹤楼辞行,他要去哪里?原来他要回去为先人扫墓。这样换句后不是也很有意思吗?

劳斯一听,拍起手来,说:“好好,这比接字赛更有意思。来,开始吧。我来出头一句好吗?”

曾牛笑着说:“当然,我们中国人不会以多欺少的。容易的归你,难的归我们。”

劳斯一听,不服气,说:“曾记者,这次你先来吧。”

曾牛说:“行,我说两只黄鹂鸣翠柳。”

下首就是劳斯,他挠了挠脑袋,答了一句:“两只黄鹂鸣翠柳,一枝红杏出墙来”。他问还要解释吗?

我在心里赞道,这洋鬼子接得真好,真不愧是个中国通。我竖了大拇指,说;“劳斯先生,不要解释了,你一说,一幅很美的画面就跃然而出了。你接得真他妈棒,绝!”

他耸了耸肩,做了个怪脸,大概是没什么、小菜一碟的意思。

我赶紧倒了一大杯酒,说:“劳斯先生,这不是罚酒。在我们中国,说得好的可以奖励一杯酒。”

劳斯说:“还有这种说法?好,我接受。”他就喝了,很高兴的样子。

过去是郝雄。郝雄看来早已想好,毕竟也有很扎实的语文功底。他接的是“两只黄鹂鸣翠柳,一枝一叶总关情”。他说,他是

从逻辑的角度来接的，想想，两个黄鹂一雄一雌，在翠绿的柳枝上一唱一跳，那摇曳的一枝一叶不都是他们爱情的见证吗？

劳斯竖竖大拇指，眼睛挤了挤说："美，美！"

轮到我了。我也胸有成竹。我接的是"两只黄鹂鸣翠柳，一江春水向东流"。我解释道，我是要用这两句诗构成一幅中国画。我们可以想象一下，一棵瘦瘦的柳树，发了嫩芽，开了新叶，翠绿的，上面有两只黄鹂在清脆地鸣叫，而它的下面就是一条蜿蜒曲折的河流，在静静地向东流去……

大家也都叫好。没办法，高手太多，没有罚酒的，我们就都举着杯子说给自己奖励一杯。

一轮完了。我提议倒过来换句，也就是出的句子放后面，接的句子放前面。如我出刚刚提到的"一枝红杏出墙来"，你接的应答"两个黄鹂鸣翠柳，一枝红杏出墙来。"或"孤帆远影碧空尽，一枝红杏出墙来。"

大家兴致颇高，尤以劳斯为甚。在W国，他是永远也不可能体会与感受这种中国文化的。他说："我来出一句吧，但我还可以接一句吗？"

我说当然可以。

他就说："野渡无人舟自横。"

曾牛对了"忽如一夜春风来，野渡无人舟自横"。

郝雄答道："日照香炉生紫烟，野渡无人舟自横。"

我知道劳斯喜欢李白的诗，就随着郝雄也用李白的，高声念道："仰天大笑出门去，野渡无人舟自横。"

劳斯果然击掌叫好，并端了酒杯和我碰了一下，说也要奖励我一杯。我二话没说，干了。

他接的是"寥落寒山对虚户，野渡无人舟自横"。说完他得意地对我坏笑。

我知道他想考我。他也确实将得很好。我就说："劳斯先生果然厉害,唐诗的功底很深,连王维的《老将行》都能如此运用自如。这首诗一般人是很少注意的。佩服佩服！来,我奖励一杯!”

这样几个回合下来,劳斯渐渐不行了。我看到他的眼睛有点打烊,脑袋有点摇晃,不一会儿,就趴在桌上睡着了。

郝雄觉得奇怪,问我:“劳斯今天怎么啦？就这点酒。”

我也自言自语:“是啊,不对呀,他今天可能是状态不好吧。”他当然不知道,我们在今天的酒里放了少量的安眠药。而且在中间最热闹也是秩序最乱的时候,服务小姐听从我们在外面的同事安排,将酒壶分做了两个,一个是酒,一个是矿泉水。劳斯这次不倒,那他真的是一个神仙了。

我叫郝雄去外面找服务员拿一瓶冰水和毛巾来为劳斯敷敷额头。他就去了。我们的“服务生”就站在旁边。为稳重起见,我和曾牛轮流叫着:“劳斯先生,劳斯先生,哪里不舒服吗?”又推了他几次。他确实是睡了。

“服务生”立即把那个小提包拿到了隔壁的包厢。那个包厢今晚已经被我们包了。只过了二十来分钟,包又被“服务生”巧妙地放在劳斯的屁股后面。

一直过了一个多小时,劳斯才醒来。他第一件事就是用手去摸后面,包在。郝雄坐在旁边抽烟陪他。我和曾牛则假装也醉了,在睡觉。我还发出微微的鼾声。劳斯看了一下表,说得回去了。他说他们先走,不要惊动曾记者和李教授了,让他们在这里先醒醒酒再走,安全些。

他叫小姐来埋单。郝雄说他买了。

劳斯说真不好意思。他拍了拍自己的脑袋,说怪,今天这苞谷烧酒还真的厉害,一下把我们几个酒坛高手都放倒了。下次不能喝这酒了。醉酒不好,少了很多乐趣。

郝雄说今天时间还早,怎么要急着回去,有事吗?

劳斯确实有些意犹未尽,但没办法,因为杰克不在家,也因为

杰克明天要回来了。他已经接到国内总部的加密传真，说驻南湖领事馆的亨利武官出事了，说问题出在亨利的线人身上，要他们好好总结经验教训。又强调最近一段时间主要是继续实施好“釜底计划”，其他情报工作暂时停止，线人接触也要放长周期。劳斯看完，就打了电话给杰克。杰克说他马上回来。劳斯当然不能跟郝雄说这些内幕。他说，他得去检查检查一些岗位是否有情况。

郝雄说，公司有那么多管理人员，还得你亲自去看吗？

他很认真地说，这是职责，而且有的岗位他必须得自己去看才放心。

郝雄就不便再问。

我和曾牛这时就“醒”来了。

我们问：“这么早就走？”

劳斯很认真地说：“对不起，今天确实有事。”

我们的任务也完成了，心情轻松了许多，也就不再留他。在分手的时候，我们都没想到他说了一句让我们事后琢磨了很久的话。

他说：“中国真好，南湖真好，中国的朋友真好。我要是能永久地居住在这里该多美。”

我几乎是没有思索就答道：“可以呀，我们中国也有绿卡，只要你为我们中国作了贡献，你也可以留下来呀。”

他问：“真的？”

我们三个人竟一齐点着头。

我们回去以后，向局领导报告了这一情况。大家对劳斯的心理做了各种各样的分析与推测，一致的看法是，作为专业情报人员的劳斯，他不是“花岗岩”，而是“水”。也就是说，我们可以慢慢做他的策反工作，将水换一个形状。

58

杰克回来了。他没有回自己的宿舍，而是把行李放到了办公室。他叫来了劳斯，简单地问了一些情况。然后就下楼，进了车库，开着自己的车直接去了领事馆。他到那里用加密的专线电话和蒙巴将军取得了联系。自己的间谍在异国被抓，对于情报部门来说是天大的事，稍不重视就会损失惨重。为此，他需要国内总部及时具体的指示。

蒙巴告诉他，亨利是国防部情报局的，已经回国了。据对他的审查以及情报局所作出的风险评估报告，他的这次出事，对 W 国在中国南湖的整体情报工作影响不是很大，无非是损失了几名中国情报员。他并不知道电子通讯公司是我们空情局的掩护单位。他表现相当不错，该说的说了，不该说的一字未说。蒙巴说，总部的意见都在那个传真电报里，要他好好领会落实，并传达到公司的每一个 W 国人。

最后，他提醒杰克，总统和国家安全委员会非常关注与重视我们在南湖的情报工作。现在和今后一个时期，驻南湖领事馆暂停情报工作。所以，电子通讯公司的情报责任和任务压力就加大了。总统要他转达对公司每一个 W 国人的问候与敬意。蒙巴最后说，

要严密关注周浩的变化。最好找个合情合理的理由尽快辞掉他，放在公司里终究是个隐患。因为刘洋去 W 国留学，是杰克一手负责联系的，并提供了担保。周浩肯定会怀疑刘之光的出事与此有关。总部分析，不排除南湖的反间谍部门想争取他做事；也不排除周浩会提供电子通讯公司的一些情况。当然，可以多给些钱，尽量人性化一些，不要再增加他的仇恨心理。搞情报工作的最高境界是化敌为友。

杰克说明白。

叶婉等杰克一走，就打电话叫郝雄去她的办公室。等他一进来，她就把门反锁了，一把抱住郝雄又亲又吻，两人都有些如饥似渴。郝雄一下就被她挑逗起来了。他在她的耳边喘起了粗气，那气很热，弄得叶婉麻麻的酥酥的。

叶婉轻轻说："郝雄，不知道是怎么回事，我最喜欢你喘粗气。只要听到你喘粗气，我就莫名地冲动。"

郝雄说："我也想你，这么些天了，想死我了！我现在就要。"

叶婉说："傻瓜，这里太危险。晚上去你那里好吗？杰克肯定晚上有事，听说是领事馆出事了，出了间谍，他肯定要做安排，没空管我的。"

郝雄就松了她，说："好吧。"

他们就打开了门。郝雄说："晚上顺便把这几天的情况给我说说。"然后他就走了。

回到公司的当天晚上，杰克就召开了一个 W 国人参加的全体会议。杰克把国内总部的那个传真电报念了一遍，特别强调了要加快"釜底计划"的进度，提高保密意识和敌情意识，不能因为我们目前平安无事而有任何的松劲麻痹情绪，那样终究会出大问题的。他说不久国内总部会通过外交专机再次送一些货过来，要抓紧安装完毕。所以这一段时间，既要抓好超市的建设，更要搞好"釜底计划"。而后者是重点。请大家再加把油，再辛苦一点。快一点完成,就快一点回国。最后他又重申了一些纪律。

叶婉在下班的时候和杰克通了个电话,说她家来了几个亲戚,到南湖几天了她都没空陪。她想今晚请他们吃个饭,然后带他们去商店逛逛,买点东西。

杰克这些天已经筋疲力尽,在心里巴不得她离开他几天好恢复一下体力,就说你去吧,他晚上正好有个会,要安排一些事情。

叶婉就径直去了郝雄在外企服务中心的宿舍。她去过几次。房子虽小,但布置得挺温馨的,很适合谈爱,也适合做爱。她喜欢。郝雄已经回来,她一进门,他二话没说就把她抱到了床上。两人从前奏到高潮,足足一个小时。

叶婉问郝雄:“怎么样?和劳斯的关系进展如何?很遗憾,我也没想到杰克会这么快回来。”

郝雄说:“很好,我们玩得很开心,也谈得非常好。我感觉到他会帮我们的。”

叶婉问:“郝雄,你充其量只是一个业余侦探。你相信靠你一个人能达到你的目的吗?”

郝雄笑着说:“现在有了你,我们就是两个人了。你喜欢做侦探吗?”

叶婉点点头,说:“我这次不就像个卧底的?”但转而她又说,“我真的不希望做这样的卧底,这样的卧底更像卧床,非常恶心。我想问你,什么时候才是个完?”

郝雄说:“其实我也不想这样。我只要想到你每天和那个死鬼子在一起,心里就像有刀子在戳着痛。我会千方百计尽快把那件事查个水落石出。”

叶婉又趴到了他身上:“郝雄,你真的爱我吗?”

郝雄亲了一下她的嘴唇,说:“爱你,自打第一眼看见你的时候,真的。”

杰克晚上的会,由于有劳斯小提包里的窃听器,我们就有了一

个详细的录音，并很快整理出了文字材料。为了加强对W国电子通讯公司的侦听，我们局里专门在公司的对面租了一间民房，派了四个人24小时监控。自从那个窃听器安上去以后，我们获得了不少情况，有的非常有价值。

这天晚上，我们就集中对杰克所说的“釜底计划”和他说的不久要运进来的重要货物进行了认真研究。我们认定那个“釜底计划”与地下超市有关；而那批即将进来的货物则与“釜底计划”密切相关。上次郝雄就提供过一个信息，说W国利用外交专机运过一次货物，还建议我们如果下次他们再这样做，就联合多家部门进行强行检查，不能让他们得逞。

为此，我们向上级提交了方案和建议。省、部领导都做了肯定性批示。局领导指示，近段要多和海关、武警、卫生等部门联系，一有W国运货的外交专机来南湖的信息，请他们第一时间通知我们。同时，要抓紧做好联合行动的准备。

59

杰克的上级蒙巴将军其实没猜错，当初我们是想过要招募周浩。因为他的位置很好，素质很高，且深得杰克信任。但刘之光事件后，由于周浩与刘之光的特殊关系，杰克不可能不防他，不可能再像过去一样信任他。这一点是毋庸置疑的。基于这一点，我们现在就不会再去做周浩的工作了，这是搞情报侦查工作最起码的常识。

蒙巴提醒杰克那样处理周浩，从专业的角度也是对的。然而事情的进展出乎他们两人的意料。还不等杰克劳心伤神去出什么万全之策，次日一上班，周浩就找到了他的办公室。看周浩的表情，杰克就猜到了他的来意。

“杰克先生，这是我的辞程。”周浩将一张纸递了过去。

杰克故作惊讶：“什么？你要辞职？”

“是的，想必我辞职的原因你应该清楚。”周浩话含机锋，直逼主题。

杰克抬头望着他：“周浩，我怎么清楚？我刚从西藏回来呀，正有一些想法，还想今天找你谈谈工作呢。发生了什么事情吗？”

因我和周浩打过招呼，要他千万不能乱说话，他就没有挑得很明。他只是说：“我女友刘洋的爸爸出事了。他是送刘洋去你们

W国时，被你们W国的情报部门策反，回国干了犯法的事。现在被法院判了刑，关进了监狱。”

“这和我有什么关系？和你现在从事的工作有什么关系呢？这个问题在我的公司不是问题呀，你完全可以继续干下去的。”杰克问。

“我恨你们W国人！”周浩说。

“但我们是朋友，是同事啊。周浩，你说老实话，我不信任你吗？我不关心你吗？我不重用你吗？我要你干过让你为难的事吗？”

周浩说：“是的，你是关心我信任我，也确实没让我干过为难的事。可我心情不好，我不想在这里干了。请你也理解我行吗。”

杰克见状，便摊了摊手说：“其实任何事情都是能说清楚的。你既然说到了这份儿上，我除了理解支持，还能做什么？回顾这些时间我们在一起的情景，我很愉快，很感谢你，也真的为你骄傲。你为本公司作出了杰出的贡献。这样吧，我同意你辞职。但也请你接受公司和我个人的一点心意，当然也包括谢意。我就通知财务部门，给你一张二十万元的支票。OK？”

周浩来时就料到了这一点。开始他还想讲点中国人的骨气和傲气，一分钱也不要，把辞程往桌上一丢，然后转身扬长而去，潇洒至极。但后来一想，这洋鬼子的钱，都是赚的中国人的，而且这个公司说不定还在做着祸害中国人的事呢，不要白不要，他还想办自己的公司呢。于是他就说：“谢谢杰克先生。”

杰克当场打了电话，又说：“今晚能不能请你吃个饭，就中层以上干部参加，也算是个告别吧。”

周浩说：“不了，吃饭就免了吧。我不想大张旗鼓。”

杰克说：“那好吧，祝你以后一切顺利，过得快乐！”

看着周浩离去的背影，杰克一下子就轻松了许多。这件事情的处理比他想象的要简单得多。

当天晚上,叶婉在杰克的宿舍过夜。杰克早早地洗了澡,光着身子坐到了床上。他示意叶婉快点脱衣上去,显得有些猴急。叶婉就说别急,她想说说话。她问:“杰克,你们的领事馆出了间谍,到底要你回来干什么?和你有关吗?”

杰克就不高兴,说:“和我没有什么直接关系。但我的国内上级对我关心,特别提醒我以后和中国人打交道时多小心一点,不要让人抓到什么把柄。他们怕我也惹上麻烦。”

叶婉说:“我感觉到你还是对我不信任。我总觉得你有什么事瞒着我,不愿对我讲。”

杰克说:“小婉,我跟你说实话吧,我是有些事不想对你讲。但我不对你讲,其实是对你最好的保护。我不想把你拉到我的游戏里来。你要知道,在某种游戏里,你知情越多就越危险。你应该看过金庸的小说吧。我在W国学中文时就看过。里面的江湖世界到处是刀光剑影,而你仔细想想,那些被追杀的大都就是知道某个秘密的人,而知道得越多,追杀他的人就越多。”

叶婉说:“我只是一个小女人。我对政治不感兴趣,对你的商业运作也不感兴趣。我只是好奇而已。好了,你不说也没关系。来吧,你不是只对我的身体感兴趣吗?”

杰克一下子就有些无趣,那东西也很快耷拉着软了。他穿了裤子,对叶婉说:“我答应你,以后我会找个适当时候告诉你一些事情。不过不是现在。我最近的心情特别乱。今天周浩辞职了,把我搞得措手不及。”

叶婉一惊:“什么?周浩辞职了?为什么?”

“就是那起间谍案件吧,原来他未来的岳父也是其中的一个。他情绪很不好,说没有心思再在这里工作。我其实很欣赏他的,在中国的业务几乎都是他在打点。他干得非常棒,是我非常得力的助手。”杰克叹了一口气,很惋惜的样子。

叶婉就问:“那谁来接他那个位置呢?”

“我想把郝雄提上来。你看怎么样?”

“郝雄个人素质没问题,但就是来的时间短了一点,市场经验还不够。”叶婉说。

杰克说:“人不是生来就什么都行的,得有个过程。而且还要看你是否给他一个适当的位置和一个合适的舞台。郝雄也很优秀,与周浩相比,他还是一个法律专家。虽然在目前的中国不是很讲法律,但真有个什么事,最后还得用中国法律来维护本公司的权益。你先睡吧,我想去工地看看,反正现在也睡不着。”

地下超市基本已经建成,螺旋式上升的巨大空中停车场也已拔地而起。工地灯火通明,工人们有的在卸脚手架,有的还在焊接,像烟花一样的细小的火星高高低低地绽放着,点缀着无聊而单调的夜空。杰克没有去那边的工地。他径直去了监理室。有一个W国人在那里值班。

这个监理室对外就是整个工程也是以后整个超市的水电及安全网络控制中心。房子有上下两间,进门一间在上面,不到二十平米,放了一张床铺,一组沙发,一个电视,一张桌子,各种仪表都装在墙上,确实很像一个控制室。他示意那人关了门,拉起了窗帘。然后他掀开了一块盖板,到了下面一间。这一间大约三十平米,四周一格格地很整齐地摆放着一些器材设备。装修非常精致,灯光很亮,墙漆是从W国运来的。整体看去一气呵成,天衣无缝。

杰克这里看看,那里摸摸,在有的地方还用手敲敲。他不时地自己一个人点头,看得出他对自己的杰作很满意。

他又爬了上来,问上面值班的人:“他们还在加班吗?”

那人说:“是的,老板。”

“加餐送进去了吗?”

“送进去了,老板。”

杰克说:“那就好。你辛苦了。”他和那人握了一下手就回宿舍去了。

60

周浩走的第二天，打了电话找郝雄，说想请他吃饭，聊聊天。郝雄马上同意了，说才知道他辞职了，正想找他呢。

两人在城郊找了个很清静的小店，要了一瓶红星二锅头，说这酒既纯又有劲，特别适合哥们儿对喝。

周浩先举杯，说："首先我要祝贺你。"

郝雄不解："祝贺我？我有何喜事值得祝贺？"

周浩说："不出意外的话，你就要当副总经理了。"

郝雄就笑："怎么可能？我还是个新兵呢。而且我又不是杰克的亲信。"

周浩分析道："第一，你的综合素质在中国员工中是最高的；第二，你年轻，有热情，有干劲；第三，你是我周浩推荐的。就此三条，非你莫属。"

郝雄说："前两条如从不谦虚的角度讲，还马马虎虎说得过去，这后一条，你都辞职了，都靠不住，他还会用我吗？学弟愚钝，请周总明示。"

周浩说："不是我自我吹嘘。我周浩第一是工作兢兢业业，对老板是忠心耿耿；第二是不该问的不问，不该说的不说，对任何一

个老板来说，我都是值得信任的。杰克最欣赏我的也就是这两条。当然还有第三，就是我的能力还过得去。你想想，物以类聚，我喜欢和推荐的人他能不用吗？你说，这酒应不应该喝？”

郝雄想了想，无言以对，就点点头，一口喝了。

周浩几杯下去以后，说：“我本是一个很单纯的人，就想有一份自己喜欢的事业，干出一点自以为是的成绩，多赚一点合理合法的钱，成一个自己满意的家。然而现实太残酷，把我这一点并不过分的理想都打得粉碎。碎了也就碎了吧，我还没办法说，还没办法让人理解。今天不好意思找了你，你不反感吧？”

“哪里哪里，你是我的导师呢。我正有一个问题想不通，你干得好好的，怎么突然就要辞职呢？”郝雄问。

周浩独自干了一杯，说：“唉，兄弟之间实不相瞒。我女友刘洋的爸爸是W国的间谍！前一阵子电视台都报道过，那个南区区委副书记刘之光就是刘洋的爸爸，也是我的准岳父大人。”

“啊！这是怎么回事？”郝雄是真的不知道，也是真的有些惊讶。

“我记得和你说过，在我女友出国留学的整个过程中，杰克帮了很大的忙。而刘洋的爸爸去W国送她时，被W国的情报部门盯住并策反。那些人一手拿钱诱惑，一手拿刀威胁，说不同意的话，洋洋的生命他们不予保障。我就怀疑，这里面有没有杰克的因素？杰克和那些人是否有什么关系？当然，我确实没有证据。可我有感觉。现在杰克的公司就有很多解释不清的问题，比如，西院的工程，前期那么多的地下土建为什么不用中国的工人？为什么在施工的过程中要那样神神秘秘见不得人？现在的监理室为什么不能让中国人进去？为什么从W国运来的设备材料不让我们染指？所以，如果杰克真有问题，我觉得早走为好。我不想重蹈洋洋她爸爸的覆辙。”

“那你为什么还要祝贺我当什么副总经理？你是学长，不会是见死不救还幸灾乐祸吧?"郝雄故意说。

周浩摇摇头说:"你和我的情况不同。出了那件事后,杰克那样聪明的人肯定知道我内心里有怀疑和愤怒的情绪。他不可能再信任我。与其让他来炒我,不如我主动炒他,我还能保持一份尊严。你没有这些事情。而且,恕我直言,我现在离开那个地方就可以说了,你刚来时,不是对西院感兴趣吗?我感觉到,你似乎是身负什么特殊使命来的,如果我没猜错的话。当然,你有权拒绝回答。"

周浩说完就紧紧盯住他的眼睛。

郝雄不得不在心底里佩服周浩眼光的犀利和准确。也许,郝雄来电子通讯公司不久,他就知道了他的来意。不然,为什么那天他别的地方不找,偏去了屋顶?为什么叶婉的出走和返回,周浩都认为和他有关?为什么他多次提醒自己不要在公司轻举妄动?但是,郝雄还是牢记着我的嘱咐。他清楚,他什么也不能对周浩说。只要他不亲口说,那一切都只是没有根据的猜测。倒不是不信任他,而是以防万一,且为时过早。这样的事情越少人知道,就越安全。

郝雄就反过来说:"师兄,你认为我负了什么使命呢?我和杰克先生既无冤又无仇,难道还要查他什么?另外,我是律师,专门帮助弱者和那些受难者的,公安不喜欢,法院也讨厌,检察院就更恨了,因为我们是对头。你说,按我的性格,我会听他们的使唤,帮那些部门做事吗?"

看得出,周浩很无奈。他说:"你不说也罢。但愿你说的是真的。如果是这样的话,我劝你一句,你要是当了副总,一定要注意处理好与叶婉的关系。这是杰克最忌讳的。同时,学我的,只认真做事,不该问的不问,不该说的不说。这点是杰克最喜欢的。"

郝雄说:"我一定铭记在心。今后在公司里碰到什么棘手的事,我会打电话向你请教的。"

周浩说没问题，又意味深长地说："希望你心想事成。"

白酒很快就喝完了。周浩又叫了两瓶啤酒，说嗽嗽口，便各倒了一杯后说："今天叫你来还有一件事。我准备开一个中介公司，既可以搞劳务出口，又可以为出国留学者牵线搭桥。我有一个大的想法，就是要以刘之光为典型事例，至少告诉从我手里出国的人们，到了外国要注意什么，怎么保护自己。你是法律专家，我这个公司就很需要你这样有理论有实践的人才。如果哪一天你不在杰克那里干了，就到我这里来吧，算是帮老兄一把。"

郝雄立刻就答应了，说："行，我们一言为定。"两人丢掉了杯子，拿起了瓶子，对着嘴巴，咕咚咕咚几口便干了个精光。

过了几天，周浩七弯八拐地问到了我的电话，找到了我。他告诉我他离开了 W 国电子通讯公司，又问我案件办得怎么样了。

我说还没完，正在办。

他说他希望早日听到我的好消息。

我说破案后一定以最快的速度通知他。

61

周浩的预言是准确的。两天后，杰克果然召集电子通讯公司中层以上干部开会，宣布了对郝雄的任命。劳斯是第一个站起来鼓掌向他表示祝贺的，而且眼神非常真切。会后，杰克找他谈了一次话，说要他负责整个公司的经营工作，包括电子通讯产品的销售和以后超市的营业。然后对他提出了一些要求，并说要他好好向周浩学习，恪尽职守，忠于公司，干出业绩。最后，他也谈到了劳斯。

他说："郝雄，听说劳斯和你的个人关系非常好，你也常常带着他出去喝酒游玩，还介绍了一些中国朋友给他认识。对吗？"

郝雄就说："是的。"

"你也知道，他虽然是W国人，也是我的副手，但他毕竟刚来不久，还不太懂公司的规矩。他在外面没有说不该说的话吧？"杰克问。

郝雄笑着说："他说话多呢。他对中国的文化非常熟悉，特别是对中国的唐诗宋词很有研究。在这方面我都没法和他对话。我就介绍了两个朋友，一个是报社的，一个是专搞中国古典文学教学的。他们有一个共同点，就是都有很高的古诗词素养。他们在一

起就很热闹了,你一句我一句,有交流,也有争论。不过,我可以担保,劳斯先生对他自己的情况,特别是对本公司的情况,他可是一句也没说。真的,我以自己的性命担保。”

杰克感觉到,郝雄说的和上次劳斯说的差不多,两相印证,他似乎放心了一些。但他心中的主意已定,不容改变。

当天郝雄就搬到了周浩用过的办公室。行政主管很快也送来了一把车钥匙。他走到窗户边,指着一台崭新的奥迪车对郝雄说:“郝副总,那台牌照号码为6688的车就归你用了。这是老板亲自安排的。”

郝雄说:“谢谢老板,谢谢你。”

郝雄拿了新车,爬到了高位,其实心里并不快乐。虽然当了副总,但核心业务进不去,齐晖的死因至今没弄清楚,反间谍部门交给他的任务也进展不大。最近叶婉也催得紧,说她不想再过这种人不人鬼不鬼的日子了,要他快点想办法了结这宗事情,好与他早日结婚。他知道,这事还真急不得,心急吃不得热豆腐,心急会出错,弄得不好会出大问题。所以,他一边要努力工作,稳住杰克;一边要相机行事,调查公司的内幕;一边还要应付叶婉的情感追逼。他心里确实好烦,压力也确实很大。

我们为安全起见,对杰克配给他的车作了技术检测,发现他的座位下有一个微型窃听录音装置,把他吓了一大跳。他问我们怎么办?

我们就笑着说,这没关系的,是间谍惯用的手法。这是坏事,也是好事。如果没有被发现,在车上说了不该说的话,就会坏事;如果被我们知道了,利用它,多说些杰克喜欢听的话,就是好事。我们提醒他,在车上千万不能谈敏感的事,特别是不能和我们的人在车上谈。除此之外,没有问题。杰克这样做,是想测试一下他的忠诚度。

他想了想,说明白了,并说他知道怎么做。

我们和劳斯的关系在这一段时间里倒是突飞猛进。尽管还没有达到无话不说的程度，但对他背景的了解以及他内心里的价值取向，我们渐渐有了一个清晰的轮廓。

有一次我们带他去了我的母校南湖大学。

那是晚上，空中挂着一轮皎洁的月亮。学校建得很有特色。中间是一个超过一万平米的湖，这在全国高校都极为罕见；湖中有一个小岛，小岛上有一个八角亭；一条小桥弯弯曲曲通向岛上。湖边是一排排的垂柳。沿着湖，就是一栋栋教学楼，教学楼后则是一幢幢宿舍。整个结构就像奥运会的主会场，中间是巨大的足球场，四周呈辐射状延伸的则是看台。站在我们每一栋教学楼上，不管哪个角度，都能欣赏到湖光水影。而有月亮的晚上，其景色我认为超过清华大学的荷塘，只可惜这里没有朱自清这样的文学大师，写不出像《荷塘月色》一样的美文来。

进入校园，迎面就是一棵棵参天大树，微风吹过，树叶沙沙作响。教学楼和宿舍楼的灯光就在密密的树林间若隐若现，斑驳陆离。学生们三三两两，有的夹着书去教室，有的则背着书包回宿舍。一路走进去，感觉路上、树林里乃至空气中都弥漫着沁人心脾的书香味。

我们在外面超市里买了些啤酒和零食，就径直去了湖中央的岛上。那里特别的安静，可以看粼粼的波光，可以听从水上习习掠过的风声。

到了亭子，我们打开了酒。奇怪，在如此宁静的环境里，我们竟不忍心高谈阔论，更不忍心猜拳喝酒。这是一个只适合谈心的地方，一个最适宜回忆的地方。我们都像约好似的，都没有大声说话，只悄悄地喝着酒，吃着花生米，默默地欣赏着高高的月亮、远方的垂柳和近处的水光。

就是那一次，劳斯和我们说起了他的身世。月光照在他清瘦的脸上，时明时暗，但那双眼睛却一直是亮的，说到动情处，我还能

看到里面荡漾的泪光。

劳斯出生于W国西海岸的一个小镇。父母都是普通百姓,在镇上一个小工厂做事,日子过得比较清贫。他从小经常遭人白眼,所以很小他就懂得贫穷没有自尊的道理。读初中的时候,他就在心里立志,要改变自己的命运。于是他发奋读书,同时还勤工俭学,以贴补家用。

初中快毕业的时候,镇上搬来了一对中国夫妇,很年轻的,都不到三十岁,记得好像是江浙一带人,说话很好听,像音乐。男的姓陈,女的姓易。听人说,他们是在中国读完本科再来W国攻读硕士的。硕士学业完成后,他们都拿到了绿卡,但不愿留在大城市,而是选择了到那个小镇上教书。男的讲哲学,女的讲历史,并且都成了劳斯的老师。由于劳斯在所有学生中是最勤奋用功的一个,他们就特别喜欢他,常常把他叫到家里去玩。他们家里有很多的书,但大都是中文的,他看不懂。

陈老师就告诉他,中国是一个有着悠久历史的文明古国,中国在世界上遥遥领先的时候,W国还没有人只有动物呢。中国的哲学、文化、文学真的是博大精深、奥妙无穷。而W国虽然有泱泱大国的风范,兼收并蓄,广采众长,但它更多的只有被称为“快餐”的文化,今天流行这个,明天流行那个,尽管看起来五彩缤纷,却都没有历史的厚度与文化的底蕴。所以,作为一个当代世界人,如果不了解中国,不熟悉中国的文明文化,那就真的是太遗憾了!要知道,流行是短暂的代名词,时尚是过去的翻版,唯有优雅才是永恒的。而中国文化就有这一特质。

这些话,给劳斯的影响与震撼非常大。从那以后,这对夫妇就利用业余时间开始教他中文,一直到高中毕业,从未间断。

劳斯说,因为离海近,他们常带他去海边散步。只有在散步的时候,他才能感觉到他们身上浓郁的诗人气质和中国人特有的悲天悯人的情怀。也就是在那一段时间,他爱上了中国的唐诗宋词,迷上了一千多年以前远在中国的李白、王维、苏东坡、李清照等文学大师,记住了陈老师和易老师在不同的时节不同的情境中念过的诗词:“海上生明月,天涯共此时”“海内存知己,天涯若比邻”“身在异乡为异客,每逢佳节倍思亲”“举头望明月,低头思故乡”“十年生死两茫茫,不思量,自难忘”“有时思到难思处,拍碎栏杆人不知”。中国的唐宋诗词在世界文学史上都是一大奇观,字少神凝,一个词乃至一个字,都包含着博大的内容。不懂中文,不通中文,是绝不可能走进那神秘奇妙的美学世界的。每次看到老师忘情地念诗时,在旁边陪伴的小劳斯就出神地望着海的尽头,他知道,那里就是中国,就是那个令他的老师魂牵梦绕的国度。

由于劳斯的中文水平出类拔萃,他被W国首都一所世界一流大学的国际关系学院录取。学校明确告诉他,对他的培养目标就是一流的中国问题专家。去学校报到的那天,劳斯的父母一定要请那对中国夫妇到家里吃顿饭。他们去了。父母对劳斯说,以后不管干什么,都不能忘记中国老师的教育培养之恩,都要致力于W国和中国的友好。劳斯只是一个劲点头。在他的心里,中国早已是他的一个梦,一个他非常向往的地方。

说到这里,劳斯竟长长地吁了一口气。他说,他读完本科后接着又拿下了硕士。他当时的目标就是进外交部,然后争取派到中国来工作,当一个和平使者,以实现他儿时的梦想。但没有人推荐他,因他在国会和政界都没有熟人。最后去了一家公司。

不过值得欣慰的是他终于来了中国,还认识了这么一些有热情更有才情、既时尚更优雅的中国朋友。他是真的知足了,他能够回去告诉他的那两位年近半百的中国老师:他去过中国了,他相信了老师对中国的描述与评判。

劳斯停止了他的叙述。听到这里,我们都没有插话,也不知道要插什么话好。一会儿,还是曾牛开口打破了沉默。在这样的场合,你才明白酒真的是一个好东西。他端了酒杯,说:“劳斯先生,

我们三个中国人非常感谢你有如此浓厚的中国情结,更感谢你这么一段时间来和我们交朋友谈文学,谢谢你,来,干一杯!”

我们扯开了话题,又天南海北地侃了一通。月亮渐渐地往教学楼后面躲去。时候不早了。由于情绪比较沉闷,我们就要郝雄陪劳斯一起回公司。

劳斯并不想走,但看我们坚持,也就随郝雄上了车。我和曾牛则打的去了办公室。

我们处里有条规定,凡接触关系人,必须当天向领导汇报谈话内容,不能过夜。这是为了防止记不全,更是为了防止忘记。到了办公室,车副局长和有关办案人员还等在那里。我首先把情况作了报告。曾牛接着作了补充。我们大家分析,劳斯说的应该大部分是真实的,除了没说他现在是干什么的外,其他应该都是他的经历。我们在现场,确实能感觉到他有中国情结,对中国有一种挥之不去的感情,对我们几个人也非常信任。在此基础上,我们认为,也正式建议,已经到了可以向他套取有关情况的阶段了。

车副局长同意我们得出的结论。他说,下次可以试试套一点情况,探探他的底。

62

一天晚上,杰克找了劳斯,对他说:“明天中午,我国一架外交专机将会把那些货物运过来。按惯例,货物先送到领事馆。下午你负责带几个人去领事馆取,晚上务必要全部安装到位。另外,”他严肃了脸补充道,“这是我们自己的事,就不要和郝雄说了。”

劳斯会意,说:“好的,我这就去安排。”

负责对劳斯进行侦听的同事第一时间向我们报告了这一消息。紧接着,从海关那边也印证了这一情况。于是,局领导全部出马,紧急向市委作了汇报。市委连夜召开了有公安、海关、边防、卫生、司法等部门参加的联席会议,要求各单位赶快行动起来,按照前次制定的方案,各司其职。

次日中午,一架银灰色的印有 W 国国旗的大型货机徐徐降落到在南湖的“清池机场”。身材肥胖的 W 国驻南湖的总领事西装革履,带了几名随从已提前等候在停机坪。两台平板大货车也已到了指定位置。只等机舱打开,按惯例,他们就直接把货物吊进货车,不需经任何检查,返回领事馆。这在历史上就是这样做的,是天经地义的。所以,总领事和往常一样,这时正满面春风,脸带微笑,翘首迎接着来自国内的使者。

突然,一群穿各种制服的人急匆匆跑了进来。其中一个是海关关长,他和总领事认识。他走上去说:“总领事先生,我奉命前来告诉你,这次你们的货机必须接受检查,否则任何东西也不能进关!”

总领事听了一呆,当即问:“关长先生,为什么?您是不是搞错了?”

关长说:“对不起,就是贵国这趟飞机。我只是奉命行事,没有解释的权力。”

总领事显然生气了,问:“你们知不知道,这是违犯国际法和国际惯例的。你们是要对后果负责的!”

边防局长走了上去,说:“总领事先生,我是南湖市边防局长。据我们获取的情报,你们这架货机上有可能装载危害我国家安全的货物。”

总领事问:“谁提供的情报?”

“对不起,我国法律有保护情报来源的规定,无可奉告。”

W国人似乎是天生的世界老大。总领事终于大发脾气了:“好,我就联系我国的北京大使馆,我要向中国政府提出严正抗议!你们中国人连外交专机也要检查,哪还有国际公理可言,真是无法无天了!”

海关关长不温不火地说:“行,你联系吧。我们就在这里等着上面的指示。”

总领事很快要通了W国驻北京大使馆的电话。那边答复说,这是头一次碰到的情况,要他稍等,他们会马上与中国外交部联系。

后来听说,中国外交部的答复是,中国的外交专机每次到W国也要受到检查。那么W国的外交专机到中国来,同样不能例外。W国驻北京大使馆的官员无言以对。

那天我在现场看到,总领事不久就接到了北京方面的电话。

他说的是W国语，边听边点头，越听脸色越不好。最后，他关了机，对身边他的随从人员说：“通知机组人员，原机返回，不得停留！”说完他气呼呼地坐进了小车，一溜烟走了。

事后才知道，这是我国第一次对W国提出检查专机的要求。看来，W国也不是绝对碰不得，关键是有理有据，不能示弱。虽然这次没检查成功，但至少在心理上我们胜了一筹。

这次行动说明了一个问题，他们的货机运来的货物是见不得阳光的，那么他们上次运来的放置在电子通讯公司的货物应该同样也见不得阳光。可那是些什么东西呢？如果不搞清楚，它们会给我们的国家安全带来什么危害呢？我们当时推测，它们有可能是电子监视监听设备或者是空中无线信号搜集分析设备。因为W国的电子通讯公司离空F师太近了。

杰克听到这个消息，心情异常沮丧。他心里清楚，那批货物太敏感，只有通过外交渠道运送是最安全的，如果这条路被中国堵死，要从另外的渠道运进来，代价太大不说，而且实在太危险了。货物进不来，他的任务在短期内就完不成，那他回国的时间就会遥遥无期。倒不是他思乡心切，或者是感情没地方寄托，而是很想念儿子。儿子非常可爱，每星期都给他发电子邮件，里面有他新学到的知识，有他在郊游的照片，还有记录他怎么想爸爸的日记。但他感觉到，联系再怎么密切，那都是间接的。他好想能每天摸到儿子的头发、脸蛋，能看着儿子睡觉，能背着儿子在草地上奔跑。时间越久，他的这种思念就越强烈。

总领事打电话给杰克，说今天是他历史上最黑暗的一天，语调低沉，还有些嘶哑，说请杰克过去坐坐，聊聊天，不然他会被气死被闷死的。

杰克说好的我就来。他的心里还有一件事，正好要去领事馆。

杰克进了领事馆，径直去了总领事的私人小酒吧。那是一片别致的小天地。总领事已经兑好了酒在等着他。

总领事劈面就说:“杰克,今天这事太蹊跷,太突然了。我到现在还没有想通,问题出在哪里呢?哪个环节出事了吗?上次我们接运那批货物时,我这边都是派领馆内部的人去机场直接提货的。但我记得,你那边好像是几个中国人来取的。你还有印象吗?你再仔细想想,都有哪些人参加?”

杰克认真回忆了一遍。那次是他要郝雄带几个中国工人去的。当然劳斯也知道。但郝雄怎么知道里面装的是什么东西呢?而且,当时货到了院子后,就全部移交给了W国人,由W国人搬进监理室,放入地下室才开封的。详情绝对不会有任何外人知道。至于郝雄,虽然表面上是周浩推荐的,但最后还是由他自己亲自考察审定的。对郝雄的身份他是秘密查过的。郝雄进来后的工作表现相当不错,个人的能力与品质他也很满意;更重要的是,与周浩一样,他也用窃听录音的办法,人不知鬼不觉地对郝雄做过测试,没有发现任何可疑的地方,应该不会有什么问题。不过,中国有一句俗语,叫人不可貌相,提防一点总有好处。也许,自己对他太信任了?下步看来还得好好观察观察。情报工作就是宁可信其有,不可信其无。

但他没有把自己的想法说出来。他的电子通讯公司与领事馆是两个平行的情报单位。国内总部也严格指示他,情报工作不能平行交往,那样容易出问题。他没有义务,也没有权力向总领事报告工作。所以,他只是说了句:“是有这么回事。我回去以后得好好查查。”

两人在工作上都不好说什么,也不好问什么,就聊起了各自在中学、大学和家乡的一些有趣事情,借以助助酒兴。

几巡过后,杰克想起了另外一件事。他说:“我想用一下领馆屏蔽室的加密专线电话。我有一个重要情况必须向我的总部报告。”

总领事摊摊手:“请便。”

杰克说:“不好意思,我只需一会儿。完后我再来陪您继续喝。”

杰克进门后与往常一样反锁了门。他是给蒙巴将军打电话,内容是有关劳斯在中国的表现及他的建议。

63

一天，W国驻南湖领事馆转给杰克一份从国内总部发过来的密传电报。这份电报其实又是一份任职通知。大意是劳斯被调到空情局另一个部门任职，让他抓紧做好交接工作，尽快回国履行新职。

杰克把这份通知交给了劳斯。劳斯看了后，很高兴，问："杰克先生，是你要我快点回国吧？"

杰克连连摇头："不，我什么也不知道，我也是刚看到通知。我希望你能多留一段时间。"

劳斯笑着说："噢不，我觉得很好，这个时候回国最好。在中国呆久了，我会留恋的。"又说，"我这就去准备，明天就走。"

杰克说："那今晚就在一起聚个餐吧，我们大家为你送个行。"

劳斯说："不用了，我又没有升职，只是平调而已。我倒是想和那几个中国朋友告个别。那几个人，包括郝雄，有思想，有头脑，也很讲义气。杰克先生，在南湖搞情报，今后兴许能用得着他们。你没意见吧？"

杰克拿他没办法，但想到他反正要走了，不如送一个人情："不，我没有意见。劳斯，你在这里是很自由的，不是吗？去吧，中国人喜欢说，人生得一知己足矣。但愿你们友谊长存。”

我们的聚会还是定在“临江仙”饭店。劳斯说，那地方好，特别是那里的“苞谷烧”好。他还想再醉一回。

我和曾牛早早地去定了包厢，点了菜。我们都不知道劳斯第二天就要回国，郝雄也不知道，因为他在电话里什么也没说，和往常一样。

我还在头疼，今晚又该和这个深爱中国文化的洋鬼子玩什么游戏呢？

劳斯是坐郝雄的车一起来的。一进门，我们就发现他今天的表情不对，往日一见面，就和我们拍拍打打，搂搂抱抱，开开玩笑，但今天脸却是阴的，一言不发。

听郝雄后来讲，劳斯在来的路上也是低沉着脸，眼睛只望着窗外。他看到劳斯的眼睛是湿润的。他不好问，也不敢问。大家都觉得可能发生了什么事。

苞谷烧上来了。劳斯先给自己倒了一大杯，然后又给我们满上，说：“我明天要回国了，今天是最后一次与你们这些朋友在一起。来，把这一杯干了！”

什么？回国？为什么？我们三个几乎是异口同声地问。难道他来华的任务完成了？但据我们的了解，他还并没有做什么事呀。

劳斯说：“这没有什么理由的。用你们中国的话说，是组织安排，工作需要。所以我今天很郁闷，我在中国呆的时间太短了，我还没有真正深入地去感受这片土地。来吧，喝了，再请你们每人送我一句祝福的话，诗最好。”

说完，他一口将那一大杯喝了个精光。

出乎意料，太出乎意料了！此时，我们根本就没有时间去想，我们有什么任务？我们是否要向领导报告这一突发情况？我们是否要抓紧时间向他问一些我们感兴趣的问题？都没有，而且也来不及。我们已经落入了一种就要离别的伤感、即将分手的留恋、往

日美好的回忆之中，一种告别时男人最常有的豪迈之情弥漫在我们之间。

我们就都站了起来，像英勇赴义的壮士，一点不剩地干掉了那杯酒。我感觉到那酒如一条火龙从喉咙一泻而下，直抵丹田，烧得我全身发烫。然后那热又反过来直冲头顶，烧得我满脸腓红。

劳斯看我们这为了朋友不怕酒烧的架式，非常感动，眼泪终于控制不住了。他没有去擦，而是用舌头舔了舔流到了唇边的泪水，又抿着嘴一个人使劲点头，表示他无以言说的感激。

他有些哽咽，说不出话，只用手势一个个请我们，意思就是要我们每人说一句“好听的”。我知道这家伙的内心世界，又想考我们的唐诗。我和曾牛这一段时间像临时赶考一样，为应付劳斯，还真背了不少唐诗，当然重点攻读李白和王维的。曾牛说他都快成了李白和王维两位老夫子的硕士研究生了。郝雄估计也没少花工夫，每次他都能应对自如。

我就提议：“这样吧，我们都送一首唐诗，而且限定在李白和王维的作品里，而且要稍作改动，符合今天的场景。如何？”

劳斯很激动，说：“谢谢！”

我说：“郝雄先来吧。”

郝雄就站了起来，端着酒杯：“劳斯乘舟将欲行，忽闻岸上踏歌声。桃花潭水深千尺，不及郝雄送你情。”

劳斯一听，端起杯子说：“谢谢。”仰脖干了。

曾牛想了想，也端起酒杯站了起来：“南湖暮雨浥轻尘，酒店青青柳色新。劝君更尽一杯酒，西出中国无故人。”

劳斯说：“好好，故人者，你们也。”他又干了。

我自己倒了一大杯，然后真的像一个站在讲台上的中文系教授，饱含深情地朗读道：“弃我去者，劳斯之心不可留；乱我心者，今日之日多烦忧。长风万里送劳君，对此可以酣高楼。人生在世不称意，明朝再来弄扁舟。”

劳斯终于哭出声来了。他抱着我们三个人,说:“我的心不会弃你们而去,我的心在中国,永远在中国。以后有机会我一定再来,一定和你们在南湖泛舟!”

他有些喝多了。他说:“今天酒到此为止吧。趁还清醒,我有几句话说。”他转身对站在门旁的服务小姐说,“小姐,请你出去一下好吗?谢谢。”

我们都安静了下来,都不知道他会说什么。但看他这样郑重的样子,我们有一种感觉,他会说一些也许恰是我们感兴趣的东西。

他说:“我这一段时间来中国,非常感谢你们的热情,特别是你们的才华,给我留下了难以磨灭的记忆。这一段时间,因为有了你们,我过得太愉快了。但是,世界上没有无缘无故的好。恕我直言,你们有你们的目的。从某种角度上说,我们是同行。然而,我们并没有成为敌人,因为我们有共同的文化素养,有共同的兴趣爱好。我其实是多么希望自己是一个中国人啊。也许我前生是,不然,我为什么如此喜欢中国,又为什么与你们如此投缘呢?”

听到这里,我们都惊呆了。他原来早已知道,他原来什么都知道只不过什么也不说而已。

他拿出了放在屁股后面的小提包,从里面取出了我们安置的窃听器,说:“这个我觉得应该完璧归赵了。再放在我这里,就可能对我有危害了。说实话,我的酒量是很大的,作为同行都知道,凡派到国外去的,都会经过这方面的训练。而且,我身上还有我们专门研制的解酒药。所以你们要想搞醉我,几乎不可能。但那一次我醉了。醒后我就清楚,你们肯定在我身上做了手脚。可我不会说。另外,你们可能还想知道其他一些有关电子通讯公司的情况,那就请原谅了。你们为了你们的祖国,我也为了我的祖国,各为其主吧。其实呀,干我们这一行,玩的是一个游戏。在这个游戏里,你可以玩我,我也可以玩你,就看谁更高明,更棋高一着。游戏

是快乐的，输也好，赢也好，都到了其次，因为都有一种智慧之美，智者之乐。不过，我可以说一句，我们做了对不起中国的事情，做了对不起南湖的事情。我只能说到这一步了。再说下去，我可能就真的永远也来不了中国了，永远也见不到你们了。能理解吗？"

我们还能说什么？我们还能不理解吗？虽然他的话里没有一个"情报""间谍""窃听器"等这样敏感的字眼，但他说的意思是再明白不过的了，他话里所包含的信息是再明显不过的了。我们都没说话，都只是心照不宣地点头。此时说什么都纯属多余。

他收起了小提包，站了起来，说："我得走了，我还得回去收拾收拾。"

我和曾牛送他到门口。郝雄已经发动了车。

劳斯和我们再次握手，意味深长地说："我们肯定还能再见！祝你们一切顺利！"

64

劳斯的那番话至少透露出了几个重大信息:第一,他承认他和我们是同行,说明他是间谍;第二,既然他是间谍,那么说明杰克和W国电子通讯公司就具有间谍性质;第三,他说他们干了对不起中国对不起南湖的事情,说明他们已经在从事危害我国家安全的活动;第四,他把我们安装的窃听器还给了我们,说明杰克并不知情,对郝雄也不存在威胁。劳斯走后的当晚,在我们处的会议室,车副局长和有关办案人员一致同意我的上述看法。

我接着说,劳斯的走对我们是一个重大损失。我们做他的工作做到这一步实属不易,眼看就可以"揭盖"了,不料W国一纸调令把他召回。郝雄告诉过我,说他提副总的那一天,杰克找了他,专门问起劳斯和中国人接触的情况,并特意问了劳斯是否和我们讲过电子通讯公司的事。这说明首先是杰克对劳斯起了疑心。从专业的角度讲,劳斯确实和我们接触太密,这也是我们今后要汲取的教训所在,而且他总是一个人独往独来,杰克不怀疑才怪呢。我站在杰克的立场想,他目前也难过,压力肯定也很大。为什么?最大的难题是,W国驻南湖的领事馆被我们抓出了间谍,他们苦心经营的间谍网络被我们摧毁了,要重新派人来,要重建组织,没那

么容易。但是,另一个方面,我们的空F师又刺眼地摆在南湖,对W国的威胁他们搬不走,打不烂,又必须得关注。这就决定了杰克肩上的任务,也决定了他今后一个时期的角色。他不能放弃,不能逃避,他必须得继续走下去。所以,我们是有信心的,只要他走下去,就总会露出破绽。

现在我们面临的问题是,没有了劳斯怎么办?我手中的郝雄目前由于他中国人的身份,做了很多努力,确实难以打入W国人的核心圈子。他在这段接触劳斯的工作中已经做得相当好了。据他说,当时的副总周浩,也就是刘之光未来的女婿,是杰克一手提拔上来的,而且很有可能是因为杰克的帮助,还策反了刘之光,就是这样的关系,周浩都没能进入西院建设的决策层。而如果我们的内线进不去,侦听又听不到核心的东西,这个案子就很难再深入进去。我说我建议重点研究一下内线和侦听这两个问题。

大家你一言我一语地说开了,但最终还是没有说出多少好点子。郝雄再往深里钻一步很难;安在杰克办公室的侦听装置用处也不大,因杰克基本上不在办公室说机密性的事情;能携带窃听器的劳斯又走了。大家一下子还真的想不出一个好主意。他们最后都建议我们办案组,再通过郝雄到电子通讯公司搞次秘密调查,仔细再排一排是否还有更合适的人可能进入杰克的视线。

听到这里,我突然想到了一个人。由于我们最近把精力放到了刘之光、劳斯等人身上,而放松了对他的注意。这个人就是姜波。我就提了出来。我说杰克最初是把姜波作为他的一个战略内应力量来培养的,目的就是要他"钻深爬高",但是现在形势发生了很大变化,W国在南湖的情报工作目前只能靠杰克了。我想他肯定很急,他很有可能顾不得什么战略不战略、长远不长远了,而且他现在手中能用于对付空F师的中国人也只有姜波。所以,从这一点来看,姜波这个棋子已经提升到了一个很重要的位置。据我们前一段工作掌握,他现在在外面养了一个情妇,租了房子,这就是我们可以利用的把柄。我们可以随时敲打他,当然,我们不能轻易去做,而是要他继续扮演“鱼”的角色,让他去把杰克的下一步动作引出来,把杰克的真正意图暴露出来。

为此,我提请车副局长指示技术侦查部门,要提高对姜波的侦控层级,24 小时不间断,即使是风吹草动,也决不放过。假如通过姜波能抓住杰克的犯罪证据,我们就可以乘胜追击,扩大战果,掀开“釜底计划”的神秘面纱。大家都同意我的看法,说目前要解围,要突破,确实只有姜波是最重要的切入点了。

车副局长一直在用一种赞赏的眼光看着我说话。就是他的那种眼光才使我有胆量有勇气说了这么多。他听完,问曾牛还有什么要说。

曾处长说他没新补充,同意我的意见。

车副局长就清了清嗓子,说他谈几点。首先,他充分肯定了我对目前专案进展情况及下一步趋势的分析、建议,也高度评价了前一段我们反间谍侦查处在曾处长领导下所取得的显著成绩。他说局党委是满意的,省厅和市委是满意的,国家安全部也发来了嘉奖令。他要求我们再接再厉,更进一步。说到 W 国“釜底计划”这个案件,他说局里领导班子专门就组织领导、协调作战、后勤保障等方面作了一次研究,决定局领导仍由他负责此项工作;专案代号为“护薪工程”,组长由我担任;技术部门要全力配合,并服从我的调度;后勤部门在经费上、车辆上和其他装备上要全力保障。最后,他说,专案组的每一个人都要树立牢固的证据意识。反间谍侦查与刑事侦查有很大的区别,刑事侦查上出个什么问题,充其量是国内问题,但反间谍侦查上出个什么问题,很有可能就是国际问题。我们一定要站在政治的外交的高度看待手中的工作和手中的专案。所以,对杰克,对电子通讯公司这个案件,要千方百计获取扎实的核心的证据,那样才能办成“铁案”,打击才有力。

说到这里,车副局长望了望我,问:“小李呀,要你担任组长,

还有什么困难和问题吗?”

这样的安排我真的绝对没有想到。当时我只是一个科长,还不到三年。按理组长应该由曾牛来担任,当然我知道他要抓全面工作,要负责几个国家几个方向的专案侦查,手头的案件、线人也很多,太辛苦。我还知道他也有半个月没回过家了,他家还有一个老娘,快八十岁了。老婆与老娘都颇有怨言。所以在这样的会上,面对老领导的信任,面对曾处长这种状况,我不能去问为什么,更不能找理由推卸责任。我就对着车局长摇摇头,这一摇头就稀里糊涂地接下了部、厅、局三级领导关注的“护薪工程”重任。

散会后,曾处长悄悄告诉我,说刚刚车副局长和他打了招呼,局党委已经研究同意,要破格提拔我担任反间谍侦查处的副处长,任命过两天就会下来,要我心里有个准备。他说祝贺我成为全局最年轻的副处长。

我就说我请他出去消夜。

他说谢谢,今天打死他也不去,他必须得回家看看了。

我说对对,快点回去吧,代我安慰安慰嫂子。

他就擂了我一下,说什么代你安慰?这事能代吗?当然得他亲自安慰。他又说:“唉,我终天可以轻松一下了。”

我说谢谢曾处长,我可能能力还不够,难以担当此任。

他说:“谢什么,你完全是靠自己的努力当上的。你来处里后,进入情况很快,特别是在经办最近几起重大案件中,指导线人、分析案情、提出办法、协调关系等方面水平明显提高。车副局长非常满意,当然我更满意。说老实话,在这一段与劳斯的接触中,你唱的是主角。我很欣赏你。你的潜力还远远没有发挥出来。”

我再次感谢曾牛对我的培养和照顾。此时我在想“保薪专案”的事,我感到了我肩上的担子和压力。同时,我也想到了叶婉。不知怎么,我有一种直觉,就是要攻下杰克,要完美地打掉“釜底计划”,除了姜波,还得靠叶婉。因为,杰克不是劳斯,他没有表现出明显的弱点,也没有让我们有任何接触他的机会。他是属于“花岗岩”型的。但叶婉现在和郝雄打得火热,而郝雄毕竟不是专业情报侦查人员。最无奈的是,我和叶婉早已认识,我不便直接去接触她,更不好去直接指挥她。谁知道她会怎么对我呢?弄得不好,难保不出意外。就算叶婉愿意和我接触,我的身份也是个问题,她知道我是警察,要是让杰克知道了,那她就是死路一条了。然而不管怎样,叶婉是我无法绕过的一道墙,要么,和郝雄一样,我必须得利用她;要么,我就得顺顺利利越过她。要想无视她的存在是不可能的。因为,在中国,叶婉可能是杰克最亲近的中国人了。我想,在合适的时候,我得向曾处长和车副局长汇报一下我和叶婉的过去,求得他们的理解。不然,下一步的工作我还真的不好做。

曾牛见我一直是一副深思的样子,问:“怎么啦?还在想案子的事?”

我说:“是啊,局领导把这样重的担子交给我,我真的担心做不好。你是我的老领导,你可得帮我啊。”

曾牛说:“你放心好了,你现在只是个副处长呢,你做得好就是我的成绩。这个道理我还不懂吗?”

我笑说:“那我做砸了,你就吃不了兜着走了,对吗?”

曾牛捶了一下我的肩膀:“你敢!好,不扯了,我走了。你也休息吧。”

65

一天中午，叶婉去了郝雄的宿舍。干柴烈火，又是一番云雨，自是不表。完后，叶婉问："你的任务要什么时候才能完成呀？"

郝雄一听这个问题，就沮丧地说："劳斯走了，我心里真的没底了。"

叶婉便有些不高兴。没底了？那不就是遥遥无期的代名词？那以前他对自己的承诺不就是一张废纸？她说："那我怎么办？就这么没有目的没有期限地等下去？而且，劳斯没来之前，你不照样在做吗？"

郝雄面对这一问题，不知如何作答，就显得很无奈地说："小婉，对不起，再等等好吗？我会想办法的，而且你也知道，我一直在努力。相信我。"

叶婉冷笑了一下："再等等？那个时候，你可能要当总经理了！有车有钱有房了，还会记得我吗？我想，你现在可能连齐晖都忘了吧。"

郝雄一听，也火了："那你要我怎么做？你说呀！"

"我能要你怎么样？现在是你要我怎样就怎样，你要我再回到这个狼窝我就回了狼窝，你要我陪那个老外去西藏我就去西藏，你要我像妖精一样粘着老外我就粘着老外。我做得还不好吗？我是在为你卖身呀你知道不知道？我是一个女人,你还要我怎么样？但我这样照你说的做了,你又做了什么？"说完,她抓起床上一件衣服捂着自己的嘴巴大哭起来。

郝雄本已是心烦意乱了,叶婉这一哭更把他弄得火冒三丈。他一把扯过那件衣服,把叶婉拽了起来,瞪着眼睛说:"你如果真的这么急于嫁给我,那你就去找杰克,问他齐晖是不是他杀死的。只要他承认,我马上报案。好不好？"

叶婉没想到他会说出这些话来,气也不打一处来。她同样瞪着眼睛,一字一顿地说:"郝副总经理,你无能!"她跳下床,穿好衣服,拿了自己的包,扭开门,头也未回地走了。

叶婉这一走,郝雄就有些清醒了。他真的担心她会干出傻事,赶紧给叶婉的手机发去了一条信息:"小婉,对不起,刚刚是我头发昏。我爱你!"

但等了半个小时,没有回音。要上班了,郝雄不得不驾着车去了公司。在办公室,郝雄的心情难以平静。是啊,叶婉说得不对吗？叶婉生气有错吗？时间就这么一天一天过去,说不定哪天杰克和劳斯一样回国了呢？那齐晖之死不就成了千古冤案了吗？那叶婉的所有付出和努力不是白干了吗？他越想就越急,越急就越出汗,只一会儿,手上,脸上就像刚从游泳池出来一样。急又有何用？能解决问题吗？叶婉骂自己无能,其实是对的。他真的想不出好办法,杰克就在楼上,你又能怎样？监理室就在楼下对面,你又能怎样？坐在宽大舒适的皮椅上,他仰头望着天花板,无奈地叹了一口气。

此时,郝雄的心里隐隐有了些许的后悔。他后悔当初没有听我的劝告与提醒。他确实不该对叶婉产生感情,更不应该任自己陷进那个情感的漩涡。情感不是好玩的东西,一旦付出和拥有,就再不是你想要就能要,想丢就能丢的了。从某种意义上说,情感是上帝

给人的一个特有的包袱，带有惩罚性质。你得到和付出的越多，这个包袱就越重，而且终生难以卸掉。郝雄现在就是这样，他爱叶婉，叶婉也爱他，两人彼此已经爱得很深。但他们的这种感情产生于那样的背景、那样的环境和那样复杂的关系之中，他们两人都有了深深的负重之感。从叶婉一方来看，他们完全可以离开公司，远走高飞，然而郝雄不答应；可从郝雄一方来看，他肩负着特殊的任务，更肩负着对一个挚友的承诺。他不完成这一使命，他无颜走开。

唉，郝雄自言自语道："早知如此，何必当初？"但自怨归自怨，总不能守株待兔，总得想办法。他想到了那个神秘的监理室。如能从监理室发现问题，他就不信带不出齐晖那个案件。可监理室是杰克亲自控制的地方，不容中国人染指，自己能提吗？提出来会导致什么反应和什么后果？现在情势确如叶婉所言是越来越急了，郝雄觉得不能坐等了。他想去和杰克直接挑明。他倒不是怕什么，大不了和周浩一样辞职走人。他担心的是走了人，齐晖的事怎么办？他想一定要自己亲手把这件事情查个水落石出。他还是上了楼。他觉得尽量委婉地提出应该不会有什么问题。

杰克见他进来，很高兴，叫他坐，并亲自倒上茶，说："有事吗？"

郝雄说："也没什么大事。这一段，按您的指示，我到有关部门转了转，看了看产品和销售情况；同时，我也去了超市现场，建设非常顺利，很快就能竣工了。现在有一个问题，就是那个监理室。我知道，老板您也说过，那里是W国的商业与技术机密所在，非W国人不得进入。我没有别的意思，也不是想进去看，而是想了解一下那里面的基本情况，以后如果和南湖市有关部门打交道，或者顾客提出什么问题，作为负责这方面事务的公司领导，我可以对我分管内的任何事情做出圆满的解释或答复。"

郝雄认为自己的这一番话既合情合理，又能达到自己的目的，应该是天衣无缝无懈可击的。事实上，杰克听了也是这种感觉。

但那次总领事提醒他的话此时浮上了心头。郝雄靠得住吗？他提这个要求是否有深层的含义呢？监理室这一段时间正在加班加点完成后期工作，因为上次的货物没有进来，部分工程只能停顿。他昨天还去看过一次，那两间房子其实可以开放了，外面的人是看不出什么问题的。当然，他不可能随便让人进去。郝雄嘛，可以考虑，他毕竟是公司的业务副总。而且就算他有什么目的，他也看不出什么名堂，他不是一个技术人员。为消除郝雄的疑心，也是为笼络郝雄，他决定答应。

他说："是的，那里面有一些技术性的东西，有的还有很高的科技含量，比如停车场的自动控制系统，大型超市的通风系统、消防系统、紧急疏散系统、反恐应急系统等等，都是从W国直接进来的，代表着当今世界最高水平。你作为本公司的高级主管，确实应该去也可以去看看。本人愿意当你的向导，并负责给你介绍。今后有什么情况，如我不在，你就可以代为宣传了。好，走吧。"

郝雄绝对没有想到杰克会这么爽快地答应。他任何准备都没有，就跟在杰克的后面去了监理室。

然而令他更想不到的是，那神秘的监理室就只两间房子，两间非常普通的房子。外间其实就是一个值班室，里间除了多一些设备和四面墙上五花八门的仪表外，也没有什么特殊的东西。

杰克对那些设备一一做了介绍。郝雄确实听不懂，也分不清真假，虽然他在竖着耳朵听着，在瞪着眼睛看着。杰克说，这些设备就是郝雄几个人上次从领事馆拉回来的。本来这一次还有一些要运进来，但中国海关方面刁难，至今到不了货。不过没关系，先这么着吧，运行一段再说。

杰克最后问："郝副总，怎么样？"

郝雄喃喃地念道："我明白了。"

杰克意味深长地问："郝副总，你真的明白了吗？能说清楚了吗？"

66

监理室的掩饰和固化工程基本完毕,“釜底计划”也已完成前期工作。至于还有一部分敏感设备,都已预留线路和位置,只等国内方面运来,就可以随到随装。杰克有了一种轻松的感觉。当然,以后的事情不是他能独立完成的。但是,作为一名空情局的高级情报官,他不想就此罢休。他想在这一段中国南湖军情的搜集历程中再加一把油,再获得一些成果,为自己的肩膀上再添一颗闪亮的星星,也为以后回国的升迁打下坚实基础。

杰克在国内是一个小有名气的情报分析师和中国问题专家。有几个方面的海外单位特别是对华搜集的情报都得经过他分析、核实、认证、提炼才能向上报送。他的上司蒙巴将军曾评价他情报分析的特点是“视野很宽,视角独特,嗅觉敏锐,善于以小见大,以点见面,由此及彼,由表及里”。作为这样一个人,他非常清楚现在自己所面临的形势。他其实很明白,前不久的领事馆出事,亨利被抓,那条线路全部瘫痪,这对国防部的情报系统来说是一个沉重打击。但对于他们空情系统却是一个利好消息。现在,国内多家情报单位在南湖针对空F师的就只有空情局了,这无异于独此一家,垄断经营。在此情况下,杰克感觉到,虽然压力很大,可对于他的事业而言真的是一个千载难逢的机遇。机遇可遇不可求,既然来了,就得抓住,否则稍纵即逝。

他想到了姜波。他觉得有好久没跟他联系了,应该和他聚一聚了,问候问候,鼓励鼓励,也顺便了解一下他近期的情况。他有一种感觉,自己要想再锦上添花,必须依靠姜波。姜波是他以后个人发展的垫脚石。而且,只要运作得好,姜波肯定会有上升的机会。

姜波接到杰克的电话,心情非常激动。虽然杰克给了他一笔钱,要他好好工作,要他努力往上爬,但人是走亲的,一段时间不联系,不接触,他对杰克都有点生疏了。不过杰克终究是他的老板。老板久不理你,你即使拿了钱,心里能舒坦得起来吗?所以,在电话里,听到杰克的声音,他差点哭出来了。他有一种终于找到了组织的感觉。他们相约在一家咖啡厅见面。

我得到消息后,立即和技术部门的同事联系,要他们火速赶到那家咖啡厅,做好秘密录像录音的准备。

姜波先来,定了桌子,自己坐在朝门的方向,那里方便观察,杰克来了他也好及时起身迎接。一会儿,杰克进了门。他眼力很好,一下子就看到了姜波,还挥了挥手打招呼。

姜波就站了起来。杰克大步流星走过去,说:"姜波先生,坐,别客气。"

两人坐下后,杰克伸出了手与他握了握,说:"对不起,这么久没来看你。怎么样,还好吗?"

姜波有点不明白他的意思,也就笼统地说:"很好,工作顺利,生活托您的福,也过得不错。"

杰克说:"上次和你说的,有提拔的希望吗?"

姜波想起来了,杰克上次说过只要他提到副厂长位置,就奖给他十万元,如到厂长位置就是二十万。他就说,最近有个机会,一个副厂长退休了,师里同意不从外面派人,而在他们厂内选拔一

名，现在正处于酝酿阶段。他作为一个老中层骨干，更是一个技术人才，可能性比较大。

杰克听了很高兴。他从随身带的一个包里拿出一个牛皮信封推到姜波面前，说："这是给你的一点活动经费，这个活动就是你们中国说的请客送礼费用。听说在中国，要当官不送不行。你就送吧，告诉你，我不在乎钱，而在乎结果。你只要上去了，我不会食言。"

姜波很快就把那信封放进了自己的口袋。他说："谢谢，我一定争取不辜负杰克先生的期望。"

杰克点点头说："这就好，人就要有这个理想和精神。我得走了。记住，当上了副厂长，请你第一个把好消息告诉我。作为朋友，我一定第一时间把红包送给你。另外，过几天，我买一台桑塔纳 2000 送给你。这个车目前在中国算是好车了，你肯定用得着的。这也是身份的象征。以后所有费用由本公司负责。"

姜波没想到还有这个待遇，心里真的是激动万分，自己终于也是有车一族了。他突然觉得自己一下子高大神气了许多。

杰克果然如我们所料沉不住气了。这是我们最希望出现的局面，因为他一动，整个棋盘就活了；他如果总是龟缩在电子通讯公司里不动，我们就非常难办，无从下手。

得到了这一情况，我突然有了一个主意，并马上报告了车副局长和曾处长。他们都说好。车副局长还说，他愿意亲自去与石副师长沟通，争取他们的支持配合。当晚，我就联系上了石炯。

他说他在，有空。

于是我们三人当即驱车前往空 F 师。

石副师长说，他们的维护厂确实在最近要调整领导班子，说明姜波所言非虚。车副局长就向他表明了我们的来意，并把我们的工作方案和想法向他作了通报，请求空 F 师党委支持。

石炯听了，想了好久，觉得很为难。他担心，如果真把姜波提上来,到了副厂长这个位置,就能看到师里相关的文件了,能保证他不把文件出卖了?师里总不能24小时派人盯着他吧?文件一旦出卖,那就损失大了,由谁来负责?他说:“你们既然发现了他的问题,把他抓了不就得了,何必要这么费心思?”

车副局长说:“石副师长,现在抓他还证据不足,现在动他就会打草惊蛇。更重要的是,杰克和他的电子通讯公司还涉及一宗关系空F师深层安全的案件。这起案件我们至今没有明显进展。所以,姜波是我们目前唯一的明线索,决不能丢,更不能断。请你们支持。至于你担心的问题,我们会作处理。可以考虑把你们各种公文文体的格式借一份给我们。我们有专门的人负责伪造文件,足以混淆视听,以假乱真。这样既可以稳住敌人,又可以保证我们的机密安全。请你把我们的意见转告师党委。恳请贵师一定支持配合一下。我们这几天就等候你的消息。”

石炯说:“行,你们这一说,我心里就有数了。我会尽量做党委的工作,配合你们把案件办得漂亮。我们的目标是一致的。你们的案件办得好,我们的安全就更有保障。谢谢你们!”

姜波离开杰克后,就去了他和小青的租住屋。他把那个信封对着小青扬了扬,说:“我又有钱了!”

小青就抱了他:“又做了一笔生意?我的爱老公真的有本事。来,让我亲一下。”

姜波就把小青抱到了腿上,说:“再过一阵,我还会做一笔更大的。那时,我就要为你买一套新房子。怎么样,高兴吗?”

小青说:“能不高兴吗?那时我就嫁给你,做名符其实的姜太太。你就可以整天整天和我在一起了,我就可以整天整天伺候你了。你想怎么快活就可以怎么快活。”

“对,说得对。那个时候呀,我就把那个黄脸婆离掉。”姜波发着誓。

“累了吧?走,我陪你洗澡,然后好好给你按摩按摩。我今天

看了本书,又学到了一些新的方法,包你舒服。"小青媚笑着说。

姜波就站了起来,说:"好,你放水去,我就来。"

他把钱收了。在收钱的时候,他想那个杰克真有意思。他为什么要给自己钱呢?他就真的没有什么想法吗?商人投资都是讲究回报的,他需要自己回报什么呢?他真的只是交朋友吗?这样越往深想,姜波就感觉出汗了。他拿钱的那只手也在开始发抖。他隐隐有一种直觉,杰克是不是看中了他在空F师的位置?他下一步是不是会向自己提要求?他每年都要接受几次保密和敌情教育,多少知道一点这方面的情况。这样又一想,姜波的心情就没有刚回来的兴高采烈了。如果真是那样,他怎么办?不听吗,拿了别人那么多钱;听吗,那是对国家的犯罪。此时的姜波,如同吴伟以及许许多多类似的人一样,掉进了一个难以跳出来的怪圈。

小青在洗澡间叫了他几次,说水冷了,但他都没听见。直到她光着身子来拖他,他才反应过来。他匆匆脱了衣裤,随她进去。

她像往日一样从头到脚很温柔地给他洗着搓着,可他却没有像往日一样"性"致勃勃。她感觉出来了,就笑着说:"姜波,你今天怎么啦?像是刚从黄脸婆那里做了来似的,我摸了你这么久了,就是不见反应。"

姜波在心里说,算了,想那么多干么?到哪座山唱哪支歌,狼来了再说。于是他道:"没什么,刚刚想点事,来,想你了。对,就这样,看看,不是有反应了吗?"

67

叶婉自从那次因争吵离开郝雄后,再没和他在一起过。郝雄打过电话,也发过短信息请她谅解,邀她相聚。叶婉要么不理,要么断然拒绝。所以,郝雄那一段非常烦恼,不知道怎么办才好。

叶婉其实也很痛苦,她并不愿意这样。那几天,她上班心不在焉,坐着也不是,站着也不是,只恨时间过得太慢;和杰克在一起也一样心有旁骛,杰克说什么话,她有时一句都没听进去。杰克和她做爱,她也是虚与应付,没有了往日的热烈。

杰克有些奇怪,有一次问:"小婉,最近怎么啦?哪儿不舒服?"叶婉就无精打采地回答:"一个女人不被信任,不被爱,和一具行尸走肉有什么两样?你要我快乐得起来吗?"

杰克以为是影射他,就想起了她在西藏说过的话,忙说:"我不是和你说过了吗?我有些事情不和你说真的是为你好。要不这样吧,等我快要走了的时候,你想知道什么就问什么,我保证给你讲。行了吗?"

等你走的时候?那要到什么时候?现在郝雄急于要知道的是齐晖是不是你杀的?如果是,他就会报案,就抓你,那样他们就可以结婚了。可现在能问吗?即使问了你能说吗?如此看来,她和

郝雄的结合是一桩遥遥无期的事了。郝雄在这个公司里是不可能查出什么结果的。因为杰克并非等闲之辈,而对齐晖的死亡鉴定警方也早有结论。

所以,叶婉对杰克的表态仍无动于衷,这个态对于她等于没表。她叹了口气,说:“杰克,其实我也不是怪你,也说不清楚我想要了解什么情况,我就是心里不痛快。说来说去,其实和你并没有多大关系。以后,我想到了什么问题想问你再说吧。”

唬过了杰克,叶婉一个人还得承受着痛楚。不能说她不理解郝雄,她就在杰克身边又能怎样呢?能直截了当地问吗?这是一个非常敏感的问题,是一个要负法律责任的问题,而且,如果真的是杰克干的,说明他的手法异常地高明,那么一旦把事情挑明了,她和郝雄的生命同样会受到威胁。所以,能怪郝雄吗?可是,另一方面,她又深爱着郝雄,她越来越离不开郝雄,她感觉到她每一天都在受着精神与肉体的折磨。她真的一天也不愿意这样过下去了。如果不是为了她心爱的郝雄,她马上就能一走了之。在她的内心里,郝雄是她第一个如此心仪并主动追求的男人。她不愿放弃,哪怕今后的结果并不如意。叶婉整天就生活在这一对不可调和又不得不调和的矛盾之中。这对矛盾在她的脑子里每天都在打仗,打得你死我活,天昏地暗,但最后总是平局。

她不是不想见郝雄,她想,非常想。但她总不接招,因为她觉得自己不能去见他。她知道只要见了他,她就控制不住要急,控制不住要逼,最后肯定是不欢而散,还有可能伤及双方感情。她不愿看到那种场面。那就等吧,熬吧,她相信郝雄是真的爱她,这就够了。

郝雄其实比她更急。他之所以到电子通讯公司来,过去是因为对挚友的承诺,现在又多了个对爱情的承诺。他能不急吗?老祖宗恩格斯说过,世界上最大的最高尚的痛苦就是爱情的痛苦。说得真不错。他现在算是体会到了。特别是叶婉对他的深情款款,含情脉脉,他能视而不见麻木不仁吗?虽然他有时也动摇、后悔过,有时想到她是杰克的情妇,心里也厌恶、痛恨过,但只要见到叶婉,感觉到她那份诚挚的感情,他一切的不满就会化为乌有。他又何尝不想快点了结这件事情呢?可是,他真的无从下手,真的无能为力,他真的没想到,要查清事情的真相是如此之难之险。他不得不寄希望于我们。

他主动约了我,说有情况要报告。

这次见他,发现他瘦了,憔悴了。我就问为什么?他说可能是杰克给他的任务太重了,他要处理很多事务性工作,还要时刻关注市场的变化,最近因为超市就要开张,他又得组织对商业铺面、柜台的承租和有关服务管理人员的招聘事项,忙得昏天黑地。他就是不说他和叶婉感情的事。聊了一会儿,开始切入正题。

他说,他去了那个监理室,发现并不如他当初想象的复杂和神秘。那确实是一个对整个大院和整个超市的综合控制系统,里面除了一些设备、仪表外,没有其他可疑东西。据杰克介绍,因为那里面的设备都是从W国直接调过来的,有很高的科技含量,所以才不准中国人进去,怕技术外泄。他肯定地说,没错,就只两间房子,几十平米。

他的这些话也差点让我泄了气。弄了半天,得到的竟是个"没什么"。难道是我们的分析判断搞错了?那个"釜底计划"难道是个商业计划?不可能,我坚信不可能!据部里的通报,特别是那段与劳斯的交往,可以肯定,杰克是间谍,电子通讯公司是一个间谍掩护机构,"釜底计划"是一个间谍计划。"釜底"后面是"抽薪",那么,"薪"到底是什么?"抽"又是何意?我感觉到我自己也陷入了五里雾之中,找不着北了。

没什么好说的了,可并不是没什么可做,劲只能鼓不能泄。我不能把我的想法对郝雄说。我说,杰克肯定是很狡猾的,能够让你看的,也肯定是做了手脚并做得非常好的。不然为什么以前不给

你看呢？为什么以前要搞得那么神神秘秘呢？我要他暂时不要轻举妄动，好好把杰克交待的工作搞好，我们这边不会停止对他的监控。另外，说到招聘超市管理人员的事，我说这也是一个好机会。我们将认真研究一次，会派几个人过来，到时会和他联系。他的任务是一定要保证我们的人招上，以便下一步更方便地开展监视工作。

郝雄说明白，并请我放心，说这个权力杰克已全部交给他。他说了算。

我很想问问他和叶婉的情况如何了，但我没问，也不好问。因为他说过他不会和我讲，我不想自讨没趣。而且，我问多了，他还会怀疑我的动机。很遗憾，他也没跟我说，如果他跟我说了，特别是说了叶婉现在如此逼他。我至少会给他出出主意。实在不行的话，可以要他撤出。

事后证明，他自食其果了。

空F师那边的情况进展顺利，一切都在按我们的设计方向发展。姜波顺利当上了维护厂的副厂长。杰克很讲“信用”，当天晚上就给姜波送去了一张十万元的现金支票。

那天晚上姜波请客，在维护厂附近一家比较高档的饭店。他开了两桌，请了厂里的全部中层干部，师保卫处的吴干事按照我们的安排，找了姜波，他们经常接触，认识，说要来表示祝贺。姜波受宠若惊，毕竟吴干事是师里来的领导。

他忙说请都请不来的，欢迎欢迎。

我们要求对姜波的事保密范围严格限定在师领导和师保卫处几个人，其他的人特别是维护厂的人一个也不能知晓。所以，那些中层干部一个一个地轮番敬着酒，都要他以后多多关照。他非常地兴奋，来者不拒。

那晚我们就在隔壁。

一个小时后，姜波明显喝多了。吴干事趁机把他拉到一边，两人拉着手,搭着肩,又是敬酒,又是称兄道弟。正在他们黏黏乎乎,整个场面你来我往的时候,我们的一个同事悄悄把姜波的包拿了过来,对那张支票迅速拍了照,然后又神不知鬼不觉地还了回去。

第二天,我们去银行查实,这是电子通讯公司财务部门开出的现金支票,有印鉴、公章和账户号。这也是姜波接受间谍经费的直接证据。

68

杰克在屏蔽室呆了一阵了。他有一份空情局传真给他的情报搜集提纲不记得放在哪里了。那份提纲传过来时用的 W 国文,为不让无关的人知道,他亲自翻译成中文,亲自打印,然后还用钢笔作了一些修改。他那时以为吴伟可以把齐晖做过来,专门准备给他的。可是,那次没弄成。他就把它收起来了。现在,他觉得姜波的条件已经具备,他所给的投入也差不多了,他必须得索取回报了。本来,他确实是把姜波作为一个长远的战略棋子来考虑的,但现在顾不得了,他不愿只做"种树者",他要既做"种树者",又做"乘凉者"。所以,他得把那份情报搜集提纲找出来,找个合适的时机交给姜波。

按照他多年情报工作的习惯,这样敏感的东西肯定是放在屏蔽室的档案柜里,他专门设了一个抽屉,而不会放在其他的地方。并且,这里的档案大多是可以公开的,如商业合同、财务报表、招标资料等,真正敏感的不多。但他找了半天居然没有。

他吓出了一身冷汗。他坐在这里仔细回忆着,仍没有结果。

他去了办公室,里里外外翻了一遍,就连卫生间里的字纸篓也找了,没有。他的汗一拨接一拨,停不住。赶紧又回了宿舍。叶婉说有事,吃了晚饭就出去了。他把宿舍里的箱子、柜子也翻了个遍,还是没有。他瘫到了地上,脸色终于全变了。放到哪儿去了呢?像他那样谨慎的人又能把它放到哪儿去呢?如果作废品处理了,那也好;如果作垃圾丢了,应该也不会出什么问题,怕就怕被公司的中国员工拿到,交给反间谍侦查部门,那就麻烦大了。不过他又想,应该不会。屏蔽室都是W国人管理,他的办公室和卧室只有叶婉能随便进出。叶婉是不会的,她那么爱着自己,而且这么久跟着他,总的来说还是做到了不该问的不问,不该说的不说。她假如有背叛之心早就背叛了,何必等到现在?她当然有委屈,也有不理解,但也就是要要小性子而已。那次西藏之旅,他就强烈地感觉到她其实是一个很单纯的女人。

他拿出了挂在胸前的十字架,用嘴唇轻轻地吻了一下,嘴里喃喃念道:“上帝啊,保佑我!赐给我平安吧!”他决定不找了,想凭着自己的记忆再拟写一份提纲交给姜波。如果真要在这个问题上出事,那也是上帝要惩罚他。他无话可说。

这次他是失算了,那份提纲恰恰是被叶婉拿到了。这几天,她异常地苦恼,在逐渐理解郝雄的同时,她确实也恨自己无能,为什么就在杰克的身边却不能帮郝雄一点点忙呢?郝雄的使命不也是她的使命吗?两个人的幸福不是要靠两个人共同创造吗?这天中午她睡在杰克的宿舍里,翻来覆去睡不着。杰克出去了。她就想郝雄,他生气了吗?他理解她吗?他不会因此就不要她了吧?突然,她爬了起来,把门反锁了。她想在这房子里找找看,看能不能找出什么东西对郝雄有用。既然他怀疑杰克可能是间谍,可能是杀人凶犯,那总得有些什么东西吧。智者千虑,总有一失吧。试试看。她就把能翻到的东西都看了一遍,没发现什么。

难道郝雄错了?或者杰克真那么厉害?她坐在床上出神。忽地,她想到了杰克和她的衣柜。他们两人的上衣特别是杰克的西服都挂在长衣柜里。她就把杰克的西服全取了下来一件一件查口

袋。她在一件黑色西服的内口袋里看到了两张纸，是复印纸，上面是用中文写的一些题目，是关于空军的。原来，杰克那次蛮以为可以得手，把提纲都揣到了口袋里，只等吴伟那边传来好消息，他就出马约齐晖。结果他得到的是一瓢冰冷的水。那些天他气急败坏，还得想办法消除这一隐患。他根本就忘记了他口袋里的那份资料。他换了衣服后，就再没穿那一件。由于没有人可以信赖，那份提纲自然就用不上。他就慢慢地把它淡忘了。

叶婉马上意识到这一份东西有问题。她一刻也没停，立即给郝雄打了电话。

郝雄在宿舍休息，听了非常激动，只差没从床上跳下来，说快过来快过来。

叶婉出门开了车直奔郝雄住处。

郝雄一看，拍着床板说："这肯定是一份情报搜集提纲，就是对着空F师的。叶婉，你立功了！我们的任务快完成了。你赶快走吧，别让杰克怀疑。我这就和市公安局反间谍部门联系。"

叶婉见他这个急样子，心里好幸福好甜蜜的。她水波荡漾地望着他问："就没有别的事了吗？"

郝雄正要说没事了，但一见她的眼神以及微翘的嘴唇，就明白了她的心思。他一把把她搂过来，亲切地吻着她，说："谢谢小婉，你真了不起。"

叶婉说："只要你记得你的承诺。不要再伤害我了。我爱你！"

郝雄说："我也爱你。"

叶婉就走了。杰克并没有回来。

我一接到郝雄的电话，立马赶到了他那里。我首先问来源，因为来源决定情报质量和准确程度。

他说是叶婉在杰克的西服口袋里找到的。

我噢了一声。

我接着就看了一遍，都是针对空F师的。这家伙真厉害，如果真按他写的都搜集齐了，那空F师也就没什么秘密可言了。不过，这份东西的价值并不是体现在它的内容有什么特别之处，而是在上面有杰克修改过的地方，有杰克的笔迹，虽然他的汉字写得歪歪扭扭，很不美观，但那是最珍贵的，也是最有力的证据。

我没说话，拿了就到门口的复印店复印了几份。我本来需要原件，但为了保护叶婉，我必须得退给他。我没有把这个意思告诉郝雄。

他接了后很诧异地问："怎么？你不要？"

我说我复印了，你把这个退给叶婉吧。杰克是个老手，他一旦发现丢了，会怀疑她的。这对她不利，至少目前是。

郝雄说："这案马上可以破了吧？"

我说："还没到时候。这份提纲只能说明他有这个意图，但他并没有行动，并没有对我构成威胁和犯罪，所以还不足以打击他。放心，我们正在全方位采取措施。你的朋友齐晖的事也是我们这个案件很重要的组成部分。"

郝雄听了有点黯然，有点失望。

我当时并不知道为什么，更不知道他和叶婉之间的约定。遗憾的是，郝雄这个时候还是不愿意和我挑明。他不明白，在这样的事件和环境中，个人的事情和他们两个人的事情都已经不是单纯的隐私了，都会影响大局，都有可能对他们造成威胁。但他没有意识到。

我问了一句："郝雄，你怎么啦？还有什么问题吗？"

他摇摇头说："没有没有。我这就给叶婉送去。"

叶婉那天回去得很晚。

杰克正在书桌上写提纲。

叶婉说："还在加班啊。"

杰克说："是的，没什么，一点小事。你去洗澡吧。"

这正合她事先的想法。她进门前就想好了,如果杰克回来了,她就以洗澡拿衣服为由,偷偷将那份资料放回那件黑色西服口袋里。她就说好,又说:“别弄到太晚了,事情是永远也做不完的。”

“谢谢。”杰克仍不忘很绅士地回答一句。

等叶婉洗澡出来,杰克已经把东西收好了。他觉得有必要再问问那份提纲。

他就揽了叶婉道:“小婉,我今天心情很烦,我丢了一份重要资料!”

叶婉故作惊讶地问:“是你丢的吗?怎么可能呀?你在我心目中是一个很完美的老板形象。”

杰克说:“是真的。一份非常重要的文件,弄得不好,我会身败名裂的。”

叶婉就显得急了:“别吓我好吗?杰克,你可是从来没让我担心过的。快说说,是什么文件?什么时间你用过?什么标题和大致内容?我是秘书,也许我能帮你找到。”

“是啊,我也这么想,所以我才跟你说。是两张纸,A4的,没有标题、文号什么的,我还在上面做了一些修改。时间嘛,应该是在郝雄进来之前我用过。”杰克回忆着。

叶婉念道:“两张复印纸,没有文号标题,你还修改过……啊,我看到过。应该有一段时间了。让我好好想想。”

杰克一听她看到过,真是又喜又忧。喜的是没丢,忧的是她看到过,她应该没看懂吧,应该没和什么人说吧?他把叶婉扳过来面对着她:“快想想,在哪儿见过?”

叶婉突然一拍脸说:“在你的衣服里!是的,如果我没记错的话,应该在你的衣服口袋里!”

说完,她就到挂衣柜里把所有的西服拿了出来。两人就一件一件迅速翻着。叶婉边翻边说:“有一次,对,是你得了急性肺炎的那几天,我想把你的几件西服去干洗。拿去之前,我每一件都把口袋翻了一遍,怕你放有什么重要东西。其中有一件的口袋里就有两张纸,是你改过的。我没认真看,知道肯定是你要的。我就没洗那件了。在这里,是这个吗?"

她从一件黑色西服的内口袋里拿出了两张纸。

杰克一把夺过,打开一看,心里一块好大好大的石头终于落地了。他又把挂在胸口处的十字架掏出来,亲吻了一下说:"谢谢主,谢谢主!"又把叶婉抱到怀里,使劲地亲着,"小婉,你真是我的福音,我的天使!"

从这件事开始,杰克深深地感到,在所有的中国员工中,叶婉是最值得信任的。

69

叶婉却是越来越厌恶杰克,越来越想逃离这个环境。自打西藏回来,由于要配合郝雄的行动,她得装温柔,装骚媚,装爱情,这就使杰克产生了一种幻觉,以为她是真的喜欢他。他的欲望也就越来越强,几乎每天都要和叶婉做爱。她受不了他的粗暴,他身上浓烈的膻味以及他那满身的令人起鸡皮疙瘩的黑毛。她给郝雄送去杰克那份情报搜集提纲的时候,她就想,这日子该结束了,她的人生将翻开新的篇章。

但往后的发展并不如她预料得快。她就又开始烦躁不安,又经常找郝雄生气发火。

郝雄一直忍着,他也知道叶婉的苦衷,他更知道他是我们这次专案大局中一个很重要的角色,不能随便乱动,尤其是现在这个节骨眼上。这么久都过来了,这么多努力都付出了,关键时刻可不能功亏一篑。所以,他每次都由着她责怪怨恨,除了劝慰,他不再说别的。实在不行了,就说,小婉,你别急好吗?我爱你。但我现在只是个人的力量,不是公安局。现在公安局插手了,我们只有等,还能有什么办法?

一次,他们约在一家很幽静的茶座喝茶。叶婉见面总是那句话:“郝大侦探,案情进展到哪一步了?还需要我这个小女子帮忙吗?”

郝雄这次终于受不了她的冷嘲热讽了。他也连讽带刺地说:“叶大秘书,我再重申一遍,再等等行吗?”

“要等到什么时候?你能给我一个时间表吗?”叶婉紧逼着问。

“这不是我说了算。小婉,你都陪了这么久了,我没来时,你就陪上了,为什么就在乎这几天呢?”郝雄显得不耐烦了,话也就不那么好听了。

叶婉一听他点她的痛处,忽地站了起来:“姓郝的,你是什么意思?嫌我啦?嫌我为什么不早说?我付出了这么多,你就这一句话打发我吗?”

郝雄就放低了声音,说:“你为什么要这样逼我呢?难道我整天在玩吗?”

叶婉仍接着自己的话说:“是啊,我早知道你心里看不起我,在我们第一次喝酒时,你就挖苦我是一个外国人的情妇。现在你终于露出了本来面目。好啊,我知道了,你原来是在利用我为你报什么鸟朋友仇。作为一个男人,你不觉得这样做丑陋吗?不觉得阴暗吗?不觉得无能吗?”

郝雄被她这一席话气得眼睛鼻子都错了位:“你,你,好,你想怎么说就怎么说吧。你如果真的以为我是这样,你就趁早收场吧,还来得及。”

叶婉的眼泪就流了下来。她没有哭出声,只用一双泪眼痴痴地望着郝雄,嘴唇在微微颤抖。她此时是多么希望郝雄能否定她的说法,能说几句贴心暖心的话啊!

叶婉说:“郝雄,我爱你爱到这个地步,你难道没有一点感觉吗?你不要逼我好不好?”

郝雄这时也在气头上,一脸愤怒的样子。他说:“你没搞错

吧，是谁逼谁呀？我就这个样，你愿意爱就爱，不愿意爱就拉倒！”

话说到这份儿上，似乎能闻到绝情的硝烟味了。叶婉的眼泪干了，她说：“好，郝雄，你无情，就别怪我无义！”

郝雄惊了一下，他也觉出了自己的不妥，但当时男子汉的尊严使他无法退让。他还是火气很浓地接了一句：“随你的便！”

叶婉就站了起来，端着手中的茶，一字一顿地说：“为了让你永远记得今天这个晚上，我想给你留点纪念。”说着，她把那杯茶全部倒到了郝雄的头上。

然后，她拿了包，绝尘而去。

郝雄坐在那里一动未动，眼睛闭着，任茶水从脸上和脖子上往下流淌。此时此刻，他能说什么呢？说什么叶婉才能相信呢？是啊，自他进公司以后，叶婉一直对他好，也一直帮着他，爱上他以来，更是全力协助他完成任务。她确实是尽力了。但反过来问，又能怪他吗？他不能说带她走就带她走，他好多的话也不能对她说，他在努力并且想快点结束这个局面。作为他郝雄来说，他还能做什么？他感觉到自己就像面包里的馅，两头受挤却又无能为力。

一会儿，他才抹了一下脸，从口袋里掏出钱包，叫道：“小姐，埋单！”

她回了杰克的宿舍。杰克不在。于是她放声大哭，她知道，这哭是为她与郝雄的这段恋情送葬。这哭也把郝雄送到了这个悲剧的巅峰。

此时，杰克正在另一个茶馆和姜波见面。

杰克有点等不及了，他今天是来摊牌的。当杰克把那份情报搜集提纲和十万元的支票摆到面前的时候，姜波担心的事终于出现了。他一时手足无措。他想到了，但没想到会这么快，更没想到他预料的竟是真的。他的腿开始哆嗦，手心也开始出汗。然而事已至此，没有退路了。

他不得不装出一副镇定的样子，不以为然地说：“杰克先生，原来你是间谍?”

杰克笑了笑说:“不,不要说得那样难听。我们是朋友,我也是受人之托,替人牵线。你看着办吧。对于如今的你来说,要弄到这些东西还不是小菜一碟?当然,你如果有顾忌的话,也可以不做。只是那些钱是我朋友给的。他们肯定要讨个说法。”

姜波知道他的话里潜藏着威胁,不过他已有了自己的想法。他胸有成竹地说:“杰克先生,你知道,我喜欢钱,也需要钱。不过,要我弄这些东西,您朋友出的钱是不是少了一点?”

杰克见的人多了,一听这话,他不得不在心里对姜波这小子感到敬佩。就像买卖双方讨价还价,你不还价,卖方虽然能赚到钱,但他认为你是个傻瓜,看不起你;而你还价,并还到“临界点”,卖方虽然赚不到什么钱,但他会从心里佩服你,他就有一种“酒逢知己,将遇良才”的感觉。杰克现在就是这种感觉。当然,干杰克这一行,最喜欢的是你要钱,要多少无所谓,只要你为他做事,问题就简单化了。他最怕的就是不要钱的人。碰上这样的人,他就没有办法了。

于是他的口气就平等多了:“姜波先生,你的意思是?没关系,就直说吧。”

姜波说:“杰克先生,我是受过军方保密教育的,我知道,要下决心干你这一行,我的头就交给你了。要是运气好,可以享尽荣华富贵;要是运气不好,我的脑袋就得搬家。我可是拿着命在做赌注啊。”

杰克以为他是不想干或者不敢干,脸色就有些不好了。他就说:“姜波先生,齐晖、吴伟曾是你的部下吧?”

姜波不知何意,答道:“是的。”

“他们也曾经答应过我,但他们拿了钱后就不愿干了。后来呢,他们都死了。”杰克优雅地抿了口茶,弹了弹手中的烟灰说。

姜波大吃一惊:“啊,那些都是你干的?”

杰克说:“不不,绝对不是我亲自干的。我可以对天发誓。但委托我的那班朋友是黑社会的。他们可不会白白花钱,而且他们

杀起人来,真的是无声无息,无影无踪,手段非常的高明。”

姜波的腿哆嗦得更厉害了。

杰克的话虽然很轻,但阴气十足,杀气逼人。姜波心里明白,自己可能要随时做好引颈受戮的准备。既然这样,那还有什么可想的呢?他现在唯一的聪明之举就是从杰克那里尽可能多刮些钱,不刮白不刮。

于是他就装起玩世不恭来:“所以,杰克先生,我无论做还是不做,都是冒着生命危险。您估算估算,堂堂空F师维护厂副厂长的命就值你给的那点钱吗?”

杰克一听,立即用赞赏的口吻说:“好,好,姜波啊姜波,我今天算是真的认识你了,干脆、直率、豪爽,我就喜欢你这样的合作者。说吧,出个价。”

姜波以为自己这么一说,杰克会考虑考虑,自己也有个思考的时间,不料这老外比自己更直接。于是,他想了想,说:“再给十万吧。”

杰克弹了一个响指,说:“君子一言?”

姜波说:“驷马难追。”

他们相视一笑,击掌为信。可杰克的笑是得意的笑,高兴的笑,他看到自己的又一个猎物上了自己设置的绞刑架,而且越套越紧,直到死亡;姜波的笑则是沉重的笑,苦涩的笑,他明知道挂在自己面前的是绞索,但还得把脖子往里面伸,不伸他也下不来了,而伸进去,他还有可能得到一笔抚恤金。

姜波没有回自己的家,也没有回小青的屋,他开着那辆桑塔纳2000去了办公室。他的腿还在哆嗦,他的手心还在出汗。他很清醒地意识到,他已经走上了一条不归路。他想,过一天算一天吧,过好每一天,也不算枉来人世一遭。他规划好了,钱一到手,就放肆花,给小青买一套房子,带她游遍祖国的大好河山;给儿子立一个账户,存点学费;然后自己吃好喝好穿好玩好。

70

叶婉不想就这样被动地等下去了。她想主动出击，改变这种僵持的局面。她心中有了一个主意，但要等待合适的时机。

机会终于来了。一个周末，身心疲惫的杰克想找个地方休息休息，轻松轻松，同时也想借此机会与叶婉好好聊聊。“釜底计划”基本完成，他预感到自己在中国的行期快要结束了。只要姜波拿到国内总部感兴趣的空 F 师情况，可以说，他这次在中国的行动就画上了一个圆满的句号。想到就要回国，就要与太太和儿子在一起了，他的心情就格外地高兴。

他挑中了郊区的“乡村俱乐部”。他是那里的老会员，持有俱乐部的特别金卡。他喜欢那里的高尔夫球场，很大，有山有水，既能借打球进行一下户外活动，又能呼吸新鲜空气，欣赏湖光山色。这很有点他在国内的感觉。

他打电话订了房间，下了班后，他就坐叶婉的白色本田驱车前往。

叶婉一路无语，一副闷闷不乐的样子。杰克就问：“又有什么事不高兴了？”

叶婉说：“没什么。”

杰克说:“这两天特意带你来玩玩,你要开心噢,不然,我也会受你影响的。”

叶婉说:“不关你的事,你玩你的,我睡觉还不行吗?”

杰克就没再问。到了房间,稍作洗漱后,天就暗了下来。他们先去餐厅吃饭,然后搞了个蒸浴。回到房间,两人都觉得神清气爽,舒服极了。于是,杰克提议到二楼的茶座去坐坐。

叶婉说:“坐什么呀?”

杰克说:“聊聊吧。跑到这里来睡觉,你不觉得是一种浪费吗?”

叶婉本来就有自己的想法,就装作很勉强地去了。

杰克要了杯铁观音。叶婉要了杯松须麦冬。

杰克问:“小婉,这一段时间来,你的情绪有很大变化,离我原来的那个小婉越来越远了。到底是为什么?仅仅因为我没有把公司的一些事情告诉你吗?或者是我关心你不够吗?我们也相处这么久了,如果你不介意的话,能否推心置腹交流一次?”

叶婉说:“好啊,其实也没什么,你上次就问过我为什么情绪不好。我说是你不信任我。那是骗你的。其实是另外一件事。”

杰克就问:“什么事?今天能告诉我吗?”

叶婉欲言又止,一副很不情愿的样子。一会儿,她才说:“事情是这样的,这一段郝雄在追求我!我去他办公室送文件,或者他到我办公室来看文件,他都要向我示爱,有好几次他要强行吻抱我。你说说,我在公司里已经是你公开的情人,他这样做,叫我不烦吗?”

杰克一听,噢了一声,脸色就变了。郝雄居然抢他的女人?居然敢在这个问题上向他挑战?但他马上就平静下来了。他不想把自己的内心世界在叶婉面前表现出来。这是专业情报人员的素质,也是现在状况的要求。

于是,他只淡淡地说了一句:“噢,还有这事?我怎么一点儿也没发现?”

叶婉就急了,以为他不信,说:“你难道还要看到他抱我才相信?”

杰克说:“我不是不信,你误会了。我是说,郝雄那小子怎么会有那么大的胆子?不错,有胆量,像个干大事的男人!佩服!”

叶婉生气了:“你,你们这些臭男人!我成了什么,成了妓女,任你们呼来唤去、玩来玩去、换来换去吗?你什么意思呀!”

杰克示意她别激动,说:“女人懂什么?这是男人之间的游戏,你永远也不懂的。”

叶婉说:“我是不懂。我告诉你的目的,就是要你将他开除。不然,我在公司没有安全感。我还怎么工作啊。一句话,他不走,我走!”

杰克说:“OK,我会听你的,但不是现在。”

“为什么?”叶婉问。

“因为现在他还是我在中国的左膀右臂。他有很强的能力,我还需要他。你也是公司的老员工了,你想想,周浩走了郝雄能顶着,郝雄走了谁来顶?放心,你的事我会放在心上的。中国有一句话,叫忍一忍,海阔天空,君子报仇,十年不晚。这样吧,下周我会安排郝雄出一趟差。以后我也尽量让他多出去跑跑。谁让他还是个单身汉,谁让你这么漂亮迷人呢?”

叶婉毕竟还是留了一手,她没有说出郝雄来公司的目的是为了齐晖,没有说出郝雄那一段与劳斯打得火热是为了套取公司的一些秘密,没有说出那份情报搜集提纲是被郝雄拿了,而且送到了我们反间谍部门的手里。她当时一个非常简单的想法是,借杰克的手把郝雄开除。郝雄一旦离开公司,就自由了,她马上也跟着走,就能和郝雄在一起了。她绝对没有想到未来的后果。

周一一上班,杰克就把郝雄叫到办公室。他说:“郝副总,本周三在北京有一个世界电子通讯产品博览会,四十多个国家参展。

我本不想参加的，因为我们的产品是世界最先进的。但我想你现在是副总了，可在技术和产品研发方面还是个新手，很有必要对世界各国的产品做一些了解。所以，我想派你去看看。没有别的任务，纯是开开眼界而已。当然，我还有另一个意思，就是你这一段太辛苦了，顺便也是去玩玩吧。博览会后，你再去北戴河游游泳，休息休息。我会叫两个 W 国人跟着你，一来可做翻译，二来也负责埋单。你准备一下吧，明天就坐飞机去。你有什么困难吗？"

郝雄正为叶婉的事苦恼，想想出去走走也好。他就答应了。他说："谢谢老板关心。"

郝雄走时约我见了个面，把他去的意思告诉了我。但对他最近和叶婉闹崩的事仍一字未提。唉，恰恰是这个事情对他太重要了！他一步一步正迈向危险的边缘，一步一步正走向悲剧的高潮，可他却茫然不知。我那时正忙于对付姜波，正组织人伪造一些空F师的机密文件，也就没多说什么。我只告诫他，和 W 国人在一起时说话要注意。不要问 W 国的什么事情，更不要问那两个 W 国人在公司具体做什么工作。当然开开玩笑，谈谈生活是可以的，没必要故意和他们拉开距离。

在北京的世界电子通讯博览会只开了三天。郝雄在会馆里穿来串去，看得特仔细，也问得特认真，记录本记得满满的。他想，既然去了，就认真一些，回去也好有个交待。三天后，他在那两个 W 国人的陪同下去了北戴河。

天气已是初秋，下海游泳的人不多了，只三三两两几个人在海里沉沉浮浮，时隐时现，露出一点点或红或绿来。郝雄是第一次来，在 W 国人的怂恿下，他下了海。有一个 W 国人非常喜欢游泳，也脱了衣服跳了下去。另一个则在岸上做一些服务工作，比如准备水和毛巾。

有好久没有下过水了，郝雄就不敢往深处游。他只在边上晃荡晃荡扑腾扑腾。那天有风，海中的浪一波一波往滩上涌，把他推来推去的,所以游得很吃力,没游多久,他就感觉累了,有点气喘吁吁。

他上岸后,那个W国人笑着给他递过来一块大浴巾和一块擦脸的小毛巾,且说快包上,冷。

他说谢谢,就用大浴巾裹了身子,用小毛巾擦了头发和脸。然后他拿了一瓶矿泉水就躺到了沙滩的长椅上休息。

在北戴河只呆了两天。郝雄觉得没什么意思,他的脑子里乱七八糟的静不下来。他第三天就飞回了南湖。上班后,他很快就整理出了一份报告,把北京博览会的基本情况、比较先进的电子通讯产品的性能和特点以及本公司下一步的发展建议写得清清楚楚、非常详细。

杰克看了,不得不在心里油然而生敬意。人人都说中国人做事勤奋认真,确实如此。他在郝雄的报告上批了一大段话,高度评价了郝雄的敬业精神,肯定了他对公司发展所提的思路与措施,要求公司所有中层干部认真研读并抓好落实。一个想法同时在他的脑子里形成。

几天后,杰克召开中层骨干会宣布,郝雄任电子通讯公司常务副总经理。他还说,从今天开始,郝雄协助他参与公司的全面管理,各个部门包括W国人主管的保密技术部门都要定期向郝雄汇报。郝雄也可以随时抽查有关部门的工作并提出意见,可以到任何部位考察。

叶婉事先一点儿风声也不知道。郝雄不仅没有被开除,还得到了荣升。她对杰克的这个决定感到非常意外。郝雄也是如此,他对这一突如其来的任命特别是对他权限的加大感到莫名其妙。杰克为什么要对他如此信任呢?叶婉看来没在杰克面前说他什么坏话,不然不可能有这种结果。所以,他决定耐着性子认认真真把自己的角色演好演到终场。我也感觉到,他不是一个半途而废的人,更不会把我们精心设计好的剧本演砸。

71

有一天,郝雄在电脑上看本月的销售表,突然感觉到眼睛不舒服。他没在意,只是用手擦了擦,揉了揉。晚上回去以后,眼睛还是有些痒。他用镜子一照,竟然是红的。他想,可能是在海里游泳进了细菌的缘故吧。如今也没有几块净水了,即使是在北戴河。他那天就感觉到海水混浊咸涩,味道怪怪的。他还是没在意,想过几天就会好的。

又过了两天,眼睛痒得越来越难受,郝雄不得不决定去医院看看。他向杰克请假。杰克一听,在窗户边也看了看他的眼睛,说是不是对海水过敏引起的。说他第一次下海游泳也有过这种情况。但只一两天就好了。可郝雄从北戴河回来已经半个多月了,应该不会这么长。就关切地说,去医院看看吧,眼睛不方便,不要自己开车,叫个人。

郝雄就去了南湖市专门的眼科医院。医生听完他的叙述,就开始进行各种各样的检查和测试,结果是没有发现什么炎症或病毒。郝雄说,但我痒啊,眼睛红啊,病症摆在这里,总有个原因吧。医生摇摇头,说我们这里就是这个结论,没有办法再查出个所以然来。

郝雄不得不又去了省附属一医院的眼科。那里也查不出病因,只说,开点药搽搽试试吧,看效果如何。他于是就拿了些药回了公司。

这几天杰克也在考虑一个问题。郝雄居然在打叶婉的主意,还对她动手动脚,他明明知道她是自己的情人,为什么还要这样做呢?他并没有不安心工作的迹象啊,那又是为什么?真的是爱情吗?劳斯来以后,他和劳斯很快打得火热,并将劳斯介绍给一些中国人,仅仅是谈得来吗?他们到底干了什么呢?郝雄是所有中国员工包括高层主管中唯一一个对监理室感兴趣并提出要进去看的中国人,仅仅是出于管理的需要吗?还有没有别的原因?另外,听说郝雄在外企服务中心干得不错,为什么要到他这里来呢?这一切疑问,让杰克无法平静。但他又不得不承认,郝雄自来以后,并没有可疑的行为,也没有给公司造成什么伤害,相反,他工作刻苦努力,兢兢业业,其敬业精神甚至连那些 W 国人也难以相比。所以,在叶婉说了以后,他的内心世界非常矛盾。

现在,他已经对郝雄下了手。他特意安排郝雄去北戴河游泳,背后专门安排了两名 W 国人跟着。他给了他们一瓶 W 国情报部门专门研制的药水,无色无味,倒在毛巾上,只要人一搽入眼睛,它就会很快渗透进去,直接破坏视网膜,最后导致失明。这药制作得非常高明,除专业化学师,一般的医疗机构是查不出成分的。他这样做,只是针对郝雄侵犯了他的女人。他要报复,要让他永远也看不到世界上所有的女人了。他不想要郝雄的命,因为那样做,会引起叶婉的怀疑,如果她闹起来,他的计划就有可能难以顺利进行。

有几次,他也动了恻隐之心。他觉得郝雄除对他的女人有不恭外,并没有其他什么非要废掉他的理由。女人嘛,哪里没有呢?为了一个女人,就把自己精心培养的助手弄掉,是不是明智之举呢?甚至有一次,他都准备好了自己的解药。但终究没有拿出来。搞他这一行的,既然对一个人有了疑心,既然已经采取了措施,就

不要轻易解除，除非有充分证据证明他是无辜的，否则错了也要将错就错，何况，他确实是侵犯了自己的女人呢。

药性在一个月后全面发作。郝雄感到眼睛越来越看不见东西了。他无法再上班。杰克闻讯，立即召开了总经理会议专门研究郝雄的问题。郝雄也参加了，但他的眼睛只能茫然地望着前方，他几乎失明了。

秘书叶婉在作记录。她听到这个情况后，每天都在心焦。她其实心里还在深爱着郝雄，看他痛苦的样子，她在记录的过程中几次差点落下泪来。如今怎么办呢？他的眼睛要是瞎了怎么办呢？她没想到这么快郝雄就发生了这么大的变故。她那天发火，也是一时之火，并没有要想和他真正分道扬镳；她那天告诉杰克，也不是要杰克怎么对付他，而是要杰克把他辞退，只要他一走，她马上跟着就走。那时，郝雄就没有理由拒绝她了。可是，形势怎么一下子就变成这个样子了呢？

杰克在会上说，公司要尽全力治好郝雄的眼病，哪怕要用再多的钱，也要找中国最好的医院，最好的医生，务必要求得最好的结果。他建议，公司立即派人和上海、北京、广州方面最优秀的医院联系，送郝雄去治疗。

郝雄说，不用了，他感觉到自己没治了，不要公司再花那些冤枉钱。说着说着他就哭了。那不是哭，因为没有眼泪；那是嚎，是叫，是喊！他说："我还只有二十八岁啊！我的人生才开始啊！我就这样生活在一个黑暗的世界里吗？"

全场的人都被他的呐喊所感动，都哭了，有的还痛哭失声，包括杰克，包括叶婉。叶婉哭得最厉害。

临走时，杰克叫来叶婉，很诚挚地说："小婉，你跟着去吧，顺便也对他照顾照顾。我想他这个时候肯定最需要你，因为他可能是真的爱你。有你在，他的心情肯定会好些，这对配合他的治疗我想会有好处。没关系，我不会在乎的。人到了这个时候还在乎那个,还是个人吗?另外,不要在乎花钱,只要有一线希望,再多的钱,你就拍扳吧,不必向我请示。听到了吗?”

叶婉听了这一席话,非常感动。在那一刻,她觉得杰克是世界上最好的人,觉得杰克怎么会是郝雄说的那种阴险的人呢?

她就说:“我担心难治好了。如果治不好,他的一辈子就这样毁了。”

杰克说:“假如真是这样的一个结果,我们也只能接受。但我请你转告他,要他放心,就算他真的看不见了,本公司只要存在,就有他的位置。他是本公司永远的员工。我们会负责他一辈子的。

叶婉用感激的目光看了看杰克。

我听到这个消息后,感到非常震惊。和叶婉一样,我们所有的人都没有把怀疑的目标指向杰克。郝雄在电子通讯公司干得很不错,深得杰克的信任,而且在那里他也没有暴露任何他个人的意图。杰克还正在重用他,怎么会陷害他呢?幸好杰克还不错,愿意花重金为他治疗,我只能在心中为他祝福,祈求上苍有眼,还郝雄一双明亮的眼睛,给郝雄一个美好的人生。他真的是一个好人。

72

上海某大医院,眼科住院部,一间条件很好的特别护理室。

经教授研究,专家会诊,一致的结论是,郝雄的视力要恢复已经不可能。这是一个特殊的病例,查不出病因,医生无法对症下药。而且就是换视网膜也不行,因为视神经也被病毒破坏了。在当今世界上,可能再没有什么医学技术能进行修复。

郝雄眼睛被蒙着白色的药带躺在床上。叶婉守护在旁边。郝雄来上海后这些天,一直没有说话。他始终沉默着。

这天,他问:“小婉,杰克为什么要你来而不要别人来?”

叶婉说:“我跟他说过,你爱我。”

郝雄一听,腾地坐了起来,但他马上又躺了下去,深深地叹了一口气:“我终于明白我为什么眼睛瞎了。”

叶婉说:“你怀疑是杰克害的?”

郝雄说:“这可是你说的。”

“杰克对你这么好,重用你,这次你得了病,他不惜一切为你联系治疗。他还要我转告你,就算你不看见了,只要公司存在,公司负责你一辈子。你为什么不知道别人的好呢?他如果要害你,还犯得着这样吗?你只是一个聘用人员,打发你一点钱不就行了吗?”叶婉有些生气地说。

“那是演戏!”郝雄很坚定。

叶婉说:“郝雄,你说话没必要这么刻薄。我理解你此时的心情,冷静一点好吗?”

“你要我怎么冷静?被别人害了,还要感谢别人!你能理解吗?你也把眼睛瞎掉试试!”郝雄说。

“如果按你那样想,他为什么要把我派来照顾你呢?他完全可以要别人来呀。”

郝雄冷笑一声道:“我已经是一个废人了,他还用得着担心吗?他可以把面子做得很足很足,但他不会失去什么,无非出些钱而已。可钱,对于他又算什么呢?”

叶婉说:“我不怀疑杰克,是因为我跟他说时,他不以为然,说我是女人懂什么。我当时说的目的是要他辞退你,你一旦离开了公司,就没有理由拒绝我了。我也会马上跟你走,我们就可以在一起了。他又能对我们怎么样呢?可他不同意,说你是公司的顶梁柱,是他的左膀右臂,即使要换你,也要找到合适的接班人再说。是真的,他就是这样对我说的。可谁想到你这一次出差会变成这样呢?我爱你,我怎么会害你呢?郝雄,你难道不相信我吗?我恨你,我最恨你的是你为什么不早点走?为什么呀?如果早点走了,会出现今天这种情况吗?”说完她就扑到郝雄身上,抱着他哭了起来,哭得很伤心。

“你不要爱我了,我是个瞎子,你回去以后就再不要和我来往了。”郝雄轻轻地说。

“不,回去以后,你留我就留,你走我也走。我要照顾你一辈子。”

此时的郝雄是有些后悔。他有一个很强烈的感觉,或者说一种本能的直觉,他相信自己的眼睛是杰克害的。杰克要他去北京,居然不顾及派两个敏感的专业情报人员跟着他,说明已经没有必

要重视和防范他了;专门嘱咐要他去北戴河,在海边游泳上来后,他的毛巾是由那个没下水的 W 国人发的;回来后,他马上被任命为常务副总经理,并扩大权力范围,可以染指公司的每一个地方,说明杰克已经知道他不会有任何威胁了。所有这一切,其实有一个前提,就是他在公司搞不久了。他后来对我说,他当时确实后悔没有听我的劝告,没有按规矩把所有的情况包括与叶婉的交往细节及时告诉我,让我们一起对可能面临的形势作出应有的分析与判断。我对他说,是的,如果他把与叶婉的矛盾及时告诉了我,至少我会去推断,叶婉作为一个女人,一个深爱着郝雄的女人,一个渴望情感寄托的女人,在迟迟得不到他承诺并发生激烈争吵的时候,是不是有可能做出过激的行为,去向杰克报告呢?特别是叶婉说了那句“你无情就别怪我无义”的话时,我们是不是会引起注意和警惕呢?我说我们会的。那时,我完全来得及把他撤出电子通讯公司,让他失踪,等破完那个案件再出来,这就可以避免后来悲剧的发生。

郝雄同意我的看法,他说,他的悲剧其实还是没有跳出那句非常古老的人生格言,即命运的悲剧归根到底是性格的悲剧。他是两眼空茫地望着前方,非常无奈又非常悔恨地说出那句话的。那样子有些大彻大悟,可惜的只是太晚了。

郝雄出现了这个谁也预料不到的情况,整个计划就得作出重新调整。我知道郝雄与叶婉的关系,而且杰克还派叶婉去护理郝雄,当时我的判断是说明杰克并不知道她和郝雄的亲密关系。那么,郝雄是难以再在电子通讯公司开展工作了。他必须得撤出。可如果叶婉也跟着出来怎么办呢?现在叶婉是唯一一个能贴近杰克的人了。事已至此,由谁来负责和叶婉的联系呢?当然郝雄可以继续与她保持联系,但假如被杰克发现了又怎么办?我觉得他们不能再发生联系,至少是公开不能来往。

郝雄从上海回来后,就毅然提出了辞职。杰克挽留他仍留在公司,他会给郝雄安排适当的岗位。但郝雄拒绝了。他当时真想抓住杰克狠狠揍一顿,虽然他不看见了,但他想拼死一搏,哪怕同归于尽也在所不惜。然而他还是把自己压抑住了。他并没有冲动。他知道他这一弄,会把我们的整个棋局搅乱。于是,他很平静地对杰克说,他如今是废人一个,不愿无功受禄。杰克见他去意已决,就给了他一个三十万元的存折以示抚恤。

我们的局党委考虑到郝雄的特殊情况,在公安局内部给了他一个合适的工作,但特意交待他,要等这个案子破了后才能上班。要他安心休息,等候佳音。

他也很配合,他还告诉我,叶婉一定要跟他走。他认为叶婉现在不能走,她一走,电子通讯公司就没有一个可以利用的内应力量了。而且,叶婉曾跟他说过,说杰克因为那份情报资料的事,对叶婉更加信任了,她要走,岂不可惜?

我说是的。在这个时候,我才终于和他说起了叶婉,说起了叶婉以前和我的那段往事。

他惊呆了。他听完就说:“原来你们早认识?还有那么一段感人的经历?真佩服你沉得住气,一句也没漏过。要是我,早就去找她了。”

我说,这是我的职业习惯。

他摇摇头说,可怕可怕,你们都是些冷血动物。“这样吧,”他说,“我来牵线,把叶婉叫过来,让你们接上头,你有什么任务就交给她吧。反正她也知道我和你们有联系。我真的希望快点把杰克那小子抓起来,再也不能让他祸害我们的国家我们的人民了。”

我说,快了。

事后,郝雄在一次与叶婉的见面时,劝她暂时不要离开杰克。他说:“就算为了我好吗?”

叶婉不解,说:“怎么是为了你?我到你身边照顾你不更好吗?”

郝雄说:“你不知道杰克有多坏,你可能也不相信。但没关系,你不知道更好。至于你不相信,以后的事实会让你心服口服。我今天是要告诉你一个消息,最近有一个人会找你,会告诉你怎么做的。”

叶婉问:“什么人?如果我不想见呢?”

郝雄说:“他是你多年的一个老熟人。你见了就知道,见了就不会拒绝的。而且,作为一个中国人,我希望你能尽点义务。”

73

就叶婉的事,我很快就专门向车副局长、曾处长作了汇报,并提出了我的建议。他们尽管有些担心,怕刚刚离婚的我和郝雄一样又陷入情感沼泽,工作受影响不说,还危及自家性命。而且这一次不同,如果被杰克发现,叶婉就会非常危险。我说,我以前对她的情感更多的是歉意,是同情,是关心,那个时候都没有谈情说爱,现在正处于这样一种工作状态,可能性就更不大了;况且,她正与郝雄黏乎着呢。我说我只是想和劳斯一样,利用叶婉与杰克的亲密关系,让她成为我们侦听杰克的一个载体,看能否获得一些有用的信息,最好是证据。劳斯有一个特点,他到哪里都拿着那个包;但叶婉是一个时髦的女人,她是经常换包的,假如在她不知情的状态下在她的包里安装器材,那是没用的,必须要让她知道,让她心甘情愿配合我们,那样我们的工作目的才会实现。我说,说老实话,此案就只用姜波也可以很快进入尾声,叶婉完全可以不用。但我很想获得来自杰克自身的证据。

领导们听了我的陈述和想法,原则上就同意了。不过,他们最后再次劝我,由于历史上的那种关系,要我在与叶婉的接洽中一定要把握住分寸。因为部里和厅里都有规定,侦查员一般情况下不

能直接去指挥异性线人。我说要他们放心,我肯定能把握住的。

和叶婉的再度相逢是在一家咖啡屋。是郝雄安排的。他打电话告诉叶婉,说上次说的那个老熟人想见她,晚上8点,在“梦之翼咖啡屋”。

作为男士,我提前赶到了那里等她。我选在进门就能看到的那张桌子。叶婉很准时,她进来的时候,一眼就看到了我。我站着迎接她,并向她招手。

她过来时惊讶地说:“哇,怎么是你?李哥?”

“谢谢你还记得我。你不会再逃避我了吧?”我笑着对她说。

“这是我的家乡,我还能往哪儿跑?而且跑来跑去,还不是在你的手掌心?”她明显比过去开朗多了。

落座后,我说:“其实你并不想见到我。”

她问:“为什么?”

“不然,你回了南湖这么多年,为何不告诉一声?你又不是不知道我的电话。不过也没关系,从我们这段历程可以得出一个结论,就是人生真不是一条直线,而是一个圆圈,你看,我们从相识,到分开,又到相聚,不就是一个因果轮回吗?”

她望着我:“你比过去成熟多了,老练多了。”

“是吗?”

“想那个时候,你幼稚得可爱,冲动得可爱。我知道,你当时对我有很深的愧疚感,一直想帮我,关心我。我心里都清楚。后来你成家了,我也慢慢长大了。现在我能独立了,能独立看问题,独立处理问题,独立走自己的路了。”

“所以,就不用找我了?”

“也许吧。哎,嫂子是干什么的?还好吗?儿子呢?”

“都好,她是干编辑的,不过我们离婚了。”

“噢,对不起。”

“没关系,如今这事也不是个什么稀奇的事了。人生就是这样捉摸不定,该发生的事你躲也躲不了,不该发生的事你想也想不来。"

叶婉不想延续这个话题。她说:"你和郝雄是朋友?他说你们是哥们儿。"

我说是的。她就脸色惨淡地说:"他真的好,但他的命运又真的是苦。"

我说是啊,今天找她来,就是想谈郝雄的事。

叶婉说:"我知道你是公安局的。郝雄是为你做事吗?"

我说:"不是为我,是为我们反间谍部门,再大一点说他是为国家做事。"

她说:"我不想听大的,我只认你。我想问你一句,郝雄的眼睛是杰克害瞎的吗?"

我说:"我还没有直接的证据。但据我们一年多来的侦查,有几起命案可能都与杰克有关。齐晖你可能听郝雄说过。郝雄就是为了这个非常好的同学兼朋友才自告奋勇去电子通讯公司卧底的;你曾经的男友吴伟你可能不知道,他为杰克干过一段事,专门为他推荐空 F 师那边的人,想获取我们的军事情报。这些杰克在与人交谈时曾隐约透露过。至于郝雄,我们有同样的怀疑。叶婉,我们虽然有几年没来往过了,但我还和过去一样信任你,所以才和你说那么多情况。这些情况都属于机密。"

"你说的那些人都和我没关系。如果郝雄不是杰克害的,我就不想在那里再干了。我想和郝雄在一起。"叶婉动情地说。

我说:"好吧,别的我也不说了。我有一点可以告诉你,你前几年的所有行踪杰克都能准确掌握。为什么?因为他在你的身上安装了一个 W 国研制的非常先进的定位仪和窃听器。他实际上已经跟了你很长时间了。这一点你至今也不知道吧。位置在你的背上,植在你的皮肤里。我们发现后,在你一次酒醉后把它破坏掉了。但那个东西现在还在你的皮下。我想这应该可以说明问题

了吧?”

叶婉一听,脸色一下子变得愤怒了:“这个流氓!我摸摸看,在哪里?”

“回去再摸吧。但你千万不能说,千万不能让杰克知道你知道了这个事情。他如果知道了,不仅你不安全,而且也会对我们侦破这个案件不利。等案件破了后,我们会安排你动手术的。”

叶婉自言自语道:“难怪我到哪里做事都不顺,原来都是这个流氓在后面使坏。”

她看着我,说:“谢谢你。你这一说,更坚定了我配合你工作的决心。我同样和过去一样也信任你。郝雄来时跟我说,要我听从你的安排。为了他,现在也为了我自己,我会尽全力的。你有什么想法请尽管直说。”

“杰克信任你吗?我说的不是一般的信任。”我就问。

“是的。这次郝雄辞职,他以为我也会走。但我没走。他很感谢我。我现在更不想走了,我一定要完成郝雄没有完成的任务。如果真的如你所说,郝雄是杰克害的,那我这一辈子都不会安宁的。因为我才是罪魁祸首。我必须要用一辈子的时间来偿还。我还要用我的力量来为他报仇。”

我说:“那好。”

于是我和她说出了我的想法。她表示全力配合。她说她一定会小心谨慎,一定会从杰克那里挖出一些东西。

叶婉所表现出的真情让我感动。而她浑身上下所涣发出的成熟的魅力比之过去更迷人了。她还是那么美丽孤傲,还是那么像一个有力的磁场,深深地吸引着周边的男人。怪不得周浩那家公司要利用她去获取他国的技术资料,怪不得她的那个日本老板对她垂涎三尺,怪不得杰克对她是那么着迷,怪不得郝雄不顾我的三令五申,继续着自己那份情感。

在离开的时候,我由衷地说:“叶婉,你比过去更漂亮了。难怪你走到哪里,哪里的天气就要发生变化。"

她说:"谢谢李哥夸奖。不过,你可能不相信,我其实真的希望自己丑一点。上帝是公平的,给了我美丽就不再给我一份美好的情缘;我有几个朋友,她们长得一般,但个个婚姻幸福,快乐得要死。"她又笑我说,"你也是一样,那么优秀的一个男人,不也离婚了吗?"

我还问起了她离开天龙公司以后的一些事情。那一段对于我来讲是空白。她简要地作了介绍。她说她真的不想再回忆过去。她说到现在她才知道,过去的一切都是一个圈套,而她只是按杰克设计的路线在一步一步走进那个圈套。我们一直谈到12点多才结束。我们握手告别。我对她说,有事可以发短信,那样要方便些。但一定要记住,每次接发完要马上删掉。不怕一万,只怕万一。

她点了点头,就非常优雅地钻进了那辆白色本田的驾驶室。我看到她的表情其实是凝重的。一缕轻烟扬起,两盏红红的尾灯很快就消失在了夜幕中。

74

姜波提了副厂长,享受副团现职,待遇跟着就上来了。他换了大办公室,添置了笔记本电脑、彩电、微型复印机、书柜、真皮沙发;文件的阅读面大了,以前见不到的文件如今每天准时送到他的桌上;出门可以叫司机班的车了,想去哪儿就有人送他。当然,他一般情况下是不叫车的,一来体现自己的廉洁和体贴,让上下左右的人都认为他是一个好领导;二来他自己有车,出去更为风光,也体现出自己的本事。

不过,在所有这些待遇中,他看得最重的是文件,是各种各样重要的文件。以前,他常在同事们中间议论,说当领导真的舒服,成天就坐在办公室,冬暖夏凉,干干净净,看看文件签签字,谁不会呀。而且还说,文件能当饭吃吗?文件能当飞机上天打敌人吗?文件能代替我们干活吗?都是那些无聊的秀才在家里瞎编出来的,都是些空话套话,看了顶什么鸟用?

如今那些部下来汇报工作,看他整天就伏在桌上看文件,看得很仔细,批字也很认真,就拿他以前的话笑他。这个时候他就说:"唉,以前真的不理解当领导的苦。看文件苦呢,要动脑筋,要领会消化,要结合我们的具体情况贯彻落实。文件是生产力是战斗力啊！没有文件，我们的工作哪有方向？写一个文件特别是一个好文件不容易呢，要经过多少人，通过多少调查研究才能出来啊。我现在算是体会到了，领导是劳心，你们是劳力。我很怀念那段劳力的日子。只认做事，下了班就走。可领导要考虑的事多呢，大家的吃喝拉撒，提拔晋级，家属子女，哪一样不操心呀。”说完他总要站起来伸伸腰，捶捶背，显示他已经腰酸背痛。部下见状，也总是说，是呀是呀，当领导当然辛苦。但领导辛苦，我们才幸福呀。

他上任以后才明白，空F师的文件真的多，内容真的丰富，有反映各部门工作的简报，有战训通报，有最新装备动态，有技术研究专刊，等等。这些对于现在的他来说，就是房子、车子、票子、女子。每天看到那些文件，他就激动，就兴奋。

一段时间后，办公室负责送文件的内勤就知道，姜厂长看文件特细，一般上午送去，要到下午才会退回来。内勤当然不知道，姜波在每天的中午都要把他认为重要的文件复印一份，存放在他的铁皮保险柜里，然后一有机会就带走。

姜波当然更不知道，他在办公室的一举一动都存入了我们全天候监控的电子设备。

姜波非常清楚自己的价值，也非常清楚自己这样做的后果，所以，他做事不急不躁，能推则推，能拖则拖，反正自己的柜子里有货了可随要随取。有几次杰克催他，他就说，他刚刚上任，有些重要的文件仍按老的发放范围没送给他看。他正指示厂办向师里反映这一问题，估计很快就会办好。他要杰克莫急，他会按他的提纲分门别类，搜集整理的。杰克也没法，主动权如今已到了他的手里，为之奈何？而且好不容易把他扶上这个位置，能轻易废了他吗？他现在可是自己的衣食父母啊！

不久后，中央军委决定举行一次海陆空三军演习，以震慑民族分离主义分子和想干涉中国内政的境外敌对势力。作为王牌的空F师参加了这一行动。

在演习中，空F师的新一代战机——狼式战斗机穿云破雾，表演了空中格斗、空对地导弹攻击、空对空导弹攻击、空对舰导弹攻击，一条条火龙喷射而出，一个个目标应声而中，一声声喝彩从地面传来。可谓出尽了风头，大展了军威。中央电视台现场直播后，在世界上立刻引起了轩然大波。各国特别是各大国的军方和情报部门，都在对此分析研判：中国的这些战机到底是什么东西？是自己研制的还是别的国家提供的？

W国自是更急。自冷战结束后，他们一直把中国视为潜在对手。中国的军力如此迅猛发展，他们感到了巨大的威胁。国家安全委员会敦促国防部，国防部敦促空情局，要加大对中国空F师的情报搜集力度，务必尽快拿到空F师狼式战斗机的详细情况。

空情局的绝密电报就发到了杰克手中。

电报对他又打又拉。打的是，令他不惜一切代价，要拿到空F师狼式战斗机的有关资料，并限他在一个月内必须见到成效；拉的是，此次任务完成后，他就可以正式回国，官职擢升一级。

杰克的压力就越来越大了。但他现在的手中就只有一个姜波。而这个姓姜的却不太好对付，非常无赖狡猾。他在想，对这个人看来不能用绅士的办法，而只能用无赖的方式。

第二天，他专门叫了公司的两个中国员工到办公室。那两个员工平时脾气暴躁，喜欢动粗，还动手打过主管，听说以前搞过体育。周浩想将他们开除，被杰克否决了。那两人对他心存感激。当时他有一个考虑，人都是有长处的，而长处说不定在以后某种场合可以派上用场。现在就是用他们的时候了。他想，他们会为他干好的。

杰克对他们说："我有一件事想求你们帮个忙。不知你们是否愿意？"

听老板如此谦虚的口气，其中一个激动地说："老板，您有什么事就吩咐，总不至于要我们去杀人吧。"

另一个更是显出“士为知己者死”的样子说，“就是杀人，只要老板有令，我们也愿意去试试。”

杰克就笑着说：“不会不会，要你们去杀人，我还算一个好老板吗？我还能在中国混这么久吗？是这样的，今天我在一个商场买东西，不小心踩了一个人的脚。我道了歉，但这个人竟蛮不讲理。我在中国这么多年，真的是头一次碰到。他要我买一双皮鞋赔他！你们都知道，我是一个喜欢息事宁人的人，不喜欢在那样的场合与人争吵。我就买了。然后我对他说，不打不相识，交个朋友吧。他就说，好啊，我是空F师维护厂的姜波，我不怕你知道我的名字，我行不改名坐不改姓。”说到这里，杰克阴沉着脸说，“买双鞋子倒无所谓，我就是觉得这种人太嚣张了，不治治他，以后还得了吗？所以，请你们来，我就是想教训教训他。”

一个说：“噢，就是这么一点小事啊。老板放心，我们明天就去找他。老板定个调吧，是要死的还是要活的？”

杰克说：“当然要活的，刚刚不是说了，偿命的事我不会让你们去干。”

“那您是要一个月的还是三个月的？”另一个说。

杰克就问：“什么意思？”

“也就是说把他修理得一个月下不了床还是三个月下不了床？”

杰克说：“不不，不需要那么重，意思意思就可以了。你们要保证他能走得路，上得班。但有一条，必须让他魂飞魄散，想到就怕，以后再也不敢了。当然，还得有点外伤，比如鼻青眼肿呀什么的。我不想为一点小事把别人伤得太厉害。”

“老板真的是太善良了。我们明白了，放心，我们兄弟一出手，没有不挂彩的。您等着听好消息吧。”

杰克把一张支票递给他们，说：“一点小小酬劳，拿去喝点酒吧。”

75

那天，姜波很晚才到小青的住处。小青睡着了，姜波开门进来后弄出的声响又把她弄醒了。她迷迷糊糊地睁开眼睛，一看吓了一大跳。姜波鼻青脸肿地站在她面前。

她爬起来，摸着他的脸问："姜波，你怎么啦？"

他拿开她的手，淡淡地说："没什么，刚刚回来的路上碰到了两个劫犯。要钱，我不给。他们就用刀砍我。幸亏我平时训练有素，他们始终没有得逞。你看，我身上没有被砍伤的痕迹吧。再看看，我身上的钱没有被抢去一分吧。那两个家伙想抢我的钱，哼，还嫩了点。"

小青就抱了他说："太可怕了，你不是开着车吗？车被抢了没有？"

姜波说："今天几个朋友约我吃晚饭，饭后他们要去玩，就把我的车借去了。我在办公室加班，太晚了，也没要单位的车，怕麻烦别人，就走了一段路想拦的士。"

"你以后要是弄晚了就别过来了，睡在办公室也行。现在治安很乱的，好吗？你要是有个什么三长两短的，我怎么办啊！我可是靠着你的啊。"说着，她就流泪了。

姜波也紧紧地抱着她，心里才慢慢地有了一点安全感。刚刚那一幕真的太可怕了！

由于一天都在师部开会，他不得不在下午下班时才看文件。几个老部下见状，就吵着叫他出去吃饭，说吃了饭再看也不迟。他起先没同意。那些人就说："就算密切联系一次群众吧。当了领导就难请动了，以前你可不是这样的。"

于是，他不得不去了，一吃一喝的就到了快十一点。那几个人还意犹未尽，说首长，我们还想去唱唱歌，也趁机醒醒酒。你也喝多了点，一起去吼一吼吧。

他就说，我是真的还有事没有做完，必须得回办公室加班。他顺势做个人情道："这样吧，你们开我的车去，也方便一点。明天还我就行好吗？我真的不能陪弟兄们了。"

他就在饭店门口打了个的，回了办公室，把全天的文件拿了出来，看了一遍，然后又挑出了一大摞，一张一张地全部作了复印。

离开维护厂的时候就快凌晨一点了。这个时候再去小车班要人送，他觉得有点不好意思，当然也有点做贼心虚的味道，怕人知道。他就独自出了办公楼，这里已快到郊区，没几盏路灯。他想拦的士，但很久也没看到一辆。他在心里骂道："他妈的，的士也狗眼看人低，尽走市区，不走郊区。"他就边走边看。想着到了大路，肯定有的士的。

他没有想到，走到一拐弯处时，突然从黑暗中冲出两个人，他还来不及看清，就被那两人一把按倒在地。他本能地想大叫，一个声音轻而有力："你叫我就杀了你！"一把闪着寒光的长刀在他眼前晃了一下。他马上就不敢吭声了。

他们带他到了一个僻静的角落，黑乎乎的。借着一点亮光，他感到那两人是戴着面罩的，只留出两个眼洞。他们的个子都很高大，手臂非常有力。他就说："兄弟，有话好说，有话好说，要钱我都给你。"说着他就掏包。

“哈哈,你这个王八蛋,你以为我们是要钱的吗?”一个骂道。

姜波想,不是为钱那是为什么?他没和人结过仇,也没找人借过债,难道是碰了鬼吗?他就说:“兄弟,那你们是不是认错人了?我们好像不认识。”

“你是姜波吧?我们找的就是你!”一个人用刀背在他脸上像刮胡子一样刮过来刮过去,那凉飕飕阴森森的感觉,让姜波毛骨悚然。他生怕那人晚上看不见,把顺序弄反了,那他的脸就倒霉了。

“可我们无冤无仇呀。到底是为什么?”

“你是聪明人,而且还是个当官的,你自己去想吧。我们只是受人之托,替人消灾。”另一个人用刀尖在他的脸上比比画画,自言自语说:“是画朵梅花呢还是画棵竹子?”

姜波心想完了,如果自己的脸被他们当做宣纸,明天他还怎么见人,还怎么上班?那不一切都完了吗?不行,得说说好话。俗话说,好汉不吃眼前亏,只要能保住这条命,就是做龟孙子都行。

他就扑通跪了下来:“大爷,大爷,你们行行好,我是个好人啊!你们要什么,我都给,好吗?”

一个人显然不耐烦了,伸手就给了他一记重拳。那一拳真的厉害,姜波立时眼冒金星,只感到鼻子里有一股热流涌出,很快就流到了嘴里,是咸的。他心想那个家伙肯定是个拳击运动员。

那人说:“轮得着你说话吗?”

姜波立马就不做声了。

另一个人说:“你怎么不讲规矩?我还没动手你就先动手了。”话音未落,姜波又感到一记黑拳击到了他的鼻梁上。他差点晕了,只觉得天旋地转。那一瞬间,他明白了为什么拳击运动员要戴手套。他体验到了骨与骨相撞的力量。他感到了一股浓烈的腥味从心底里喷出。死定了,这样不对称地玩下去,真的死定了!他闭了眼睛,他已经连反抗的意志都没有了。他真的后悔死了,后悔把自己的车给了那几个小子去玩,也后悔没有要小车班的司机送一下。一失足成千古恨啊。打吧,人为刀俎,我为鱼肉。他算是知道了做鱼肉的痛苦。

“姜波,我们有一句话,你想听吗?”一个人开口了。

这句话无异于是天外来音,救星降临。姜波知道他们要谈条件了。有条件就有活路,只要有活路什么条件他都可以答应。他赶紧应道:“愿意愿意!大爷您请指教。”

那个人就说:“也没什么,我们只是警告你,做人不要太嚣张,太狂妄,太狡诈。要适可而止,要知恩图报。好了,今天只是提醒提醒你。如果你再敢那样,下次就不是这样温柔地对待你了!听懂了吗?”

姜波恨不得他们快走,连连说:“懂,我懂。”

那两人收了东西,正好对面一辆的士过来,就拦了飘然而去。

此时,他搂着小青,搂着她那温热的身体,心里还在后怕。他的直觉告诉他,这肯定是杰克那小子干的。杰克曾暗示过,他有一帮黑社会的朋友,还说过,齐晖、吴伟的死似乎也与他有关。他的心就揪得更紧了。他知道,杰克这是在警告他,要他不要故意拖拖拉拉。从那一刻开始,他感觉到自己的小命已经紧紧捏在了杰克的黑手里。

想到这儿,他就觉得生命太可贵了。如果刚刚没了命,他还能在这里吗?还能抱着这么温热可人的身体吗?生命真的无常,既然无常,就得珍惜每一天。

他就突然有了冲动。他一把将小青摁倒在床上,三下两下就把她的睡衣扯掉,压到了她的身上。

小青自与他交往以来,还从没看到过这架势,就说:“还没洗澡呢。”

姜波想,连命都快没有了,还洗什么澡?过一天,算一天,过一天就快活一天,这才是硬道理。他就强行插了进去,并拼命动起来。

小青说:“轻点,轻点,你受伤了不知道吗?”

姜波说:“我是上面受伤,下面没受伤。”

小青说:“你好怪,怎么受了伤比平时还硬。”

姜波一听,觉得刺激,动得更厉害了。小青就哇哇大叫。她没想到她叫得越响,他反而动得更欢。

完了后,他倒在了一边。

小青说:“你刚才那样子好吓人,像要把我搞死似的,哪来那么大的牛劲?把刚刚打抢劫犯的凶劲都用到我身上了。起来,我给你搽点药,不然你明天怎么去上班呀。”

姜波说:“没关系,我就老老实实说晚上遇到打劫了,负了伤。说不定单位还要表扬我呢。”

他一宿未睡,也确实睡不着。他决定,马上和杰克联系交货。他不想再这样担惊受怕地过日子了。

杰克这一着,姜波这一急,客观上为我们的收网破案加快了速度。

76

那天下午,杰克接到姜波的信息后兴致很高。姜波告诉他,手里已有了不少东西,都是按他的要求收集的。他肯定满意。

杰克听了非常激动,吃了晚饭就到办公室做着一些准备。那个家伙真的急了,怕了。这就好,只要拿到那些东西,他的任务算是完成了。他就可以回国了。

然后他回了宿舍。他是吹着口哨回去的。

叶婉已经洗了澡,穿着一件很性感的睡衣在看电视。他闻到了一股淡淡的女性香水味儿,便有些冲动。他先在叶婉的脖子上亲了一下,接着就去浴室洗了澡。从浴室出来,他赤身裸体走到沙发边,一言不发就抱着叶婉到床上,又亲又吻的。

叶婉感觉到了他下体膨胀坚挺,知道他的意思,就说:“我们说说话吧。”

杰克正火急火燎的,总抱着她不放,说:“做了再讲话吧。我想要你。”

叶婉就不高兴,说:“你们男人就喜欢直奔主题,但我们女人更喜欢美妙的前奏。你就不能迎合一下我吗?”

杰克就没办法了。他说:“好吧,说什么呢?”

叶婉就下了床，把自己那个很漂亮的小包挂在床头，又从包里拿出一把精致的指甲刀，轻轻地磨起指甲来。杰克虽然急，但也只能等着。他不知道叶婉想说什么。

她说："你现在真的信任我了吗？"

杰克说："还用说吗？"

"那我想问你一件事，请你如实回答我。我的前男友吴伟在我的心目中是一个既无长处又无本事的男人。可你竟对他那么好，那么舍得花钱，到底是看中了他什么呢？他又给你干了什么呢？"叶婉显得漫不经心地说，"这一直是我心中的一个谜。他毕竟是我的男友。在我和他恋爱时，我真正委身的是你而不是他。而且他已经死了，还有必要再瞒下去吗？"

杰克没有想到她会提出这么个问题。确实，叶婉多次说过他不信任她，他有好多事情没有告诉她。是不是就是这个问题呢？

于是，他说："你一定要知道吗？"

叶婉说："我记得你说过，我知道得越多就越危险。我其实很害怕问你一些情况。但我又控制不住。我跟你说过，我不愿做一个什么也不知情的单纯的性工具。我是一个人。请你告诉我，我问你一些情况真的就有生命危险吗？我们的关系如此亲密，你忍心吗？"

杰克忙说："不，不，我不是那个意思。你一定要知道，我可以告诉你。"

他停了停说："我是一个商人，这你清楚。但我来中国的时候，W 国有朋友曾托我要搞一点空 F 师的情报。这个你也知道了，那次你看到的那两张纸就是朋友要我搜集的内容。我在中国没有任何关系和熟人，了解到你的男友吴伟是那里面的人，所以就托了他帮我弄。就是这么回事。"

"他弄到了什么吗？"

"没有，一点也没有。因为他位置太低了，接触不到什么有用的东西。而且,他不久就被车撞死了。”

“他的死和你有关吗?”叶婉死死地盯住他问。

杰克愣了一下:“我对天发誓,和我没有任何关系。”

叶婉说:“我感觉到你并没有跟我说真话。”

“为什么?”

“因为吴伟活着的时候和我说过,你曾托他给你找过一个人。那个人叫齐晖,这你不否认吧?”

杰克又一愣,但他不得不点头承认:“是的,是有过这么一个人。”

“可他也死了。听说他是不愿意接受你的指令后不久死的。”叶婉淡淡地说,那神情像是在谈论一个与己无关的人,叙述一个与己无关的故事。

杰克越听越紧张,他觉得叶婉好像知道了一切似的。他说:“是的,但南湖警方已经做了现场查验和法医鉴定,是煤气中毒致死。”

“你信吗?但我不信。我再问你,郝雄一直干得好好的,你也很信任他。可我跟你说他追求我后不到半个月,他的眼睛就出问题了。这是偶然吗?还好,这次他保住了一条命。我问你,和你有关系吗?”

杰克矢口否认:“不不,这些都和我没有关系!”

“那为什么他们的受害都有一个共同点,就是违背你的意志之后必定出事呢?杰克,既然已经说到这一步了,我也不怕你报复。希望你给我一个真实的答案,也算是你不负我的一片情意。我还是那句话,我不会说出去的。我对这些事没有兴趣,只有好奇。他们和我没关系。齐晖我见都没见过;吴伟对于我来说,就像过眼烟云,没留下任何痕迹,我对他也没有任何情感;还有郝雄,他是爱我,没错,但我没爱他,不然我也不会告诉你;至于说到你搞空F师的情报,我更是不会去关心,那是国家的事,是军队的事,是那

些当官人的事,与我何干?我只是一个非常普通的百姓而已。所以,你还不相信我吗?”

叶婉这一连串的一逼一问,虽然咄咄逼人,但又确实是情真意切,推心置腹。杰克是彻底地动心了。是啊,叶婉是他在中国唯一一个让他快乐、让他安心的女人。她热情大方,美丽温柔,特别是在工作上稳重细心,不乱说话,不乱做事,并且从没问过他任何敏感的事情。自己就快要回国了,到了这个时候,还有必要隐瞒她吗?然而,如果真的对她说了实话,她会去告密吗?他又一想,就算她去告密,又有什么证据呢?他不承认,中国的司法部门又能拿他怎样呢?先稳住她取悦她再说吧。在中国的日子里,他还需要她,不仅是性,也包括工作。至于他回了国,以后新的接班人是不是留她,那是别人的事了。说吧。

杰克就握住叶婉的手说:“小婉,对不起,我刚刚对你说的确实都是假话。我为什么要说假话?完全是出于一种自保自防意识。因为这些事在中国都是触犯刑法的,我不敢说。我想你应该能理解。现在我跟你承认,你说的那些事都是我干的。”

叶婉内心里出了一口长气。她立即露出了高兴的笑容。她主动抱了杰克,亲着他的嘴说:“这才是我的好杰克。从现在开始,我一切的包袱都放下来了,我真的觉得你是信任我的。不过,我还有一个担心。”

杰克问:“什么担心?怕我也杀了你?”

叶婉点点头:“按你的理论,我知道的是不是太多了?而且你要我死,还不是一件轻而易举的事?”

“傻瓜,我还要你呢。”他就把她丢到了床上,一纵就扑了过去。

叶婉很妖媚地说道:“看你又猴急得这个样子,好像是第一次见到女人似的。来,我帮你脱衣服。”

77

红豆电影院,巨大的海报上写着几个大字:“泰坦尼克号”。旁边一幅宣传画,两个年轻男女,一前一后,站在船头,张开双臂,像要飞翔。就是这个经典画面,吸引了中国无数的少男少女。

上午9点,姜波开着那辆桑塔纳2000,准时赶到了电影院门口。停好车后,他提着一个大大的公文包神色匆匆地进去了。一会儿,杰克也开车来了,也提着一个他平常很少用的真皮袋子。他是来取文件的。听说姜波这一次就收集了上百份文件,看得出他脸上的兴奋之情有些抑制不住。他是迈着欢快的步子走入影院的。

他们约在一个情侣卡座会合。那部电影虽然很火,但在南湖市的放映已接近尾声,所以那天看的人并不多。也许杰克没有掌握这个情况,按情报工作的常规,他找电影院这样的公共活动场所搞情报交接也是对的,但前提是人多,既可以掩护他们的秘密行动,也可以在必要的时候制造混乱迅速逃离现场。只是杰克没有料想到那天只有二十来个人,他可能更没料到其中有一半是我们的人。我的同事们就坐在他们的四周,正把他们围在中间。

他们简单地打了个招呼,就开始掉包。杰克的打算是,一旦拿

到文件就走人，然后直奔领事馆，通过外交免检邮包迅速发回国内。但他的如意算盘落空了。他一接过姜波的公文包，正准备走，我们就围了过去。此时，影院的灯光骤亮，把他们两个照得一览无余。几台照相机从不同角度把他们在一起的情况全拍了下来。

一听我们是反间谍侦查处的，姜波首先就瘫了下去，脸色一下子变得惨白。我们要他走的时候，他竟然迈不动腿了，是我们两个同事把他架到车上的。

到了车上，他才有点回过神来。他从口袋里掏出一把钥匙，递给我的一个同事说："这是我的车钥匙，你们把车开走吧。不然以后法院知道了，会以间谍经费买的为由予以没收的。我不会告诉他们的，就算我对你们作的一点贡献好吗？"

我的同事觉得他的举止很好笑，就把它收了，说："你不要以为交了车就能放过你。这车迟早是要交的。"

姜波说："我知道，我只是想有一点将功补过的表现。"

杰克毕竟是职业老手，他很镇定，只说了一句："我不会说什么的，请你们按规矩通知我的领事馆。"就跟着我们上了车。我们是分两部车走的。曾处长和我押着杰克；另有几个同事押着姜波；其余的留下收拾现场。听收拾现场的同事后来说，那几个看电影的观众议论，这是他们有生以来第一次看到抓外国间谍的场面，非常过瘾。《泰坦尼克号》重新放映时，没一个认真看的，还在议论纷纷。

审讯马上进行。审间谍案件比审刑事案件要单纯明了得多，它不需要也不能搞刑讯逼供，而是斗智比谋，特别是要证据扎实。一般情况下，在确凿证据面前，对方都会爽快地承认。因为对手比刑事犯罪分子素质要高得多。他不想抵赖，他想的是尊严。他不想拖时间，想的倒是快点结束，由本国政府来营救，以快点得到自由。所以，当我们放出他和姜波见面、他送给姜波活动经费、他交给姜波情报搜集提纲等录像时，杰克对自己窃密的事实供认不讳。

在问到杀害齐晖、吴伟及伤害郝雄的问题时，他开始坚决不承认，矢口抵赖，但放了他和姜波、他和叶婉的一些录音后，他也低下了头，默认了犯罪事实。

他只问了一句："叶婉原来也是你们的人？佩服，作为同行，我真的佩服你们！唉，美女永远是天生的间谍。不过，无论怎么样，我毫不隐瞒地说，我是真心喜欢叶婉。我感谢她陪伴了我一段时间。她给了我许多美好的回忆。如果可能的话，请你们转告她，我敬重她的勇敢和智慧，喜欢她的温柔与性感。"

我们都没接他的这个话茬。我们觉得最好的回答就是不回答。让他去琢磨吧。

我们最关心的是下一个问题，那个神秘的监理室里到底隐藏着什么秘密？我就问："杰克先生，你还有什么问题没有向我们说清楚的吗？"

他说："没有了。"

"真的？"

"真的。"

我直视着他的眼睛，诈道："今天凌晨，我们密捕了你们两个W国人，你不知道吧？"

杰克一听就跳了起来："什么？你们……"

我说："你们在搞一个什么釜底计划吧？"

"……"

"你们在那个超市的监理室里隐藏了一个巨大的秘密吧。你不说没关系，我只是很遗憾地告诉你，你们辛苦了，但你们所有的力气都白废了。"

"你们都知道了？"他嗫嚅了一句，又说，"全完了，一切全完了。"可以看出，他的精神彻底被击垮了。

我仍是很模糊地说："杰克先生，你们这样做到底有什么意义呢？你难道不知道，你们在刚开始动工的时候，我们就盯上了你们

吗？你难道不知道，这是在中国的土地上，是在我们的眼皮底下吗？我还要告诉你，鉴于电子通讯公司是 W 国间谍组织的掩护机构，并从事了危害我国家安全的活动，我们将依据中华人民共和国国家安全法等有关法律，没收其房产和其他所有资产，收归国库。你们还有什么秘密能永远隐藏下去呢？”

他眼皮翻了翻，仰头望着天花板，长叹了一声。接着，他要一口水喝，就谈起了那个巨大的秘密。

根据杰克的交待，我们迅速派出力量，将守候在监理室的 W 国人强行带走，然后在一面安装了很多仪表的墙上，打开了一扇非常隐秘的门。我们钻了进去，那是一个不很宽但也不很窄的通道，有灯光照明，但灯比较暗。我们一行人就边走边看，通道很长，方向直逼空 F 师。我那时有一个感觉，就是越往里走，越觉得阴森恐怖；越往深走，越觉得如果这个案件不破，后果真的不堪设想……

78

我很快把消息告诉了周浩。他高兴得在电话里就叫了起来。他说可惜他正在外出差，赶不回来，不然一定要请我喝酒，喝个一醉方休。他说要我等着，他回来就叫我。

郝雄被安排在我们市公安局的技术侦查部门负责侦听工作。这是新中国成立以来，我局历史上第一个也是唯一一个盲人当警察的特例。

郝雄诙谐地说："生理学上有一种说法，说眼睛看不见的人听力非同一般。看来，我的听力会越来越好。我是天生搞侦听这一行的。请领导和同志们放心，我一定会再立新功。"从他的话语里，我听得出，有自嘲，也有痛苦。但不管怎样，他毕竟安顿下来了，有了一份自己也还算是喜欢的职业。我的心也随之安妥了。

我拍拍他的肩，说："好兄弟，我们现在是同事了。我们以后可以经常在一起喝酒背唐诗了。"

他就笑，空洞的眼睛望着前面，说："要是劳斯那小子能再来就好了。唉，只可惜我的眼睛看不见了。"

曾处长就在旁边说，没关系的，劳斯如果真能来，他一定把那小子的变化描述给他听的。

郝雄喃喃自语道，劳斯肯定会来的，他有感觉。

由于叶婉在本案中，客观上发挥了重要作用，我局经层层上报审批，给她个人记了一个二等功。但她拒绝接受。她说：“我没有为国家，也不是为了国家，我是为了一个实实在在的人——郝雄才去做这些事的。但我没有保护好他，反而害了他。我不要这个功，如果我拿了，我一辈子难受。”

我们也没有办法强迫她接受，只好把证书与奖章放到了全局的荣誉室。这里存放了许许多多无名英雄的证书、奖章，还有奖杯，他们在隐蔽战线上为国家作出了各种各样的贡献。但由于种种原因，他们不能把这些荣誉摆放在家里，告诉自己的亲人和朋友，更不能在社会上浓墨重彩地宣传。他们注定了一辈子只能默默无闻。

叶婉终于可以大大方方地和郝雄在一起了。然而，郝雄却坚决地拒绝了她。

叶婉是哭着和他说的：“郝雄，我们好不容易走到一起，我们好不容易排除了所有的障碍。我们是生死之交啊。你忘记了你的承诺，忘记了你的誓言吗？你还不能原谅我不能接纳我吗？”

郝雄说：“小婉，我们不存在原不原谅的问题，你所做的一切都是对的，至少我是理解的。我如果不是个瞎子，我二话不说就会带你走，我们自己去创一份事业。我还答应过周浩去给他当律师呢。但我现在瞎了。我什么也看不见了，成了一个废物。我不想害你，更不想你来同情我、迁就我。那样我一辈子都会不安，都会痛苦的。也请你理解我，不然，我只有自杀！”

话说到这份儿上，叶婉无言以对。她望着他麻木的表情，空冷的眼睛，非常无奈地也是非常难过地离开了郝雄。她找过我，找过曾牛，要我们去劝劝，想挽回这段感情。我们也去找过郝雄，但他态度之坚决，如九鼎泰山，岿然难动。此事不可强求，我们也就作罢。

那天叶婉约了我喝茶。她再次诉说了她对郝雄的感情。我感觉到,她确实是深深地爱上了郝雄,并为得不到他爱的回报而深深地痛苦。

她说:"李哥,我已经快三十岁了,回忆自己走过的情感之路,虽然我也恨那两个挨了枪子儿的家伙,他们在我情窦未开的时候就剥夺了我作为一个少女的权利。但反过来一想,如果没有那场浩劫,我的命运会幸福吗?我想也不一定。因为有的女人在婚前就有了性行为,有的女人离了婚,但她们也能找到甜美的爱情。所以对于我来说,其实一切都是虚无飘渺的,没有哪一个男人的情感真正属于过我。我的悲剧在于,我总是在追求一个影子,一个梦。也许,我的名字注定了我是一片飘零的树叶,一生是一个哀婉的故事。这可能就是我的渊薮吧。我真心希望郝雄幸福,也希望你们能照顾好他。我是不想再找男人了。"

叶婉走了。临走时,她交给我一封信。她说是她对自己这些年行为的忏悔,其中写了郝雄,写了吴伟,写了周浩,也写了我。她说在信的最后,有一首席慕容的诗,是专门送给郝雄的,里面说出了她心里一直想说又不好说的话。她说要是能把"凋零"改成"哀婉"就更贴切了。

我接了信,就问她:"叶婉,你不会又是来无影去无踪吧?我们可以保持联系吗?"

她说:"放心,我不会再走远了。我的父亲就只我一个女儿,我不想让他太孤独,我也该尽点孝道了。我肯定就在南湖,可能开一个服装店,或者开一个酒吧。我会和你联系的。到时候生意还要请你们照顾呢。祝你再次早结良缘,如果方便,我会再来喝你的喜酒。"

我本来想半开玩笑半当真地说一句"我们还能重新开始吗?"但想起郝雄,想起这几年的经历,还是把那句话咽了下去。那句话对彼此都太沉重了。虽然,回忆这些年的轨迹,我和叶婉确实有缘

分，假如我不下基层锻炼，我就不会认识她；假如破了那个案件后，我不写那篇通讯，杰克就不会盯住她；假如我不介绍她认识周浩，她要进杰克的公司就不会那么顺利；假如郝雄打入杰克的公司不是由我去联系与指导，而是由另一个人……一切可能都会改写。但历史就是历史，不会重来。

我回去就找了郝雄，把叶婉的话对他说了一遍。然后，我把信交给了他。他看不见，说："这又不是盲文，你帮我念一下吧。反正我们之间的秘密你都知道。"

我就打开了信，念了，最后的那首诗名叫《一棵开花的树》。我是带着感情念的，我忘记了席慕容，我想象着我就是叶婉：

如何让你遇见我
在我最美丽的时刻

为这
我已在佛前 求了五百年
求它让我们结一段尘缘
佛于是把我化作一棵树，
长在你必经的路旁

阳光下
慎重地开满了花
朵朵都是我前世的盼望

当你走近
请你细听
那颤抖的叶
是我等待的热情

而当你终于无视地走过
在你身后落了一地的
朋友啊 那不是花瓣
那是我哀婉的心

按叶婉的交待,我把“凋零”改念成了“哀婉”。

我其实还没有念完,只念了两段,郝雄就开始抽着鼻子。我也被诗和叶婉的情谊感动了,念着念着就有了泣音。到念完时,我发现他捂着脸已痛哭失声。而我,却不敢哭出声来。

我听到他在轻轻喊着:“小婉,我的小婉……”

尾声

时间的列车伴随着全世界人民的欢呼和五彩缤纷的烟花礼炮，驶入了21世纪。

劳斯真的回来了。

是郝雄接到的电话。他的听力真的神奇地增长了。劳斯刚一开口，他就惊呼道："劳斯，你是劳斯！对吗？"

劳斯也大叫道："是我，郝雄吗？快来机场接我。"

他并不知道郝雄的眼睛看不见了。郝雄一个人不可能去接他。郝雄就第一个告诉了我。于是，我、曾牛和郝雄就开车去了。

劳斯从里面出来的时候，我们还是一眼就认出了，仍是老样子，瘦高、文雅、清癯。

他一见我们就迎了上来，伸出双手，笑着对我和曾牛说："我送货上门了，带了铐子吗？"

我说："在中国的土地上，还用得着那玩艺儿吗？你跑不了了。"

他就问："郝雄呢？"

我说："在车上，他在车上等你。"

"为什么？"他不解。

我们就拿着他的行李上了车。

他看到了坐在车内的郝雄,他看到了一个瞎眼的空洞的郝雄。他一下子就落泪了,并第一反应说:“是杰克干的吧?那个杂种!肯定是他干的。”

我点了点头。郝雄循着声音对着他,又握住他的手,上下摸着,说:“我说了你会来的,你一定会再回来的。”

劳斯就在后面与郝雄一起坐。他们互相搂抱着,亲热得像兄弟。

在车上聊天得知,劳斯回去以后,由于不想再干,很快就申请从空情局退役了。他去了一家公司,一家跨国公司。鉴于他的中文水平和对中国的了解,加上自己的申请,公司同意了他的请求,派他常驻中国北京担任总代表。在临走时,空情局找了他,要他继续为他们服务,利用商人身份为 W 国搜集情报,但被他拒绝了。

我们在路上打了周浩的电话。

周浩一听,高兴地说,他请客安排聚餐,问在哪里好。郝雄说在临江仙吧。周浩说好,要我们开车直接去。他最后补了一句,要叫上叶婉吗?我们都不做声,这要看郝雄的意思。

郝雄说,哎呀呀,都这么多年了,没问题,叫上吧。劳斯来一回不容易。

那一天,我们喝酒、唱歌、划拳、猜谜、接字、念诗、欢笑、痛哭,玩得真的疯,真的本色,真的放肆。我们还去了南湖大学,在那个湖里,我们荡着双桨,回忆着往事。叶婉也玩,但她总是默默地伴在郝雄的身边,悉心照顾着他。

郝雄几次推她,说,你去玩吧,我习惯了,我能照顾我自己。

叶婉就说,不到一起倒没什么,但到了一起,我就想照顾你。她说这也是她的习惯了。

劳斯在南湖玩了两天就回北京了。我们都心照不宣地没有谈及那宗间谍案件,也没有谈及现在各自的工作。他说,纯朋友间的

交往，这种感觉真好。

这个时候，我最尊敬的车副局长，已经去掉了那个“副”字，当了市公安局局长，主持全面工作，不再分管反间谍侦查处。他是我们市直机关最年轻的局长。我的顶头上司曾牛处长，则提任了副局长，主管的还是我们处。我呢，也没辜负大家的期望，接替曾牛当了反间谍侦查处处长。郝雄由于工作敬业，听功神奇，接连在几起大案中为准确捕捉犯罪嫌疑人发挥了不可替代的作用，被破格提拔为技术侦查处副处长，这在全国没有先例。周浩的出国服务中介公司办得很红火，业务几乎覆盖了全市。刘之光不甘寂寞，自出狱后就在周浩的公司担任宣教员，以自己的经历现身说法，影响很大，效果极佳。叶婉仍然没找男朋友，据她说，她想就一个人过一辈子。她开了一家服装店，专营新潮、前卫的女性服装，生意做得非常好，前去光顾的大都是二十多岁的漂亮女孩。

后　记：

精彩的秘密和秘密的精彩

——我与“绝密”系列反间谍小说

在我们的共和国，有一班这样的人，他们的声音不能进电台，他们的形象不能入电视，他们的事迹不能上报刊，甚至，他们干什么，都不能对自己的亲人与好友谈及。他们就是战斗在隐蔽战线上的人们。就是这些人，无论白天或黑夜，用他们犀利的眼光编织着一张严密的网，守护着国家政治、经济、军事、科技等各方面重要的秘密。

由于工作的关系，我写过不少公安题材的作品。这些年，公安作品层出不穷，多得每天晚上都会有一家或多家电视台播放反映他们的连续剧。几年前，一位级别很高的领导对我说：“你写写隐蔽战线的同志吧。他们是对国家有功的无名英雄。他们不应该永远被遗忘。”我说，有纪律要求，不能写他们呀。这位领导说：“用小说形式反映啊，外国的有了，历史题材的有了，但反映当代反间谍斗争的还没有什么好的。你去写吧，我可以打招呼，让你去了解了解，当然不可能很深。这样的写作，关键看你的悟性，关键是写出那种精神。”我同意了，我当然求之不得。

于是，我就有幸认识了他们中的一些人。有的是网络尖子，有

的是情报高手，有的是侦查专家，有的是语言天才。和他们的交往，能强烈地感觉到智慧的愉悦和谋略的快感，更深一层交往，便发现他们为我们的国家发展，为我们的社会稳定付出了大量的心血，却不为人所知。用他们的行话说，就是"我们的人是见不得人的人，我们的事是见不得人的事"。的确，他们是从事秘密工作的，天生就注定必须默默无闻。我深以为憾。他们的工作中其实有很多精彩的秘密，而他们本身也焕发着秘密的精彩。于是，我就有了创作的冲动。小说是对真实进行虚构，换句话说，就是真实的虚构和虚构的真实。每一个故事都有那么一点引子和影子，我把它们在结构上做大，在情节上做深。于是，这几年就有了《绝密情报》、《绝密任务》、《绝密行动》三部长篇反间谍系列小说，就有了三个主人公：刘峻、吴卫和郝雄。

刘峻是位名记者。他本来在全市很有名气，也很有前途。但由于骨子里贪图享受，在一次出国留学过程中被该国间谍情报部门用"美人计"策反。一个叫丽雅的女人让他魂不守舍，甘愿叛国。丽雅答应他，只要他完成任务，他们就有用不完的钱，还可以结婚共度此生。回国后，他接受指令负责搜集我战略导弹部队"点阵图"等绝密情报。为此，他不惜放弃了记者职业，应聘到了位于导弹部队附近的一家民营企业担任副总经理，便于就近观察和物色人员。经过一段时间的工作，他终于弄到了"点阵图"。然而，他没想到的是，在该国间谍情报部门眼中，他已没有了利用价值。在丽雅过来与他进行情报交接的时候，她用间谍专用的"玫瑰戒"将他巧妙刺伤，幸被我及时发现才免于一死。虽然案件破了，损失也没有造成，但刘峻将在监狱里为他的卖国行为付出一生。

吴卫是一个情报工作者。他是一个优秀的应届毕业大学生，有很高的 M 国语水平。他的志向是当外交官。但没料到在即将毕业的时候，他被我情报战线招募，并在短暂培训后被安排到某市执行一项绝密任务。原来该市军事单位非常集中,是M国间谍情报机关关注和窃密的重点。在这个市,有不少M国人和M国企业。他们正准备布建一个搜集我军事情报的间谍网络。吴卫的任务就是要想方设法引起对手注意,千方百计被对手策反,由此发现M国在该市的情报活动。不久,在我情报部门一次巧妙的设计中,吴卫果然被敌人看中,并被派往M国。M国用留学和美人为诱饵,将其“策反”。M国指示他要尽快获得中国的军力报告。在一步一步的“窃密”中,敌人也一步一步地暴露。最后,吴卫运用谋略,用“军力报告”作钓饵,将M国情报人员诱调入境,让驻在该市的几名高级间谍全部出面,在一家酒店的一个包房被我一网打尽。

郝雄是一个线人。在我写了两部以后,有几个朋友,特别是一家杂志的主编对我说:“你写了反面的,也写了正面的,现在应该写写线人了。没有线人,间谍情报机关能干什么?一部情报史,从某种意义上说就是一部线人史。而且,线人是非常矛盾的人,一方面,他是为他的国家或组织干事,另一方面,他也有家庭,有情感,有自己的价值观。他也有不想干的时候,也有干起来很痛苦的时候。这样的冲突更打动人,这样的故事更显得深刻。”我听了他们的。所以第三部中,线人郝雄几乎通贯全篇。他是学法律的。他有一个同学在我空军王牌F师工作。有一天,这个同学在自己的出租屋里突然死亡。他不相信是煤气中毒,而坚定认为后面有间谍背景。于是他自愿成为情报部门的线人,并打入位于空F师附近的W国电子通信公司法律顾问室。进入这家企业后,他发现这里确实疑点很多,而且还有一个巨大的地下秘密。他当然不知道,这是W国针对我空F师实施的一次绝密计划,但是他很清楚他参与的是一次为国家的绝密行动。在这一过程中,他爱上了W国总经理的秘书兼情人叶婉。从此,他也拉开了这一悲剧的序幕。最后他虽然完成了任务,却也失去了双眼。

我参观过一个无名英雄荣誉室。一张张奖状，一块块奖牌，一尊尊奖杯，虽然无声地摆放在那里，但我能深深地感觉出那后面的一个个人。他们在望着我，在向我诉说那一个个故事。我真的想大张旗鼓讴歌他们，然而不行。我只能以小说的形式向他们表示敬意！

间谍与反间谍，究其实，是一种高层面的政治斗争，是国家与国家、集团与集团之间的智慧较量；而落实到细节上，就是人与人之间的较量。其目的只有一个，为自己的国家和政治集团服务。同时，这也是一个复杂的游戏，有它自身的规则。所以，我尽量把它写得人性化、智慧化，更多地去反映这一游戏的波谲云诡及其后面的无声风雨。

第三部脱手，我长长地松了一口气。我终于可以说，我没有让那位级别很高的领导失望，也没有白交那班朋友。当然，这个时候，我要特别感谢《啄木鸟》的领导和编辑。是他们，给予了我不厌其烦的指导与海纳百川的宽容。没有这一点，我的那几个“孩子”可能至今还在穷乡僻壤晃荡，不可能走进如此高雅的文学殿堂。他们，同样让我终生难忘。

评　论：

以险取胜　以情动人

——读李传思的长篇小说《绝密行动》

袁利芬

作为一部长篇反间谍小说,引人入胜的情节是其不可或缺的审美追求。李传思的《绝密行动》同样给人带来这样的阅读感受。

《绝密行动》的情节设置可谓险象环生、悬念迭出。W国的情报部门为了获取我空F师的情报资料,派出各路精干力量,从领事馆武官到外企老总,从区委副书记到维修公司的技术员等。他们更不放过一切以金钱、美女及各种各样的诱惑拉拢空F师人员的机会。工程师齐晖在威逼利诱下不为所动被杀害,材料保管员吴伟在金钱的诱惑下迷失了方向,副厂长姜波在金钱和权力的欲望中堕落了灵魂。重重迷雾使破案过程一度艰难,如履薄冰:外交免检邮包成为敌方投递危害性仪器的手段;外资企业戒备森严,诡秘莫测;空F师的文件资料竟然通过先进的窃照仪器输送到W国;美丽女孩叶婉的背部数年前就被植入定位仪与窃听器;自告奋勇充当卧底的郝雄被毒瞎了眼睛……小说充满尖锐的矛盾冲突,在错综复杂的情节中揭示了当今各种复杂的社会现象与反间谍这

条看不见的战线之间的联系。虽然没有硝烟弥漫，也缺少刀光剑影，但惊心动魄的心理较量、智谋大比拼以及各种环生的险情，一次又一次揪住了读者的心。小说的最大悬念“釜底计划”直到最后才揭晓，可见作者在结构安排上的匠心。

如果说以险取胜只是反间谍小说的共同特征，那么，《绝密行动》的可贵之处在于将一个紧张刺激的长故事叙述得委婉亲切、柔情温婉。以情动人可谓《绝密行动》的最大看点，这主要体现在小说浓郁的人文关怀基调、细腻的心理刻画以及人物形象的塑造上。

作者没有一开始就将读者置于扑朔迷离、悬疑惊悚的境地，而是叙述了一个神奇浪漫的故事。一个在抢劫轮奸案中受害的美丽女孩叶婉，在流言飞语与歧视、欺凌中苦苦煎熬。办案警察李哥抱着对女孩的同情、内疚与补偿心理，一次又一次向女孩伸出援助之手。然而冥冥中似乎有一双看不见的大手，一次又一次撕毁了女孩的尊严与幸福。女孩最终接受外企老总的帮助，沦为外企老总的情妇。就在这娓娓的叙述中，悬念一点点升起，一个惊险的反间谍故事由此展开。作者借此以情为经，用细腻的笔法深入人物丰富的精神世界，用浓郁的人道主义情怀书写了爱情、亲情与友情。叶婉和郝雄的爱情是全篇最令人叹惋的篇章，情路坎坷的叶婉终于找到了自己的真爱，一旦认定，则赴汤蹈火在所不辞。她不惜出卖自己的肉体，甘愿冒着生命危险去窃取情报，而在心上人失明后又对其不离不弃。郝雄则为了不拖累叶婉毅然拒绝与之走到一起。他们的爱情真切、热烈、充满激情，但又洋溢着一股悲情味。两个历经磨难、生死与共的有情人最终没有花好月圆的结局，这样的艺术处理，更符合人物性格和生活发展的逻辑，也给小说带来一种震撼人心的艺术效果。小说中的李哥是一个富有人文关怀的警察，虽然身在反间谍战线，每天与各种各样复杂的人打交道，但他始终关心自己案件中的受害者，并尽力去抚慰他们受伤的心灵。

他对叶婉产生了美妙的情愫，并在心中始终保留这份朴素的情怀，这份情感纯净至美，可以说是多于友谊少于爱情。而小说中郝雄为了好友冒着生命危险打入外企、李哥离婚后上级的关心（在分房问题上给予照顾等）、刘之光犯罪后公安局对其采取的挽救措施以及设身处地为其家人着想等情节则表现了友情。小说也写了李哥与小箐相恋、结婚、离婚的经过，李哥对儿子的爱，叶婉父亲对女儿的爱，以此来凸现亲情。这些亲情、友情、爱情既有传统意义上的，又有时代赋予的新内容，从而展示了人物复杂而真实的精神世界与情感历程，构筑了一个情怀氤氲的世界，使小说较一般的反间谍作品具有了更真实的体验价值。

作者还有意识地通过心理描写丰富人物的内心世界，增强了叙述本体的情感性。小说兼用第一人称和第三人称两种叙事情境，前者有利于倾泻主人公的意识流动，后者有利于剖析故事旋涡中相关人员的情绪情感。作者在第一人称叙述中遵循其本能的意识形态，李哥对叶婉的真切牵挂；在家庭生活中经历的痛苦；对案件中各种支离破碎信息的推测等主要通过主人公的内心剖析得到真切表达。而其他人物，则更多地通过人物的外表、语言、行为等来衬托其内心活动。如叶婉在惨遭轮奸后对幸福与爱情的呼唤；郝雄为被害的好友复仇的决心；吴伟和姜波在接受了间谍经费后的忐忑心理；刘之光被策反时的矛盾心情等。这些人物大都有些焦虑，有的备受忧伤、思念、仇恨、情欲的折磨，但始终没有泯灭人性中的正直与善良；有的则在间谍的策反行动中，乱了阵脚，陷入邪恶和欲望的深渊。作者不对笔下的人物进行道德评判，而是努力地深入到人物的内心世界中，使创作主体的审美情感与叙述对象在精神维度上保持对话姿态，并由此引发人们对特殊情境下人生命运的思考。小说还表现出对敌人心理探究的兴趣，杰克作为我方最强大的对手，遇事多疑、办事谨慎、心思细密、冷酷无情。但在冷酷的外表下，他也有个人的喜怒哀乐，他喜欢婀娜娇柔的东方

美女，他时而会想念远方的妻儿，他时刻希望早日完成任务晋升回国。在这样高度冷漠的间谍心里依然存在着丝丝温情，这就从不同的角度揭示出人性的复杂化与多样性，体现出作者对人性的深刻挖掘。

《绝密行动》的主要人物血肉丰满，真实可信。这得益于作者没有将人物类型化，没有着意去塑造高大全的英雄形象。兢兢业业的李哥，勇敢无畏的郝雄，精明能干的周浩，纯真善良的叶婉都有其鲜明的性格内涵，又全都是平凡真实、在生活中可见之人。作者更没有去着意丑化敌人形象，反而花费大量的笔墨去叙写敌人的头脑机敏，能言善辩，镇定自若，显示出我反间谍人员面对的是强大的敌人。作者还深情款款地塑造了一个温情的间谍劳斯的形象，劳斯温文尔雅，热爱中国，有着深厚的古文功底、浓郁的诗人气质和中国人特有的悲天悯人的情怀。他沉醉在中国的美景中流连忘返，陶醉于唐诗宋词的神韵中其乐融融。敌对的双方也有友谊，共同的志趣与爱好让劳斯与我们成为朋友，劳斯最终以商人的身份重新踏上了这块他热爱的土地。作者笔下的间谍不再只是个名字或代号，而是完完整整、有血有肉的人，他们有血性、有理想、有个人的追求。作者写出了间谍内心深处的个性气质、才情禀赋及喜怒哀乐，使之洋溢着鲜活的生命情态。相比较而言，小说一度将破案成功与否系于郝雄一身，我方其他反间谍人员形象就略显单薄了。

《绝密行动》以险取胜，以情动人。在朴实、自然、流畅的叙述中，带给读者以惊险的阅读体验、有益的智力锻炼及愉悦的情感洗礼。小说中灵活运用了大量古诗词，展示出作者良好的文学修养与高雅的审美趣味，使整部小说既具浓郁的时代气息，又富浓厚的传统文化气息。与时下那些思想消极、情绪颓废的低俗写作者相比，李传思无疑是一位具有社会责任感的作家。

图书在版编目（CIP）数据

绝密行动 / 李传思著.—北京：群众出版社，2009.2
ISBN 978-7-5014-4355-0

Ⅰ. 绝…　Ⅱ. 李…　Ⅲ. 长篇小说-中国-当代 Ⅳ. I247.5

中国版本图书馆 CIP 数据核字（2008）第 166217 号

绝密行动　　　李传思　著

责任编辑 / 杨桂峰　季　伟
封面设计 / 王陆闻
责任印制 / 祝燕君

出版发行 / 群众出版社　电话：（010）52173000 转
社　　址 / 北京市丰台区方庄芳星园三区 15 号楼
网　　址 / www. qzcbs. com
信　　箱 / qzs@ qzcbs. com
经　　销 / 新华书店
印　　刷 / 北京通天印刷有限责任公司

890×1240 毫米　32 开本　11.5 印张　281 千字
2009 年 2 月第 1 版　　2009 年 2 月第 1 次印刷
印数：0001—6000 册

ISBN 978-7-5014-4355-0 / I · 1792　　定价：26.00 元